Was tun, wenn die Bundesliga in der Winter- oder Sommerpause ist? Wenn sich die Gespräche um Schiedsrichterskandale, passives Abseits oder die WM 2006 drehen und man selbst so gerne mitreden würde? Rainer Moritz' ballsicher kommentiertes Geschichts- und Geschichtenbuch schafft Abhilfe: Es ist eine Fundgrube par excellence, die keine Langeweile aufkommen läßt, weder vor noch nach dem Spiel.
In munterer Chronologie angeordnet, erzählt »Vorne fallen die Tore« von den Sternstunden und den düsteren Kapiteln des Fußballs. Es ist die Rede von Uruguays großem Star Andrade, von Sepp Herberger, Uli Hoeneß, Tofik Bachramow, Bum Kun Cha, Robert Hoyzer, Jürgen Sparwasser und von jenem fränkischen Schiedsrichter, der so viele rote Karten verteilte, bis er allein auf dem grünen Rasen stand. Als Interpreten und Kommentatoren erleben wir so unterschiedliche Charaktere wie die Philosophen Sokrates und Jean-Paul Sartre, die Schriftsteller Julian Barnes und Franz Kafka oder die Sportsmänner Franz Beckenbauer und Lothar Matthäus, ja, selbst namhafte Theologen, Psychologen, Reporter und Päpste dürfen ins Spielgeschehen eingreifen.

Rainer Moritz, Jahrgang 1958, amtierte acht Jahre lang als Schieds- und Linienrichter, vorwiegend auf württembergischen und hohenlohischen Dorfplätzen. Er war Verlagsleiter des Hoffmann und Campe Verlags, ist Vizepräsident der Marcel Proust Gesellschaft und leitet seit Anfang 2005 das Literaturhaus Hamburg. Er ist Literaturkritiker (u.a. für *Neue Zürcher Zeitung*, *Deutschlandfunk*, *Die Welt*) und Autor zahlreicher Bücher, darunter zuletzt: ›Abseits. Das letzte Geheimnis des Fußballs‹ (2006), ›Und das Meer singt sein Lied‹ (2004), ›Mit Proust durch Paris‹ (2004) und ›Das Buch zum Buch. Ein ABC der Leselust‹ (2002).

Unsere Adresse im Internet: www.fischerverlage.de

VORNE FALLEN DIE TORE

Fußball-Geschichte(n) von Sokrates
bis Jürgen Kliensmann

Ausgewählt und ballsicher
kommentiert von Rainer Moritz

Fischer Taschenbuch Verlag

Erweiterte Ausgabe
Erschienen im Fischer Taschenbuch Verlag,
einem Unternehmen der S. Fischer Verlag GmbH,
Frankfurt am Main, März 2006

Lizenzausgabe mit freundlicher Genehmigung des
Verlags Antje Kunstmann, München

Druck und Bindung: C. H. Beck, Nördlingen
Printed in Germany
ISBN-13: 978-3-596-16742-5
ISBN-10: 3-596-16742-6

Bei jeder Fußball-WM denkst du dir, schon wieder vier Jahre vorbei, das Leben ist nur ein Huscher, du kaufst dir ein Radio, dann einen Fernseher, dann einen Video. Und dann bestellst du dir ein Faxgerät, und der Faxmonteur läutet bei dir an der Tür, und du machst auf, und es ist nicht der Faxmonteur, sondern der Knochenmann holt dich ab. Ist es nicht so, wenn wir ehrlich sind?

Wolf Haas, Der Knochenmann

INHALT

SPIELANLEITUNG

Nicht immer wird Fußball gespielt. Selbst in Zeiten, da jedes Qualifikationsspiel für den finnischen Supercup live übertragen wird, gibt es Augenblicke erschreckender Leere. Glücklicherweise lassen sich diese fußball-losen Stunden dadurch überbrücken, daß man über vergangene Spiele nachdenkt, denkwürdige Tore, unglaubliche Skandale und dramatische Abläufe erinnert. Wie keine andere Sportart hierzulande bietet der Fußball immer wieder neuen Anlaß, mündlich oder schriftlich nach Worten zu suchen, die ihm gerecht werden. Schriftsteller, Philosophen, Soziologen, Psychologen, Theologen ... sie alle versuchen das Spiel zu verstehen, ganz zu schweigen von den Journalisten, die tagtäglich von den Ereignissen zu berichten haben, und von den Akteuren selbst, den Spielern und Trainern, die – je weiter das mediale Zeitalter voranschreitet – genötigt werden, jede kleinste Regung zu kommentieren und ihre Gefühle beim entscheidenden Torschuß allwöchentlich aufs neue zu beschreiben.

Dieses Lesebuch versammelt Stimmen zum Fußball und beschwört, ohne jeden Anspruch auf Vollständigkeit und in scheinbar geordneter chronologischer Abfolge, historische Sternstunden herauf. Der Herausgeber und Kommentator weiß um sein willkürliches Tun, frönt seiner Vorliebe für eigenwillige Fußball-Texte und freut sich über jede Absurdität, die seinem Sport angedichtet wird. Zahllose Namen fehlen in diesem Buch, manche sind hoffnungslos überbewertet, und der TSV 1860 München wird ohnehin glorifiziert. Jeder lebt mit seiner eigenen Fußball-Geschichte.

»Vorne fallen die Tore«, erläuterte einst Trainer Jürgen Sundermann und schrieb sich damit ins Poesiealbum der Fußball-Weisheiten ein. Wie alle großen Erkenntnisse sind auch diese meist einfacher Natur. Und bisweilen rasch zu widerlegen, denn manchmal fallen dummerweise auch hin-

ten Tore. Formel 1, Minigolf, Tennis, rhythmische Sportgymnastik – was geben einem diese Sportarten, wenn man sich der schönsten, dem Fußball, widmen darf?
Fangen wir an, mit **Christoph Bausenwein** und seiner bündigen Lobrede auf das »beste Spiel«:

Die Ergebnisse dieser Gesamtanalyse des Fußballspiels berechtigen zu einem ersten und vorläufigen Versuch, die Frage nach dem »Geheimnis Fußball« zu beantworten. Mit einer gewissen Verwegenheit kann behauptet werden, daß der Fußball deswegen so viele Menschen begeistert, weil er schlicht und einfach das beste aller Spiele ist: weil er einfach zugänglich und zu verstehen ist; weil er dennoch immer abwechslungsreich, komplex und anspruchsvoll in seinem Ablauf bleibt; weil der Ball in seiner Eigenbewegung den Spielverlauf mitbestimmt; weil durch die Unzulänglichkeit der Füße anspruchsvolle Kunstfertigkeit und klägliches Mißlingen so nahe beieinanderliegen; weil das Spielfeld von jeder Mannschaft systematisch gegliedert wird und dennoch Raum für vielfältigste spontane Aktionen bietet; weil der Ball immer frei bleibt und daher ständig umstritten ist; schließlich, weil das Tor eine Rarität ist, deren Wert man gar nicht überschätzen kann.

2697 V. CHR.

Wann ging das mit dem Fußball los? Über kaum ein historisches Thema läßt sich so trefflich streiten, denn die Antwort hängt davon ab, wie man das Spiel definiert. Bälle oder ballähnliche Gegenstände fanden sich überall, und die Lust des Menschen, gegen diese runden Objekte zu treten, sie zu werfen, zu fangen und wieder von sich zu stoßen, ist ein Urbedürfnis, das wohl schon der Neandertaler teilte, als er die leere Zeit zwischen seinen Jagdabenteuern zu füllen suchte. Historiker verschiedenster Provenienz rühmen sich damit, die ersten Fußballspieler aufgespürt zu haben, und so soll dieser Streit hier erst gar nicht geschlichtet werden. Irgendwo und irgendwann muß man beginnen, und deshalb glauben wir dem Anglistik-Professor **Theo Stemmler**, der in seiner *Kleinen Geschichte des Fußballspiels* die Chinesen gewinnen läßt:

Während die präkolumbianischen Ballspiele der Mayas, Azteken und anderer mittelamerikanischer Völker nur wenig mit dem Fußballspiel, wie wir es kennen, gemein haben, ist das altchinesische *ts'uh küh* dem unsrigen Spiel überraschend ähnlich. In der Tat haben die alten Chinesen das Fußballspiel erfunden: vielleicht – wie ihre Legenden behaupten – schon im dritten Jahrtausend vor Christi Geburt, jedenfalls zwei- bis dreitausend Jahre bevor es im Hochmittelalter von den Europäern nochmals erfunden wurde, die vom chinesischen Urtyp dieses Spiels keinerlei Ahnung hatten.
Wenn man den chinesischen Quellen trauen darf, wurde das Fußballspiel bereits von Huang-ti, einem der mythischen »fünf Kaiser«, um 2697 vor Christi eingeführt. Es sollte der Wehrertüchtigung seiner Soldaten dienen – ähnlich wie bereits vorher Schwertkampf und Bogenschießen. Wie wir noch sehen werden, bewerteten später die europäischen Herrscher das Fußballspiel ganz anders.

Zu Recht hieß dieses Spiel *ts'uh küh* – »den Ball *(küh)* mit dem Fuß spielen *(ts'uh)*«: Zwei Mannschaften von je etwa zehn Spielern versuchten, auf einem viereckigen Spielfeld einen (in der Frühzeit massiven, mit Federn gefüllten) Ball in ungefähr fünf Meter hohe, mit einem Netz versehene Tore aus Bambusstangen zu treten.

Ob das stimmt, ist schwer zu sagen. Immerhin verfügten die alten Chinesen offensichtlich über ein breites Repertoire fußballerischer Möglichkeiten. Der Tübinger Sinologe **Hans-Ulrich Vogel** zum Beispiel listet gleich 16 »Kickkategorien« auf, mit denen Chinas Virtuosen ihre Zuseher begeisterten:

Was bei den Fußballanleitungen auffällt, ist die alles durchdringende Regulierung der einzelnen Kickarten, Kickfiguren, Kickmethoden, Kickstile, Körperbewegungen und Körperhaltungen. Grundsätzlich können wir zehn alte Kickkategorien unterscheiden, die dann zu einem späteren Zeitpunkt zu 16 Kickkategorien erweitert wurden:

- Fußbeugenkick *(lian)*
- Kniekick *(xi)*
- Knöchelkick *(guai)*
- Fußspitzenkick *(da)*
- Spreizfußkick *(bazi)*
- *banlou* (?)
- Hackenkick *(deng)*
- *chao* (?)
- Fußristkick *(nie, nian)*
- Schulterkick *(jian)*
- Schuhspitzenkick *(zhuang)*
- bestickter-Gürtel-Kick *(xiudai)*
- *zuwo, zugan* (?)

- gemischte Kicks *(zati)*
- Stopper *(kng)*

Diese sechzehn Kickkategorien wurden dann in einzelne Kickarten und Kickfiguren unterteilt. So werden beispielsweise im Falle der Kniekickkategorie achtzehn Kniekickarten oder -figuren genannt.

Einiges davon scheinen die Chinesen im Laufe der Jahrhunderte wieder vergessen zu haben; andernfalls wäre es nicht nötig gewesen, 1992 das Mannheimer Unikum Klaus Schlappner auf die chinesische Trainerbank zu locken.

Die China-Fraktion unter den Ballhistorikern sieht sich jedoch immer wieder heftiger Gegenwehr ausgesetzt. Als 1996 der *Neue Pauly*, die »Enzyklopädie der Antike«, erschien, rieb sich mancher die Augen: »Apopudobalia« heiße, so die revolutionäre Entdeckung, das antike Ballspiel, das im 4. Jahrhundert v. Chr. in Korinth belegt sei:

Apopudobalia (griech. (ʽΑποπουδοσβαλία). Antike Sportart, wohl eine frühe Vorform des neuzeitlichen Fußballspiels; Einzelheiten sind jedoch nicht bekannt. Bereits in den *Gymnastika* des Achilleus Taktikos (fr. 3) sind ἀνδβεϛ ἀποπουβαλοντεϛ für das 4. Jh. v. Chr. in Korinth belegt. In späthell. Zeit scheint der Sport auch nach Rom gelangt zu sein; jedenfalls werden in der ps.-chiceronianischen Schrift *De viris illustribus* (3, 2) prominente Apopudobalonten aufgezählt. Im 1./2. Jh. n. Chr. wurde die A. durch die röm. Legionen bis nach Britannien getragen, von wo sie sich im 19. Jh. erneut ausbreitete. Trotz seiner offensichtlich hohen Popularität wurde der Sport bereits in der frühchristl. Lit. verdammt (vgl. bes. Tert. de spectaculis 31 f.); seit dem 4. Jh. ist A. nicht mehr belegt.

A. Pila, in: Ders. (Hrsg.), FS M. Sammer, 1994, 332–348 (grundlegend) · B. Pedes, A., in: Zschr. für Ant. und Sport 4, 1995, 1–19 M. MEL

Wer freilich auf die Literaturangaben dies hoch seriös anmutenden Beitrags blickt, beginnt zu stutzen. Loriotsche »Steinläuse« scheint es nicht nur im *Pschyrembel* zu geben; mein Rechercheauftrag für die Festschrift Matthias Sammer konnte auch über die Fernleihe der Universitätsbibliothek Hamburg nicht erfolgreich bearbeitet werden.
Je weiter man hinabsteigt in die Geschichte, desto vielfältiger werden die Beweggründe für die Fußball-Lust. Warum geben sich erwachsene Männer diesem Spiel hin? Warum opfern sie ihm wertvolle Lebenszeit? Der Journalist **Christoph Biermann** gibt eine gleichsam meditative Antwort:

Fußball leert den Kopf. Radikal und komplett. Das war es, was mir damals so gut gefiel und heute immer noch. Für neunzig Minuten gibt es kein Grübeln und keine Gedanken, die über das Spiel hinausgehen. Neben der leichten, schwebenden Leere ist nur noch für ganz einfache Fragen Platz. Wird er seinen Gegenspieler umdribbeln? Wird die Flanke präzise genug sein? Wird der Kopfball im Tor landen? Wird dieser Vorsprung halten? Das Denken wird schlicht, und man gerät in eine wunderbare Balance von Gelöstheit und völliger Anspannung. Je mehr man sich dem Spiel ausliefert, der Hoffnung und Vorfreude auf einen Sieg und der Angst vor der Niederlage, desto größer wird die Anspannung. Und um so weiter wird man aus der Welt hinausgetragen. Teilt man diesen Zustand mit vielen Menschen, wird der Sog noch größer. In einem Fußballspiel kann ich versinken. Das unterscheidet Fußball von allen anderen kulturellen Veranstaltungen. In Musik, in Bildern oder Büchern versinke ich nie, eher fliegen die Gedanken davon. Nur im Fußball gehe ich verloren.

Nicht immer erschließt sich der Sinn des Spiels auf so schöne Weise, wie ein gewagter zeitlicher Sprung ins Jahr 1996 zeigt, als sich Referee

Dr. **Franz-Xaver Wack** auf die Reise nach Porto machte und dort, obschon nur in der Rolle des Ersatzschiedsrichters, von philosophischen Anwandlungen überwältigt wurde:

In meiner Laufbahn seit 1978 wurde mir zweimal von Zuschauern, die mit meiner Leistung nicht zufrieden waren, auf niederträchtigste Art und Weise – aus zwei Meter Entfernung – mitten ins Gesicht gespuckt. Weil es wichtig für unseren Nachwuchs ist, wie man diese Erfahrungen verarbeitet, möchte ich dies eingehender erläutern:
Im ersten Fall handelte es sich um ein bayrisches Oberligaspiel 1990 in Regensburg; hier mußte ich in der 88. Minute noch einen Regensburger Spieler mit roter Karte des Feldes verweisen. Beim Gang vom Spielfeld in die Katakomben löste sich im Innenraum der ehemalige Physiotherapeut des Heimatvereins aus der Menge und spuckte mir mitten ins Gesicht. Die begleitende Polizeieskorte hielt diesen Mann sofort fest, und ich erstattete Strafanzeige wegen Beleidigung und Körperverletzung.
Der Täter wurde zu DM 2000,– Ordnungsstrafe und DM 1000,– Schmerzensgeld, welches ich einem Behindertenheim in München zur Verfügung stellte, verurteilt.
Im zweiten Fall durfte ich 1996 als Ersatzschiedsrichter beim UEFA-Cup Rückspiel FC Porto – Inter Mailand mit meinem Kollegen Markus Merk mitfahren. Nach einer völlig klaren Strafstoßentscheidung gegen Porto wurde ich durch den Zaun hindurch wiederum im Gesicht bespuckt und zudem mit Münzen beworfen, daß es sogar bis zur obersten Reihe des FIFA-Delegierten zu sehen war.
Nach solchen Momenten und vor allem in den Tagen danach stellt man sich selbst die – eigentlich nur bei Philosophen übliche – Sinnfrage des Tuns. Zusätzlich erörtert man hierbei, inwieweit das Ansehen von uns Schiedsrichtern in der Fußballwelt noch entwicklungsfähig ist.

427 V. CHR.

Der griechische Philosoph Platon wird geboren und schickt sich alsbald an, die Gedankenwelt seines Lehrers Sokrates in pointierte Dialoge zu bringen. Die »Hebammenkunst« des Sokrates besteht darin, seinen meist begriffsstutzigen Gesprächspartnern die Welt Schritt für Schritt zu erklären und sie so in das Wesen des Staates, der Schönheit oder des Guten einzuführen. Die Nachgeborenen **Reinhold Beckmann** und **Sven Böttcher** fühlten sich in die Struktur der Platonischen Dialoge ein und gaben – inspiriert nicht zuletzt durch eine Passage in Nick Hornbys Roman *Ballfieber* – Sokrates endlich die Möglichkeit, über die Ingredenzien eines optimalen Fußballspiels nachzudenken.

SOKRATES: Kritias spricht wahr. Spucken ist gut, denn Spucken ist schändlich und versetzt uns in kalte Wut. Eine Tätlichkeit wäre gleichfalls zu billigen, sofern das Opfer nicht wirklich verletzt wird. Aber vielleicht sind wir schon zu weit gegangen bei unserer Suche nach Vollkommenheit. Vielleicht ist denn auch diese letzte Frage eine, die wir unbeantwortet lassen können. So gestattet mir denn gütigerweise zusammenzufassen, was wir gefunden haben. Ein entscheidendes Heimspiel soll das perfekte Spiel sein, und 4:3 soll es enden, bei einem Halbzeitstand von 0:2. Die Torfolge sei 0:1, 0:2, 1:2, 2:2, 2:3, 3:3, das 2:3 ein unglückliches Eigentor, das zwölf Minuten vor dem Ende unser vorbildlich kämpfender und spielender Libero erzielt. Das vorletzte Tor soll frühestens fünf Minuten vor dem Ende fallen, der Siegtreffer in der allerletzten Minute. Im Sommer soll das Spiel stattfinden, und der Rasen soll anfangs trocken und gut bespielbar sein, später, ab Mitte der zweiten Halbzeit, durch stetigen Dauerregen glitschig und vor den Toren schlammig. Der Gegner soll durchaus gut spielen, aber nicht so gut wie unsere Mannschaft, wobei unsere Mannschaft fair zu Werke geht und der Gegner nicht. Der Schiedsrichter soll die gegnerische Mannschaft auf groteske Art und Weise bevorteilen, uns ein reguläres Tor in der Anfangsphase aberkennen, am besten kurz vor dem Führungstreffer des Gegners, und unseren Spielmacher Mitte der zweiten Halbzeit beim Stande von 2:2 wegen eines Allerweltsfouls vom Platz stellen. Nach unserem Ausgleich kurz vor Schluß wird er, der Schiedsrichter, in der allerletzten Minute dem Gegner einen unberechtigten Strafstoß zusprechen, den der Gefoulte selbst ausführt und der von unserem Tormann pariert wird. Sodann wird der Schiedsrichter den Strafstoß wegen einer Regelwidrigkeit wiederholen lassen, und dieser Strafstoß prallt vom Innenpfosten in die Arme unseres Torhüters, der unverzüglich einen allerletzten Gegenstoß einleitet, den der eben eingewechselte Benjamin unserer Mannschaft nach grandiosem Solo unmittelbar vor dem Schlußpfiff mit dem Siegtreffer abschließt. Habe ich alles in eurem Sinne wiedergegeben?

Vermutlich nach der Lektüre dieses brillantes Dialogs äußerte Franz Beckenbauer gegenüber der »Bild«-Zeitung: »Sokrates, Aristoteles, Platon und diese Leute haben sich vor 2000 Jahren Gedanken gemacht, da sind wir noch auf den Bäumen gesessen und haben uns vor den Wildschweinen gefürchtet. Seitdem haben sich nur ganz wenige weiterentwickelt. Ich gehöre leider auch zum großen anderen Teil. Wenn ich zum Beispiel Schopenhauer lese – ich verstehe ihn nicht.«

0 V./N. CHR.

Einem plumpen Witz zufolge soll schon in der Bibel gegen den Ball getreten worden sein. Findige Leser stießen auf den für sie eindeutigen Satz »Jesus ging aufs Tor zu, und die Jünger standen abseits«, der jedoch strengen philologischen Exegesen nicht standhält. Daß Religion generell viel mit

Fußball zu tun hat, ist dadurch nicht widerlegt. Bischöfe und Pfarrer outeten sich immer wieder als Besessene und stellten sich wie Udo Sopp sogar als Präsident eines Bundesligisten, des 1. FC Kaiserslautern, zur Verfügung. Der italienische Romancier **Giovannino Guareschi** hat mit seinem Don Camillo die wohl populärste Figur eines affizierten Geistlichen geschaffen. Als ein hart umkämpftes Match gegen die kommunistische Bande Peppones verlorengeht, sucht er Beistand, höheren Orts natürlich:

»Jesu, dann danke ich Dir, daß Du mich verlieren ließest. Und wenn ich Dir sage, daß ich die Niederlage unbeschwerten Herzens hinnehme, als eine Strafe für meine Unanständigkeit, dann mußt Du mir glauben, daß ich wirklich bereue. Denn, wie soll man denn nicht vor Wut platzen, wenn man sieht, daß eine solche Mannschaft verliert, eine Mannschaft, die – ohne mich loben zu wollen – in der B-Liga spielen könnte, eine Mannschaft, die zweitausend solche »Dynamos« ohne Öl und Essig schlucken könnte … glaube mir, es ist herzzerreißend und schreit um Rache zu Gott!«
»Don Camillo«, ermahnte Christus lächelnd.
»Nein, Du kannst mich nicht verstehen«, seufzte Don Camillo. »Der Sport ist eine Sache für sich. Wer darin steckt, der steckt eben darin, und wer nicht darin steckt, der steckt halt nicht darin. Drücke ich mich klar aus?«
»Nur allzu klar, mein armer Don Camillo. Ich verstehe dich so gut, daß ich … Na gut, wann ist das Revanchespiel?«
Don Camillo sprang auf, und das Herz quoll ihm vor Freude über.
»Sechs zu null!« schrie er. »Sechs Bälle, die sie nicht einmal an den Torstangen vorbeifliegen sehen werden! So wie ich jetzt diesen Beichtstuhl dort treffe!«
Er warf seinen Hut in die Luft, und, ihn mit dem Fuß im Fluge erreichend, jagte er ihn durch das Fenster des Beichtstuhls.
»Tor!« sagte Christus lächend.

1314 N. CHR.

Fiel, so sagt zumindest der historisch versierte **Christoph Bausenwein**, in England erstmals die Vokabel »Fußball«. Ähnlichkeiten mit heutigen Gegebenheiten sind rein zufällig:

Es läßt sich also zusammenfassen: Im Jahr 1314 ist in London ein Spiel belegt, bei dem das »niederere« Volk zu Fuß um einen großen, unelastischen (weil mit Stroh oder Kork gefüllten) Fuß-Ball kämpfte, was offensichtlich mit derartigen Gewalttätigkeiten und Unruhen verbunden war, daß sich die Obrigkeit zu einem Verbot gezwungen sah. Über die Art, *wie* mit diesem Ball gespielt wurde, läßt sich nichts Genaues sagen, es ist aber anzunehmen, daß sich dieses »Spiel« von gewöhnlichen Raufereien kaum unterschied. Die regelmäßige Wiederholung der Verbote dokumentiert, daß diese Ballkämpfe seit dem 14. Jahrhundert ein beliebtes und weitverbreitetes Vergnügen waren. Daß dabei auch mit dem Fuß gespielt worden sein könnte, läßt sich nur aus verstreuten Hinweisen schließen.

1464

Das Mittelalter hatte andere Sorgen, als sich um die frühen Ausprägungen des Ballspiels zu kümmern. Dennoch findet sich für einen analytisch geschärften Beobachter die eine oder andere Betrachtung, die sich hintergründig mit der Faszination des Runden auseinandersetzt. **Nikolaus von Kues**, 1464 verstorben, tut dies in seiner Schrift *Vom Globusspiel:*

Kardinal: Ich weiß, daß die Rundheit des einen runden Dinges runder ist als die des anderen und daß man daher bei den runden Dingen zum Runden mit der größten Rundheit gelangen muß, neben der es keine grö-

Palmin-Post-Sammelbild	Fußballsport Ein letzter Versuch	30. Folge Bild 5

30. Folge
Bild 5

Fußballsport
Ein letzter Versuch

Wir sehen dem Spiel englischer Berufsmannschaften zu. Einen vor das Tor gegebenen Ball versucht der Spieler rechts abzuwehren. Der linke, kleinere Spieler war zu weit vom Ball entfernt, um ihn aufzunehmen und vor das Tor stoßen zu können. Jetzt wirft er seinen Körper auf den des Gegners, um ihn vom Ball abzudrängen. Das gelingt ihm nicht. Der Spieler im weißen Hemd weicht dem Druck aus und zieht den Ball mit der Außenseite des rechten Fußes ins Feld zurück. Das ist ihm aber nur dadurch möglich, daß er über einen vollkommen durchtrainierten Körper verfügt und ohne Schwierigkeit mit seinem biegsamen Körper dem Gegner auszuweichen imstande ist.

ßere gibt, weil man ja nicht ins Unendliche fortschreiten kann. Und das ist die Rundheit der Welt, durch deren Teilhabe jedes Runde rund ist. Es ist die teilnehmbare Rundheit in allen runden Dingen dieser Welt, die das Bild der Rundheit der Welt an sich tragen. Die Rundheit der Welt aber, obzwar sie die größte ist, neben der keine größere Rundheit wirklich ist, ist trotzdem nicht die absolute wahrste Rundheit selbst. Sie ist darum ein Abbild der absoluten Rundheit. Denn die runde Welt ist nicht die Rundheit selbst, neben der keine größer sein kann, sondern neben der keine größere wirklich ist.
Die absolute Rundheit ist aber nicht von der Natur der Rundheit der Welt, sondern deren Ursache und Vorbild, welches ich Ewigkeit nenne, von dem die Rundheit der Welt das Abbild ist. – Im Kreis nämlich, wo es weder Anfang noch Ende gibt, weil kein Punkt in ihm ist, welcher mehr Anfang als Ende wäre, sehe ich das Abbild der Ewigkeit. Darum sage ich nun auch, daß die Rundheit das Abbild der Ewigkeit sei, weil beide dasselbe sind.

Die Gedanken des Cusanus (der, woran Dirk Schümer erinnerte, unweit des Betzenbergs aufwuchs) haben unterschwellig Generationen von Fußballphilosophen beschäftigt. Das Runde der Welt, das Runde des Balles – diese gewiß nicht zufällige Übereinstimmung regte zu vielfältigen Assoziationen an. Der Romanautor und Essayist **Gerhard Nebel** etwa sah in der zu Ende gehenden Adenauer-Ära die »Bundlosigkeit der Männer von heute« walten und den Ball als Sonnenkugel:

Die eigentlichen Gewinner sind die Spieler, die obendrein noch für ihren metaphysischen Vorteil bezahlt werden. Sie verwirklichen ihre Wildheit, sie verwirklichen sich in ihrer Wildheit und lassen sie damit hinter sich zurück, sie werden sanft. Die Zuschauer machen zwar den Anfang, sich durch die Wildheit von der Wildheit zu reinigen, aber die Katharsis bleibt unvollkommen. Das Publikum ist in der Situation des um das Sein

betrügenden, um das Sein betrogenen betrachtenden Beiwohnens, wie es sich oft in der Zivilisation beobachten läßt, bei den Liebhabern der Photographie, vor dem Fernsehapparat, während die Illustrierten durchblättert werden, bei den Autobesitzern und bei den Wohnungsinhabern, die hinter riesigen Glasscheiben weilen und meinen, die Welt teile sich ihnen im Erblicktwerden mit. Das Fußballspiel hilft dem Menschen, in sein angestammtes Wesen zurückzukehren, aber nur der vergossene Schweiß, nur das Risiko des Beinbruches, des Meniskusrisses bringt ihn wirklich dorthin. Der mythische Streiter ging aus seinem Kult, der ihn mit dem Gott zusammenbrachte, wunderbar erfüllt und gestärkt heraus, der heutige Zuschauer aber wird doch mehr entleert als verwirklicht, er verläßt die Arena wie nach einem stundenlangen Skatspiel, ihm ist die Substanz ausgelaufen – so stark ist die Negativität des Zuschauens.
Auch Otto und mir ging es so, und doch beschäftigte uns die Leidenschaft der Teilnahme, die Bindung der Männer und Buben, die zum größten Teil dem Verein nicht einmal angehörten, sondern nur mit ihm sympathisierten. Die Bundlosigkeit des Menschen von heute – Weltstreit und Bund gehören zusammen, der Bundlose kann nichts für die gute Weltpartei tun, und doch sehnt sich alles in ihm nach dieser Tat. Der Individualist der großen Städte ist seelisch verstümmelt, im Fußballklub aber bietet sich die Polis an, einen Nachmittag darf der Hamburger oder Dortmunder Athener oder Spartaner sein, eine Brüderlichkeit zieht von weither in ihn ein. Otto berichtete vom frühesten Fußballspiel, das wir kennen, vom Spiel mexikanischer Indianerstämme, die es auch heute noch ausüben. Ein Ball wird Dutzende von Kilometern getreten, es kommt ebenso wie auf den Sieg darauf an, daß der Ball ständig bewegt wird. Er stellt die Sonnenkugel dar, der Spieler springt den guten Göttern bei und hält mit der Sonne den Kosmos in Gang, er verhindert das Chaos – sollte nicht bei den Brüllern an Rhein und Ruhr ganz unten eine Erinnerung an diesen Sinn der alten Athletik leben?

Fußbälle.

	Gewicht kg	Preis Mk.
a. Beste deutsche, rund, Nr. 6 ca. 25 cm Durchmesser . .	0,410	12.—.
„ „ „ Nr. 5 „ 22½ cm „ . .	0,380	10.50.
b. Englische, rund, Nr. D. 6 ca. 25 cm Durchmesser . .	0,440	13.—.
„ „ „ F. 5 „ 22½ cm „ . .	0,400	12.—.
„ „ „ F. 4 „ 21 cm „ . .	0,380	9.50.
„ oval, „ D. 6	0,420	13.—.
„ „ „ F. 5	0,380	12.—.

Ersatztheile zu Fußbällen.

Gummiblasen, deutsch oder englisch . . . . per Stück Mk. 5.—.

Lederhülsen, englisch Nr. 6 5 4

Mk. 8.—. 7.—. 5.—. per Stück.

„ deutsch . . . . „ „ „ 7.—.

Luftpumpen zum Aufblasen der Bälle.

Nr. 1. Groß aus Messing . . . . per Stück Mk. 4.—.

„ 2. Klein „ „ . . . . „ „ „ 3.—.

„ 3. aus Gummi . . . . „ „ „ 3.50.

Fußballmale

bestehend aus 4 Stangen mit Eisenspitzen und Fahnen nebst 2 Leinen Mk. 9.50.

Peter Handke, der österreichische Dichter, neigte kurz darauf zum Fundamentalen und erläuterte, was uns ein unscheinbarer Ball alles zu sagen hat:

Der Fußball hat eine Seele. Sie ist schlaff und leblos, wenn keine Luft in ihr ist. Wird Luft in sie gepumpt, so bläht die Seele des Fußballs sich auf; sie ist zwar dem Anschein nach noch tot, aber schon bereit, sich zu bewegen und bewegt zu werden. Ist die Seele des Fußballs mit Luft angefüllt, so kann der Fußball bewegt werden: er kann rollen, er kann flitzen, er kann hüpfen, er kann Luftsprünge machen, er kann fliegen, er kann in die Maschen des Tors sausen, er kann mit der Luft, die er in sich hat, sich dem Widerstand der Luft von außen aussetzen, er kann für eine Zeit der Schwerkraft der Erde widerstehen. Der Ball, dessen Gummiseele mit Luft gefüllt ist, kann von Körpern bewegt werden, die sich von sich aus bewegen und also auch ihre Bewegung den Gegenständen mitteilen, so daß diese bewegt werden. Aber wie jedes Objekt, ist auch der Ball tückisch. Seine Bewegung und die Richtung oder die Art seiner Bewegung können nicht im voraus berechnet werden. Je mehr vom Element der Luft der Ball in sich hat, desto widerspenstiger ist er dem Impuls von außen. Je mehr sich sein spezifisches Gewicht dem der Luft nähert, desto weniger gehorcht er dem menschlichen Anstoß, und desto mehr gehorcht er den natürlichen Gesetzen der Erde und der Luft, die die menschliche Bewegungskraft und deren berechnete Geradlinigkeit zu einer ungeometrischen Unordnung verfälscht. Aber nicht nur infolge äußerer Umstände ist der Ball schwer zu bändigen. Er ist auch deshalb schwer unter die menschliche Kontrolle zu bringen, weil er rund ist. Die Kugelform des Fußballs ist gerade zu einem Symbol des unberechenbaren Zufalls geworden. Wir kennen die stereotypen Schlußsätze zu den Prognosen vor einem Fußballspiel: es sei zwar nach menschlicher Voraussicht dieser oder jener Ausgang zu erwarten, aber: man könne nie wissen, im Fußball sei alles möglich, denn das Leder sei *rund.* Wie alles, was rund ist, ist auch der Fußball ein Sinnbild für das Ungewisse, für das Glück und die Zukunft. Und da die Ungewißheit zum Begriff des Spiels gehört, ist der Fußball, wie alles, was rund ist, zum Spiel wie geschaffen. Ja der Fußball muß für das einfache Spiel, das noch ohne die festen, international festgelegten Regeln verläuft, nicht einmal ein Ball im strengen Sinn sein: auch ein Apfel kann, zumindest solange er ganz ist, als Fußball dienen, ebenso ein zusammengebundenes Stoffzeug oder zusammengeknülltes Papier oder sogar eine gar nicht runde Konservendose, wenn sie sich nur bewegen läßt; denn wenn sie sich bewegt, so hat sie in ihrer Bewegung schon den Anschein, rund zu sein. Das Rundsein ist sozusagen die Idealvoraussetzung für die Bewegung auf der Erde. Es ist eine Freude für die Spielenden, die Gegenstände, die man in der Metapher fälschlich tot nennt, in Bewegung zu versetzen. Am herrlichsten ist es, sich dabei gar nicht bücken zu müssen, sondern die Bewegung mit den Füßen einzuleiten, welche Hochherrschaft über die Dinge: man kann an sie Fußtritte austeilen, ohne die würdevolleren Hände dabei rühren zu müssen. Man kann seine Lust und Unlust an den Dingen auslassen, die doch, wie die soziologischen Untersuchungen sagen, eine heimliche Herrschaft über die Menschen ausüben. Der Ball wird also bewegt.

Auch Handkes uruguayischer Kollege **Eduardo Galeano** machte sich Gedanken über das Spielobjekt, wenngleich deutlich konkreter:

Er war aus Leder und mit Bast ausgestopft, der Ball der Chinesen. Die Ägypter zur Zeit der Pharaonen machten ihn aus Stroh und Getreidespreu, das sie in bunte Tücher wickelten. Die Griechen und die alten Römer nahmen eine Ochsenblase, die aufgeblasen und vernäht wurde. Die Europäer des Mittelalters und der Renaissance stritten um einen eiförmigen Ball, der mit Roßhaar gefüllt war. In Amerika, wo man ihn aus

Kautschuk formte, konnte der Ball springen wie nirgendwo sonst. Die Chronisten des spanischen Hofes berichten, Hernán Cortés habe einen mexikanischen Ball springen und in große Höhe fliegen lassen, und dem Kaiser Karl seien Augen und Ohren offenstehen geblieben.

Die Gummiblase, mit Luft gefüllt und in Leder gehüllt, entstand Mitte des vergangenen Jahrhunderts, dank des Erfindungsgeistes von Charles Goodyear, eines Nordamerikaners aus Connecticut. Und dank des Erfindungsreichtums von Tossolini, Valbonesi und Polo, dreier Argentinier aus Córdoba, entstand, viel später erst, der Ball ohne Netzhülle. Sie erfanden die Blase mit Ventil, die man mit der Pumpe aufblasen konnte, und seit der Weltmeisterschaft 1938 war es dann möglich zu köpfen, ohne sich am Netz weh zu tun, das vorher den Ball zusammengehalten hatte.

Bis Mitte dieses Jahrhunderts war der Ball braun. Später wurde er weiß. Heutzutage gibt es verschiedene Modelle, schwarze Muster auf weißem Grund. Heute mißt sein Umfang sechzig Zentimeter, und er besteht aus Poliuretan auf Polyäthylenschaum-Basis. Er ist wasserdicht, wiegt weniger als ein halbes Kilo und fliegt schneller als der alte Ball aus Leder, der bei Regen nicht mehr zu spielen war.

Man hat ihm viele Namen gegeben: die Kugel, das Leder, die Pille, das Geschoß. In Brasilien hingegen zweifelt niemand daran, daß der Ball eine Frau und weiblichen Geschlechts ist. Die Brasilianer sagen »kleine Dicke«, *gorduchinha*, oder auch einfach nur »meine Kleine«, *menina*, und geben ihr Namen wie Maricota, Leonor oder Margarita.

Pelé gab ihr im Maracaná-Stadion einen Kuß, als er sein tausendstes Tor schoß, und Di Stéfano errichtete ihr am Eingang seines Hauses ein Denkmal, ein Bronzeball, darunter eine Tafel mit der Inschrift: »Danke, Süße.«

Sie ist treu. Im Endspiel der Weltmeisterschaft 1930 forderten beide Mannschaften, daß mit ihrem Ball gespielt würde. Weise wie Salomo bestimmte der Schiedsrichter, daß in der 1. Halbzeit mit dem argentinischen Ball gespielt werden sollte und in der 2. Halbzeit mit dem Ball aus

Uruguay. Argentinien gewann die 1. Halbzeit, Uruguay die 2. Doch hat die lederne Kugel auch ihre Eigenheiten, und manchmal fliegt sie nicht ins Tor, weil sie in der Luft ihre Meinung und die Richtung ändert. Sie ist einfach leicht zu verärgern und kann es überhaupt nicht vertragen, wenn sie mit Fußtritten traktiert wird oder man aus Rache nach ihr tritt. Sie verlangt, daß man sie streichelt, daß man sie küßt, daß man sie an der Brust oder am Fuß einlullt. Sie ist sehr stolz, vielleicht sogar eitel, und sie hat auch alles Recht dazu: Nur zu gut weiß sie, wieviel Freude sie bereitet, wenn sie elegant daherkommt, und wieviele Herzen erstarren, wenn sie falsch fliegt.

Knapper faßte sich Sepp(l) Herberger, der deutsche Bundestrainer, als er sein sprichwörtlich gewordenes Philosophem »Der Ball ist rund« zum besten gab. Die Spekulationen, die sich um dieses Diktum ranken, sind nicht zu zählen, und auch Soziologen wie **Rainer Paris** machten sich ihren Reim darauf:

»Der Ball ist rund!« – dieser wohl berühmteste Satz von Sepp Herberger hat nicht zuletzt deshalb eine gewisse philosophische Tiefe, weil er in denkbar knappster Form den sehr komplexen Sachverhalt umschreibt, wie schwierig es letztlich doch eigentlich ist, im Rahmen der Dynamik eines mannschaftlich organisierten Kampfspiels den Ball so und so genau zu schlagen, daß er den vorausberechneten Punkt auf dem Spielfeld bzw. den sich selbst bewegenden Mitspieler auch wirklich erreicht und weitergespielt werden kann. Jeder, der selbst einmal Fußball gespielt hat, weiß, wieviel eigene Körperbeherrschung, Ballgefühl und technische Perfektion dazu gehört, um etwa eine gute Flanke oder einen Steilpaß zu schlagen. Daß der Ball rund ist, heißt einfach, daß er einem immer wieder wegrollen kann, daß also sein wirklicher Verlauf nie bis ins letzte berechnet und kontrolliert werden kann.

Nicht nur theorieinteressierte Betrachter reflektierten das Wesen des runden Leders. Viele Aktive sinnierten über dessen Geheimnis und stellten kühne Vergleiche an. **Ror Wolf** hat einige dieser Bonmots zu einer eindrucksvollen Collage zusammengeführt:

FRAGE: Ball ist also nicht gleich Ball?
ANTWORT: Aber wo denken Sie hin. Wie kommen Sie denn darauf. Auf keinen Fall.
FRAGE: Was können Sie uns also sagen zum Ball?
ANTWORT: Der Ball soll kugelförmig sein. Der Umfang des Balles darf nicht mehr als 71 cm und nicht weniger als 68 cm betragen. Das Gewicht des Balles bei Spielbeginn darf nicht mehr als 435 Gramm und nicht weniger als 396 Gramm betragen. Der Ball ist erst dann im Spiel, wenn er eine Strecke von der Länge seines Umfangs zurückgelegt hat.
FRAGE: Und was sagen Sie zum Ball, meine Herren?
SEPP MAIER, TORMANN: Der Ball ist griffig und liegt gut in der Hand; es ist der beste Ball der Welt.
WILLI SCHULZ, KOPFBALLSPEZIALIST: Der Ball ist hart, aber nicht zu hart.
SEPP HERBERGER, EX-BUNDESTRAINER: Der Ball ist rund.
TSCHIK CAJKOVSKI, TRAINER: Der Ball ist eine Kartoffel.
FRAGE: Ball ist also nicht gleich Ball?
ANTWORT: Auf keinen Fall! Das sieht nur so aus.
FRAGE: Was sagen Sie dazu, Herr Walter?
FRITZ WALTER, EHRENKAPITÄN DER DEUTSCHEN NATIONALMANNSCHAFT: Je leichter der Schuh, desto enger der Kontakt zum Ball. Und umso deutlicher der Unterschied zwischen Ball und Ball. Der Chef hatte ein besonders feines Gespür dafür. Er hörte schon am Klang eines aufspringenden Balles, ob er gut war oder schlecht. Klang es dumpf und hohl, dann schüttelte er den Kopf: der hat keine Seele, der ist leblos. – Wie recht er hatte, spürten wir später. Der Ball spielte nicht mit, er sang nicht, er ließ

sich nicht streicheln, er war nicht Kamerad und Freund des Spielers, sondern ein Fremder.
FRAGE: Also können wir zusammenfassend sagen: Ball ist nicht gleich Ball. Kann man das sagen?
ANTWORT: Jawohl. Das kann man sagen.

Schließen wir diesen Jahrgang mit **Rainer Maria Rilkes** Gedicht *Der Ball*, das mir, literaturkritisch betrachtet, ein wenig zu allgemein gehalten scheint:

Du Runder, der das Warme aus zwei Händen
im Fliegen, oben, fortgiebt, sorglos wie
sein Eigenes; was in den Gegenständen
nicht bleiben kann, zu unbeschwert für sie,

zu wenig Ding und doch noch Ding genug,
um nicht aus allem draußen Aufgereihten
unsichtbar plötzlich in uns einzugleiten:
das glitt in dich, du zwischen Fall und Flug

noch Unentschlossener: der, wenn er steigt,
als hätte er ihn mit hinaufgehoben,
den Wurf entführt und freiläßt –, und sich neigt
und einhält und den Spielenden von oben
auf einmal eine neue Stelle zeigt,
sie ordnend wie zu einer Tanzfigur,

um dann, erwartet und erwünscht von allen,
rasch, einfach, kunstlos, ganz Natur,
dem Becher hoher Hände zuzufallen.

1811

Erschien Teil 1 der Goetheschen Autobiographie *Dichtung und Wahrheit*, ein Werk, das vielen als Höhepunkt dieser literarischen Gattung gilt. Über sich selbst zu schreiben, das blieb in den zwei folgenden Jahrhunderten ein wichtiger Impuls menschlichen Strebens. Auch Fußballer, die ja mancherlei erleben, konnten nicht immer der Versuchung widerstehen, zur Feder zu greifen. Es versteht sich von selbst, daß sich einer wie **Franz Beckenbauer** nicht mit einem Rückblick zufriedengibt. Herausragend unter seinen Autobiographien ist das einfach und überzeugend betitelte Werk *Ich. Wie es wirklich war*, dem es gelingt, Heinrich Böll und Wolfram Wuttke in einem Atemzug zu nennen und sich zu philosophischen Betrachtungen über die Vergänglichkeit u.ä. aufzuschwingen:

Ein anderes Beispiel für einen, der zu wenig aus seinem Talent gemacht hat, ist Wolfram Wuttke. Ich weiß, daß er manche Trainer zur Verzweiflung gebracht hat, aber das war wohl in seiner Sturm- und Drangzeit. Ich hatte ihn ein paarmal bei der Nationalmannschaft, und da gab es keine Probleme mit ihm. Sein großes Handicap: Er konnte zuviel. Er hatte ein Ballgefühl, das ihm die kompliziertesten Pässe erlaubte. Und genau die wollte er dann immer spielen. Ich habe ihm gesagt: »Mach' es dir einfacher, dann machst du es deinen Mitspielern nicht so schwer. Du willst immer den Ball spielen, mit dem der Gegner nicht rechnet. Leider der, für den er gedacht ist, auch nicht. So wie du spielst, kann man das nur machen, wenn welche dabei sind, die dich blind verstehen. Wenn du die nicht hast, ist alles sinnlos.
Wuttke hat immer geglaubt, daß es doch nicht schwer sein könnte, so Fußball zu spielen wie er. Aber es ist im Sport so wie in anderen Berufen: Wer das Handwerk beherrscht, die Grundregeln, hat noch lange nicht das Zeug zum Künstler. Es ist etwa so wie mit der Sprache. Wir lernen sie

alle, für die meisten reicht es gerade dazu, Briefe zu schreiben. Andere beherrschen sie besser, können ihre Beobachtungen und Gedanken so plastisch ausdrücken, daß man es in Zeitungen und Zeitschriften drucken kann. Dann sind da noch die, die Deutsch studiert haben, denen kein grammatikalischer Fehler unterläuft, die alles gelernt haben, was man über Stil und Dramaturgie wissen kann – und wohin führt es sie? Wie viele Deutschlehrer gibt es – und wie viele Heinrich Böll?
So wird es auch im Fußball immer sein. Es wird immer viele geben, die ihn beherrschen, und manchmal einige, deren Spiel so ist, daß man noch von ihnen sprechen wird, wenn sie schon längst abgetreten sind.

1878

Macht, wie wir der folgenden Aufstellung entnehmen dürfen, die Vervollkommnung des Fußballs weitere Fortschritte, zumindest in Nottingham, wie **Stefan Erhardts** Chronologie sagt:

1) Das erste Fußballspiel, bei dem ein Schiedsrichter eine Pfeife (eine Acme Metropolitan) einsetzt, findet 1878 bei Nottingham Forest statt.
2) 1884 entwickelt Joseph Hudson die Acme Thunderer, die im Körper eine erbsengroße, hölzerne Kugel trägt.
3) 1909 entstand die Acme Referee, eine Zwei-Kammer-Pfeife ohne Kügelchen, die einen lauten, dissonanten und weittragenden Pfiff erzeugte.
4) 1923 beförderte ein neuartiges Mundstück mehr Luft in die Pfeife. Die Acme Thunderer No. 63 steigerte damit die Lautstärke immens.
5) Weitere technische Verbesserungen gab es in den 50er und 60er Jahren. U.a. wurde das Trillerkügelchen wasserabweisend – die Pfeife funktionierte ab sofort auch bei größtem Speichelfluß!

6) Bis 1978 wurden für verschiedene individuelle und akustische Anforderungen insgesamt neun Modelle entwickelt, die sich in Tonfrequenz und Druckstärke unterschieden.
7) In den 80er Jahren kam die Trillerpfeife aus der Mode zugunsten einer kugellosen, die zwar laut und hochfrequent, allerdings schwer zu variieren war.
8) 1998 wurden die kugellosen Pfeifen weiter perfektioniert. Die Tornado 2000 ist die erste, die zwei sehr hohe Frequenzen und dazu eine niedere von sich gibt, um damit noch besser die Zuschauerkulisse zu übertönen und an jedem Punkt des Platzes hörbar zu sein. Die Firma Hudson bezeichnet sie als »the ultimate whistle in terms of power«.

1894

War die Welt, zumindest morgens, noch in Ordnung und eröffnete den Fußballverrückten auf der Borgfelder Eisbahn die Möglichkeit eines heißumkämpften Matches. Ein zeitgenössischer Bericht:

Am 5. August 1894, 6 Uhr morgens (!), findet auf der Borgfelder Eisbahn ein Fußballwettspiel zwischen dem Borgfelder Fußball-Club und dem Fußballclub Association aus Eilbeck mit Herrn Heysen vom Altonaer Cricket-Club als Schiedsrichter statt, so hörte man einige Tage vorher, und sofort entflammte der Sporteifer unserer Mitglieder. An dem betreffenden Morgen um 1/2 6 Uhr fuhren 10 Vertreter unseres Vereins, unter ihnen der Schiedsrichter, nach Hamburg und gingen dann zu Fuß nach Borgfelde, wo sie freundlichst empfangen wurden. Pünktlich um 6 Uhr waren die Spieler beider Vereine auf dem Platze, und Herr Heysen, begleitet von einem mit einer Trompete bewaffneten Trabanten (!), forderte die Spieler auf, sich aufzustellen. Nachdem diesese schwierige Geschäft zur Zufriedenheit aller, auch des Herrn Heysen, vollbracht war, und als man sich geeinigt hatte (!), welche Partei zuerst anstoßen sollte, winkte der Schiedsrichter seinem Trabanten, der dann nach einem anfänglich vergeblichen Versuch einige Töne aus seiner Trompete hervorstieß: Das Zeichen zum Beginn des Kampfes. Sofort nach dem Anstoß stürzten sich alle Spieler mit Ausnahme des Goalkeepers auf den Ball und traten ihn mit bewunderungswürdiger Sicherheit alle Augenblicke über die Grenzlinie, welche von den beiden Linienrichtern bewacht wurde. Da auf diese Weise die ganzen zwei Stunden (10 Minuten Pause) gespielt wurde, wäre es wohl zu keinem Resultat gekommen, wenn nicht ein Eilbecker durch Unvorsichtigkeit den Borgfeldern einen 11-m-Stoß zugewendet hätte, wodurch diese ein Goal machten und das Spiel beendet wurde. Herr Heysen hatte Gelegenheit gehabt, seine Tüchtigkeit als Schiedsrichter zu zeigen. Um 8 Uhr begab er sich dann, begleitet von den Danksagungen der Eilbecker und Borgfelder, in Gemeinschaft mit seinen Klubkameraden wieder nach Altona zurück.

1898

Veröffentlichte der Stuttgarter Professor Karl Planck seine vielzitierte Kampfschrift *Fußlümmelei*, in der er mit kräftigen Worten vor dem verderblichen Ballsport warnte. Mit seiner Abneigung blieb Turnlehrer Planck nicht allein; bis heute erscheint der Fußball vielen als akulturelle Betätigung minderbemittelter Grobiane. Schon William Skakespeare aus dem Mutterland läßt – im *König Lear* – den Grafen von Kent einen Widersacher als »elenden Fußballspieler« titulieren; sein Landsmann **Richard Maitland** lamentiert in seinen Gedichten *Trost des Alters* und *Die Schönheiten des Fußballs* heftig über den Fußball:

When young men come from the green
Playing at the football had been –
    With broken shoulder,
I thank my God I want my eyes:
    I am so old.
(Wenn die Jungen vom Platz kommen,
Wo sie Fußball gespielt haben –
    Mit gebrochener Schulter,
Danke ich Gott, daß ich fast blind bin:
    So alt bin ich.)

Bruised brawns and broken bones,
Strife, discord and wasteful blows,
Crooked in eld, since halt withal:
There are the beauties of the football.
(Geprellte Muskeln und zerbrochene Knochen,
Kampf, Streit und unnütze Schläge,
Krumm im Alter, dann völlig lahm:
Das sind die Schönheiten des Fußballs.)

Auch Jahrhunderte später nichts Neues, als der Lyriker Paul Celan die Wortführer der Gruppe 47 abschätzig als »diese Fußballspieler« bezeichnete. Ein wenig differenzierter argumentierte zeitgleich der Sportpsychologe **H. Schmidhauser**, der das Tier im Menschen walten sah, sobald sich eine Lederkugel auf ihn, den Menschen, zubewegt:

Jeder, der sich zum richtigen Fußballspiel entschließen kann, opfert für Prämien und Handgeld einen Teil seiner Freiheit. In der Regel *verfügt* der Trainer über seine Spieler und bestimmt weitgehend die Freiheit, die man ihnen läßt.

Um es nochmals kurz zu überblicken: schon als ganz kleine Kinder haben Fußballspieler mit runden Gegenständen, Bällen, gespielt, je nach Veranlagung schnell und genau. Jeder Mensch hat seine Umwelt, die auf ihn einen entscheidenen Einfluß ausübt. Daraus entstehen *Grundeinstellungen*, solche sind beispielsweise Religion oder Rasse; Grundeinstellungen, die ebensowenig wie die Berge eines Landes veränderbar sind; nur geringfügige Erneuerungen und Veränderungen lassen sich, wie bei Blumen etwa, *durch Zucht* herbeiführen. Dem menschlichen Leben liegen Erregungsprozesse zugrunde, so daß der Körper von Geburt bis zum Tode ununterbrochen »vibriert«. Fußballspiel wird deshalb oft das Spiel der »Primitiven« genannt, weil »*Urschichten* des menschlichen Wesens« *das Verhalten* der Spieler *lenken*.
Während eines Spiels zeigen die Spieler und ihre Zuschauer, den Tieren gleich, daß sie die Angriffe des Gegners nicht fürchten; sie geben dem Gesicht einen *wilden Blick* und die straffen, gepflegten *Muskeln* des Spielers verleihen ihm ein gefährliches Aussehen. Beim Angriff wird mit den *Zähnen gefletscht* und man hört *Kampfgeschrei*; die *Gänsehaut*, die auch Zuschauer kalt überläuft, entsteht durch Aufstellen der Haare, ähnlich dem Tier, das seine Rückenhaare sträubt, wenn es dem Feind gegenübersteht.

Wo Tiere sind, da ist der Jäger nicht weit – erläutert **Christoph Bausenwein**:

Nun mag sein, daß in jedem Fußballspieler ein verkappter Jäger steckt. Waren aber auch die ersten Fußballspieler wirkliche Jäger? Tatsache ist, daß sich bei einigen Nomadenstämmen fußballähnliche Ballspiele nachweisen lassen, so zum Beispiel bei den Eskimos, wo der Bezug zu Jagd bereits in der Form der Bälle zum Ausdruck kam: Die aus Robbenleder gefertigten, mit Moos und Fellbüscheln gefüllten Spielgeräte waren nicht nur recht unförmig, sondern entsprachen oft sogar unmittelbar dem

Aussehen des ehemals lebenden Tieres. Neben »Raufballspielen«, die im wesentlichen eher ungeregelt scheinen – vielerorts durften, ganz ähnlich wie im englischen Volksfußball, auch die Hand oder Schlaggeräte benutzt werden –, lassen sich auch eher sanfte Fußstoß-Spiele nachweisen, an denen, wie berichtet wird, alle Stammesmitglieder teilnahmen – »von der alten und gebeugten Mutter einer zahlreichen Familie bis zu dem watschelnden Kleinsten, der sich nur mit Mühe unter der Last der schweren Fellkleidung auf den Beinen halten kann«. Überliefert sind auch zwei Spielvarianten: Bei der einen stellten sich die Mannschaften vor ihren Toren auf, die auf dem Schnee markiert waren; auf ein Zeichen hin wurde der Ball in die Mitte des Spielplatzes – eine 300–400 Schritt lange Eisfläche – geworfen, woraufhin alle auf den Ball losstürmten. Bei der anderen Spielform wurde der Ball zu Beginn zwischen beide Mannschaften geworfen, die sich in der Spielfeldmitte in geschlossener Reihe gegenüberstanden.

1900

Wird der Deutsche Fußball-Bund gegründet, was künftig Anlaß zu schönen Festreden geben wird (→ 1960, 1975).

1901

Auch in Österreich beginnt der Ball zu rollen, zum Beispiel im Wiener Vorort Simmering, wo am 8. März der berühmte Erste Simmeringer Sportklub gegründet wird, ein Verein, den wir fortan genau beobachten wollen. Dank der von Matthias Marschlik verfaßten, höchst erschöpfenden Studie *Hundert Jahre Erster Simmeringer Sportklub* ist das ein leichtes.

1903

Endlich gibt's einen deutschen Fußballmeister. Er heißt VfB Leipzig, und den Rest erzählt **Günter Grass**, der Spezialist für Jahrhundertrückblicke:

Auf Pfingsten begann kurz nach halb fünf das Finale. Wir Leipziger hatten den Nachtzug genommen: unsere Elf, drei Ersatzspieler, der Mannschaftstrainer, zwei Herren vom Vorstand. Von wegen Schlafwagen! Klar, daß alle, auch ich, dritter Klasse fuhren, hatten wir doch die Penunzen für die Fahrt mühsam zusammenkratzen müssen. Unsere Jungs jedoch haben sich klaglos auf den harten Bänken langgelegt, und mir wurde bis kurz vor Uelzen ein wahres Schnarchkonzert geboten.
So liefen wir in Altona zwar ziemlich gerädert, aber dennoch frischgemut auf. Wie anderswo üblich, empfing uns auch hier ein ordinärer Exerzierplatz, den sogar ein kiesgestreuter Weg kreuzte. Da half kein Protest. Herr Behr, der Unparteiische vom Altonaer FC 93, hatte das sandige, aber sonst tadellos ebene Spielfeld bereits mit einem Tau umzäunt und die Strafräume sowie die Mittellinie eigenhändig mit Sägespänen markiert.
Daß unsere Gegner, die Jungs aus Prag, hatten anreisen dürfen, verdankten sie nur den schusseligen Herren vom Vorstand des Karlsruher FV, die auf einen üblen Trick reingefallen, an ein irreführendes Telegramm geglaubt und deshalb nicht mit ihrer Mannschaft zur Vorrunde nach Sachsen gereist waren. Also schickte der Deutsche Fußballbund kurzentschlossen den DFC Prag ins Endspiel. War übrigens das erste, das stattfand, und zwar bei schönstem Wetter, so daß Herr Behr von den rund zweitausend Zuschauern ein hübsches Sümmchen Eintrittsgeld abkassieren konnte, in eine Blechschüssel hinein. Dennoch reichten die knapp fünfhundert Mark nicht, alle Kosten zu decken.
Gleich zu Beginn eine Panne: vorm Anpfiff fehlte der Ball. Prompt prote-

stierten die Prager. Doch die Zuschauer haben mehr gelacht als geschimpft. Entsprechend groß war der Jubel, als endlich das Leder auf der Mittellinie lag und unser Gegner mit Wind und Sonne im Rücken den Anstoß hatte. Waren auch bald vor unserem Tor, gaben von links eine Flanke rein, und nur knapp konnte Raydt, unser baumlanger Schlußmann, Leipzig vor einem frühen Rückstand retten. Nun hielten wir gegen, doch die Pässe von rechts kamen zu scharf. Dann aber gelang den Pragern aus dem Gedränge vor unserem Strafraum ein Goal, das wir erst nach einer Reihe heftiger Angriffe gegen Prag, das mit Pick einen zuverlässigen Torhüter hatte, vor der Halftime ausgleichen konnten.
Nach dem Seitenwechsel waren wir nicht mehr zu halten. In knapp fünf Minuten gelang es Stany und Riso dreimal einzusenden, nachdem Friedrich unseren zweiten Punkt und Stany noch vor dem Torsegen sein erstes Goal erzielt hatte. Zwar konnten die Prager nach einem Fehlpaß von uns noch einmal scoren, nun aber – wie gesagt – ging die Post ab, und der Jubel war groß. Selbst der tüchtige Mittelläufer Robitsek, der allerdings Stany schwer foulte, konnte unsere Männer nicht stoppen. Nachdem Herr Behr den unfairen Robi verwarnt hatte, holte Riso kurz vor Abpfiff den siebten Punkt.
Die Prager – vorher so hoch gelobt – enttäuschten ziemlich, besonders die Stürmerreihe. Zu viele Rückpässe, zu lasch im Strafraum. Später hieß es, Stany und Riso seien die Helden des Tages gewesen. Aber das stimmt nicht. Die ganze Elf kämpfte wie ein Mann, wenngleich Bruno Stanischewski, der bei uns nur Stany hieß, schon damals zu erkennen gab, was die Feldspieler polnischer Herkunft im Verlauf der Jahre für den deutschen Fußball geleistet haben. Da ich bei uns im Vorstand noch lange aktiv war, die letzten Jahre als Kassenwart, und häufig bei Auswärtsspielen dabeigewesen bin, auch noch Fritz Szepan und seinen Schwager Ernst Kuzorra, also den Schalker Kreisel, Schalkes große Triumphe erlebt habe, kann ich getrost sagen: Von der Altonaer Meisterschaft an ging es mit

dem deutschen Fußball nur noch bergauf, nicht zuletzt dank der Spielfreude und Torgefährlichkeit eingedeutschter Polen.
Zurück nach Altona: Es war ein gutes, wenn auch kein großes Spiel. Aber schon damals, als der VfB Leipzig klar und unbestritten als deutscher Meister galt, war manch ein Journalist versucht, sein Süppchen in der Legendenküche zu wärmen. Jedenfalls hat sich das Gerücht, die Prager hätten in der Vornacht auf Sankt Paulis Reeperbahn mit Weibern rumgesumpft und wären deshalb, besonders in der zweiten Halbzeit, so flau im Angriff gewesen, als Ausrede erwiesen. Eigenhändig hat mir der Unparteiische, Herr Behr, geschrieben: »Die Besseren haben gesiegt!«

1908

War die Zeit für Länderspiele gekommen. Am 5. April trat man in Basel gegen die Schweiz an und verlor mit 3:5. So zumindest melden es alle Handbücher und Statistiken. Wie der Journalist **Richard Kirn** nach Aussagen des zweifachen deutschen Torschützen Willy (nach neueren Quellen: Fritz) Becker zu berichten wußte, könnte es sich dabei um einen fatalen Irrtum handeln. Begann alles mit einer Unwahrheit, mit einem Übermittlungsproblem?

Der erste Mann, der in einem deutschen Länderspiel ein Tor schoß, heißt Willy Becker. Er ist jetzt Regierungsrat in Berlin. Geboren ist er in der Stadt, aus der auch jener Leux kam, der in Berlin den ersten Fußballklub gegründet hat. In Frankfurt nämlich.
Ja also, das Spiel! Es war der erste Länderkampf des damaligen DFB. Wir verloren ihn in Basel: die Schweizer siegten 5:3. Zwei Tore hat Becker gemacht, ein drittes der Förderer vom großen Karlsruher Fußballverein.
So steht es in allen Chroniken, diesseits und jenseits der Alpen, in den

Annalen der FIFA, in den Almanachen der Fußballnationen. Aber Willy Becker sagt: Nein. Es stimmt nicht. Wir haben 2:5 verloren. Das Tor von Förderer war kein Tor; es war ein Lattenschuß.
Man muß wissen, daß es damals noch kaum eine Berichterstattung gab und schon gar keine Zeitung, die einen Mann um eines Fußballspiels willen nach der Schweiz geschickt hätte. Zur Internationalen Ausstellung von Rassekarnickeln und Zuchthähnen, ja! Zum Treffen der besten Skatspieler Europens: mit Wonne! Zu einem Wettkampf zwischen dem schnellsten Rennpferd und dem hurtigsten Radfahrer: nichts wie hin, und wenn's einen Tausender kostete!
Aber Fußball? Nee. Fußball war eine odiose Angelegenheit. Und deshalb hat Willy Beckers Begründung einen winzigen Hauch von Wahrscheinlichkeit: in dem Artikel eines Berichterstatters habe sich das 5:3 eingeschlichen und seit dieser Zeit werde es geglaubt. (An der persönlichen Überzeugtheit und Klarheit des Ehrenmannes Willy Becker gibt es überhaupt keinen Zweifel.)

Auch in späteren, hochentwickelten Epochen – 1968 etwa – haperte es mitunter an der Technik. Schwache Leistungen auf Zypern wirkten sich offenkundig auf den Nachrichtenfluß aus; **Ror Wolf** war dabei:

Telefongespräch im Fernsehen anläßlich des Qualifikationsspiels zur Fußballweltmeisterschaft Zypern gegen Deutschland am 23.11.1968 in Nikosia (ARD)

A: Erster Fernsehreporter (auf dem Bildschirm)
B: Zweiter Fernsehreporter (in Zypern)
A: So. Nun wollen wir einmal versuchen, eine Verbindung mit Nikosia herzustellen. *(A hebt den Hörer ab.)* Hallo!
B: Ja.

A: Ah, da sind Sie ja. Wie war das Spiel?

B: Ich habe Ihre Frage nicht verstanden.

A: Meine Frage war, wie war das Spiel?

B: Das Spiel?

A: Jawohl.

B: Welches Spiel?

A: Na, ich denke, das Spiel, über das Sie uns berichten wollen, das Länderspiel in Nikosia.

B: Was?

A: Das Länderspiel.

B: Das Länderspiel?

A: Ja. Wissen Sie, wie es ausgegangen ist?

B: Ich kann es nicht beurteilen, weil ich das Spiel nicht gesehen habe.

A: Was, Sie haben das Spiel nicht gesehen?

B: Was?

A: Sie sagen, Sie haben das Spiel nicht gesehen?

B: Was?

A: Die Verbindung ist schlecht. Die Verbindung ist heute wirklich nicht gut. *(A hat jetzt einen Zettel in der Hand und wendet sich, den Hörer noch am Ohr, an die Zuschauer. A lächelt nicht.)* Wir haben hier ein Resultat nach vielem Hin und Her. Ein Ergebnis, das durchaus sein kann, das durchaus im Bereich des Möglichen liegt. *(A beugt sich, den Hörer noch am Ohr, über den Zettel. Offenbar kann er den Zettel nicht lesen. A wendet sich wieder an die Zuschauer.)* Aber wir wollen hören, ob wir nicht doch eine bessere Verbindung bekommen! Hallo!

B: Ja.

A: Ah, da sind Sie ja.

B: Ja, ich bin hier.

A: Ich freue mich, daß wir uns jetzt endlich verstehen.

B: Was?

A: Ich freue mich, daß wir uns jetzt verstehen!

B: Was meinen Sie? Ich kann Sie nicht verstehen.

A: Sie können mich nicht verstehen?

B: Doch, ich verstehe Sie gut.

A: Ah, das ist gut. Können Sie uns etwas über das Spiel sagen, vielleicht das Ergebnis?

B: – *(Es kratzt stark in der Hörmuschel, es knistert eine Weile, A hat den Hörer ein Stück vom Ohr entfernt, jetzt hält er ihn wieder ans Ohr.)*

A: Hallo! Ich höre Sie nicht. *(An die Zuschauer gerichtet:)* Das war ja zu erwarten. *(In die Muschel:)* Hallo! Was?

B: Wimmer im Mittelfeld!

A: Wer?

B: Wimmer!

A: Wimmer?

B: Ja.

A: Jawohl. Also Wimmer im Mittelfeld. Und wie ist das Resultat?

B: Ich habe Ihre Frage nicht verstanden.

A: Ich habe Sie gefragt, wie das Spiel ausgegangen ist. Unsere Zuschauer hier sind gespannt auf das Resultat.

B: Haben Sie eine Frage?

A: Ja, ich habe Sie nach dem Resultat gefragt!

B: Hallo?

A: Das Resultat, verstehen Sie mich? Das Ergebnis? Wie es ausgegangen ist?

B: Das ist mein Eindruck, wie gesagt, soweit ich das sehen konnte, soweit es sich um das Spiel handelt, auf das Sie anspielen.

A: Von wem sprechen Sie? Bitte, von wem sprechen Sie?

B: Ja. Soweit ich das beurteilen kann.

A: Können Sie mich denn nicht verstehen?

B: Ja, aber ich kann es nicht so genau sagen, ich muß mich auf das verlassen, was ich gehört habe.

A: Und wissen Sie, wie es ausgegangen ist?
B: Was?
A: Das Spiel, wie ist das Resultat?
B: Ich glaube ja.
A: Gab es sonst noch was Besonderes?
B: Ich kann Sie plötzlich nicht verstehen, die Verbindung ist schlecht.
A: *(Legt den Hörer auf.)* Es tut mir leid, liebe Zuschauer, aber das Resultat ist nicht mit Gewißheit zu erfahren.

1910

Und Simmering? Der Sportklub stellt mit Emil Reichl, dem »Centrehalf«, seinen ersten Spieler fürs österreichische Nationalteam. Bravo.

1912

Lokalkämpfe, sogenannte Derbys, gehören zum Schönsten, was es gibt. Austria gegen Rapid, Löwen gegen Bayern, Hertha gegen Union, United gegen City ... oder Fla gegen Flu, wie **Eduardo Galeano** erinnert:

Im Jahre 1912 kam es zum ersten Mal zum klassischen Derby des brasilianischen Fußballs, zum ersten Fla gegen Flu. Der Klub »Fluminense« schlug den Klub »Flamengo« 3 zu 2.
Es war ein aufregendes, hartes Spiel, bei dem es im Publikum zu mehreren Ohnmachtsanfällen kam. Die Ehrentribüne war vollgestopft mit Blumen, Früchten, Federn, Damen und Herren. Während die Herren jedes Tor feierten, indem sie ihre Strohhüte aufs Spielfeld warfen, ließen

die Damen ihre Fächer fallen und sanken zu Boden, weil die Tore sie so erregten, oder wegen der großen Hitze im Korsett.
Der Klub »Flamengo« war erst kurz zuvor ins Fußballeben getreten. Entstanden war er aus einer Abspaltung des Klubs »Fluminense«, der sich nach viel Streit und Kriegsgeschrei und Geburtswehen teilte. Bald schon bedauerte es der Vater, daß er diesen frechen Sohn nicht gleich in der Wiege erwürgt hatte, doch da war nichts mehr zu machen: »Fluminense« hatte seinen eigenen Fluch zur Welt gebracht, und das Unglück war nicht mehr aufzuhalten.
Und seither geben sich Vater und Sohn, rebellischer Sohn, verlassener Vater, alle Mühe, sich zu hassen. Jedes klassische Duell Fla gegen Flu ist eine neue Schlacht in diesem Krieg ohne Ende. Beide lieben sie die gleiche Stadt, Rio de Janeiro, träge Sünderin, die sich gnädig lieben läßt und sich einen Spaß draus macht, sich beiden anzubieten und sich keinem hinzugeben. Vater und Sohn spielen für die Geliebte, die mit ihnen spielt. Um sie schlagen sie sich, und sie, sie kommt im Festkleid zum Duell.

Gottfried Fuchs aus Karlsruhe traf beim 16:0 gegen Rußland zehnmal ins Schwarze – Rekord! Trainer Fritz Langner (»Ihr fünf spielt vier gegen drei«) wurde geboren.
Und in Simmering? Da ging es weiterhin rauh zu. Über all die Jahre seines Bestehens hinweg herrscht beim Sportklub eine Atmosphäre unverstellter Derbheit, die den Schriftsteller und Kabarettisten Helmut Qualtinger den Satz »Simmering gegen Kapfenberg, das ist Brutalität« tun ließ. Der galt auch 1912, als sich eine Nicht-Simmeringer Zeitung beklagte: »Bedauerlicherweise ist es noch nicht eingeführt, daß auch die Zuschauer Schienbeinschützer tragen. Schon lange ist der Platz in Simmering wegen der Roheit seiner Besucher verrufen.«

1922

Ging es richtig zur Sache und dennoch gab es erstmals in der Geschichte der deutschen Meisterschaft keinen Titelträger. In zwei unendlich langen und verbissen geführten Endspielen konnten sich der 1. FC Nürnberg und der Hamburger SV am 18. Juni und 6. August nicht auf einen Sieger einigen. Schiedsrichter **Peco Bauwens** aus Köln schildert den Verlauf des zweiten Endspiels:

Nachdem sich in der ersten Viertelstunde eine scharfe Note im Spiel beider Mannschaften zeigte, ermahnte ich die Mannschaftsführer und wies darauf hin, daß ich nun zu dem schärferen Mittel des Herausstellens greifen würde, da meine dauernden Ermahnungen und die Verhängung von Strafstößen doch nichts nützen würden. Ein Vorstoß vom Nürnberger Innensturm kam im Strafraum zum Stillstand. Der Ball wurde von einem Hamburger Spieler im weiten Schlag zum linken Flügel gegeben, und zwar ging der Ball bis auf die Mittellinie. Als der hohe Stoß erfolgt war, sah ich noch, wie Boes, obgleich der Ball weg war, sein Bein gegen einen am Boden liegenden Hamburger (Beier) erhob … Daraufhin verwies ich Boes des Spielfeldes. Bevor ich die erste Verlängerung anpfiff, hörte ich eine heftige Auseinandersetzung zwischen Träg und Agte. … In dieser ersten Verlängerung schied dann Kugler verletzt aus. Etwa 5 Minuten vor Schluß machte Träg einen schnellen Vorstoß, den Beier durch korrektes Sperren unschädlich machte. Träg stieß nun, ohne den Ball zu haben, Beier mit aller Kraft in den oberen Rücken, nahe dem Nacken, so daß Beier nach vorn überkugelte. Im gleichen Augenblick pfiff ich ab und verwies Träg des Platzes. Die Handlung war derart gemein, daß ich nahe daran war, das ganze Spiel jetzt schon abzubrechen. Riegel wurde zum Mannschaftsführer erklärt. Mit dem Schlußpfiff der ersten Verlängerung brach Popp zusammen. Ich ließ einige Zeit verstreichen, damit er sich erhole. Es wurde mir dann von Riegel erklärt, Popp könne nicht mehr weiterspielen. Ich machte darauf aufmerksam, daß ich das Spiel abbrechen müsse, da weniger als 8 Mann auf dem Spielfelde seien. Riegel erklärte nach einiger Zeit, Popp könne nicht mehr eintreten. So brach ich vor Beginn der zweiten Verlängerung ab.

1923

Schrieb der große **Franz Kafka** am 3. Oktober an seinen Schwager Josef David und lieferte ein frühes Zeugnis kulturpessimistischer Fußballbetrachtung:

Lieber Pepa, sei so gut und schreibe mir ein paar Zeilen, wenn zuhause etwas besonderes geschehen sollte. Heute ist Mittwoch abends, ich bin seit 10 Tagen hier und habe insgesamt 2 Nachrichten von zuhause erhalten. Das würde vollkommen genügen, nur war es nicht gut verteilt, die 2 Nachrichten kamen schnell nacheinander. Also Du wirst mir schreiben, falls etwas geschehen sollte, nicht wahr? Und was machst Du, wenn Du niemanden hast, dem Du vor Berlin Angst machen kannst. Pepa, mir Angst machen, das ist so wie Eulen nach Athen tragen. Und es ist hier wirklich schrecklich, in der inneren Stadt leben, um Lebensmittel kämpfen, Zeitungen lesen. Das alles tue ich allerdings nicht, ich würde es keinen halben Tag aushalten, aber hier draußen ist es schön, nur manchmal dringt eine Nachricht durch, irgendeine Angst bis zu mir, und dann muß ich mit ihnen kämpfen, aber ist es in Prag anders? Wie viele Gefahren drohen dort täglich einem so ängstlichen Herzen. Und sonst ist es hier schön, dem entsprechend sind zum Beispiel der Husten und die Temperatur sogar besser als in Schelesen. – Die 20 K übergab ich einem Kinderhort, darüber werde ich Dir noch Näheres berichten. – Wenn Du ein Referat über die Berliner Zustände haben möchtest, dann schreibe mir nur. Allerdings die Berliner Preise! Es wird ein teures Referat sein. Schlage übrigens die letzte Selbstwehr auf. Professor Vogel schreibt dort wieder gegen den Fußball, vielleicht hört der Fußball jetzt überhaupt auf. Grüße mir schön die Eltern und die Geschwister und Herrn Svojsík. Übrigens kam jetzt ein Brief von Elli, es ist also alles in Ordnung.

Im gleichen Jahr wurde der Fußball in Deutschland von der Lustbarkeitssteuer befreit.

1924

Erschien das originellste Theaterstück, das um den Ball kreist: **Melchior Vischers** *Fußballspieler und Indianer.* Zwei Jahre später wurde es uraufgeführt:

Hessisches Landestheater Darmstadt

Nr. 308

*

Zyklus Junge Bühne — 3. Vorstellung | Kleines Haus | Zyklus Junge Bühne — 3. Vorstellung

Samstag, den 27. März 1926

Uraufführung

Fußballspieler und Indianer

Für die alte Welt eine Tragödie — Für die neue Welt eine Komödie und umgekehrt
In 7 Aufzügen von Melchior Vischer

In Szene gesetzt von Karl Loewenberg

Die dazugehörige Musik komponiert von Erich Riede

Personen:

Bill Week, Mittelstürmer	Max Nemetz	Opito, sein schwermütiger Sohn	Hans Schalla
Chester, Präsident eines Professionalklubs	Paul Maletzki	Yurupari, Medizinmann u. Zauberer	Hans Baumeister
Townly, Trainer	Hans Schultze	Waya, Yuruparis Tochter	Bessie Hoffart
Schimsa, Fußball-Agent	Robert Klupp	Azang, Urwaldhausierer	Hugo Keßler
Milly, Fußballbraut	Mirjam Lehmann-Haupt	Kellner	Walter Bluhm
Popp, Klubdiener	Kurt Westermann	Schiedsrichter	Friedrich Kinzler
Oll, Schipper	Wilhelm Mayenknecht	Bursche	Hans Wenzelberg
Epetembo, Indianerhäuptling	Hans Ausfelder	Erster Junge	Emil Geis
		Zweiter Junge	Heini Krichbaum
		Dritter Junge	Heini Döpcke

Fußballspieler, Schiedsrichter, Gassenbuben, Indianer, Squaws und sonstige Nebenpersonen

1. Aufzug: Auf der Fußballbörse — 2. Aufzug: Im Klubhaus — 3. Aufzug: Vor dem Klubhaus am Fußballplatz
4. Aufzug: Vor dem Indianerlager — 5. Aufzug: Im Kohlenwagen — 6. Aufzug: Auf dem Fußballplatz —
7. Aufzug: Im Urwald

Spielwart: Adolf Schmidt

Bühnenbild: Lothar Schenck von Trapp
Ausführung des Bühnenbildes: Georg Pfeiffer und Maler Franz Langer
Kostüme: Obergarderobiere Marie Hegt und Garderobeinspektor Viktor Storck
Beleuchtung: Beleuchtungsinspektor Adolf Weil

Anfang 7 Uhr | Hauptpause nach dem 4. Aufzug | Ende 10 Uhr

Umjubelter Star des Olympiaturniers 1924 wurde der Uruguayer José Leandro Andrade – wie sein Landsmann **Eduardo Galeano** zu berichten weiß:

Europa hatte noch nie einen Schwarzen, einen »Neger«, Fußball spielen sehen. Bei den Olympischen Spielen von 1924 begeisterte der Uruguayer José Leandro Andrade mit seinen brillanten Spielzügen. Im Mittelfeld fegte dieser Riese mit dem Gummikörper den Ball nach vorn, ohne je den Gegner zu berühren, und wenn er sich in den Sturm integrierte, ließ er mit seinen flinken Bewegungen die Spieler der gegnerischen Mannschaft einfach stehen. Bei einem der Spiele lief er mit dem schlafenden Ball auf dem Kopf über den halben Platz. Die Zuschauer jubelten ihm zu, die französische Presse nannte ihn »das schwarze Wunder«.
Als die Spiele vorüber waren, beschloß Andrade, noch eine Weile in Paris zu bleiben. Dort lebte er wie ein Bohemien und König der Nachtclubs. Die Lackschuhe ersetzten die Bastschlappen, die er aus Montevideo mitgebracht hatte, und ein Zylinder nahm den Platz der Schiebermütze ein. Die Klatschspalten der Zeitungen jener Jahre zeigen ihn als Herrscher über die Nächte am Pigalle: der geschmeidig tänzelnde Gang, das gewinnende Lächeln, die zusammengekniffenen Augen, die immer wie von weitem blickten, und eine umwerfende Garderobe: Seidentücher, Nadelstreifenanzüge, gelbe Handschuhe und einen Spazierstock mit Silberknauf.
Andrade starb viele Jahre später in Montevideo. Seine Freunde hatten mehrere Benefizspiele für ihn geplant, doch keines davon kam je zustande. Er starb an Tuberkulose und arm wie eine Kirchenmaus.
Es war schwarz, Südamerikaner und bettelarm, das erste internationale Idol im Fußball.

1925

Wurde erstmals ein Fußballmatch – Münster gegen Bielefeld – im Rundfunk übertragen und erlebte das Spiel eine entscheidende Regeländerung, als die Abseitsregel neuformuliert und so ein offensiveres, attraktiveres Spiel möglich wurde. **Willy Meisl** und **Carl Koppehel** wiesen früh auf eine Konsequenz hin, auf das »dumme Abseitsstehen«:

Das dumme Abseitsstehen wird ja nun durch die Neufassung der Abseitsregel den Stürmern sehr erschwert. Jetzt, da sie nicht mehr abseits sind, wenn sich auch nur *zwei* (statt wie bisher drei) feindliche Spieler zwischen ihnen und der gegnerischen Torlinie befanden, als der Ball von einem Partner zuletzt gespielt wurde, jetzt wird es ja beinahe eine Kunst werden, abseits zu stehen. Immerhin darf man auch bei der neuen Fassung der Regel, die gewiß in allernächster Zeit auch in Deutschland in Kraft gesetzt werden wird, nicht allzu leichtsinnig sein. Nun hat der Angreifer fast jeden, der Verteidiger fast keinen Trumpf mehr in der Hand, aber … man muß doch eben wenigstens einen Mann außer dem Torwächter vor sich haben, wenn man vor dem Balle und in der gegnerischen Platzhälfte stehend ins Spiel eingreift. War es schon früher dumm, wenn ein unaufmerksamer oder unintelligenter Stürmer sich abseits stellen ließ oder gar selbst stellte, so wird es nunmehr geradezu sträflicher Leichtsinn sein. Nur krasseste Regel- und Spielunkenntnis kann jetzt die Ursache bilden, wenn ein Stürmer den Angriff seiner Kollegen durch Abseitsstehen unterbindet. Sich und seinem Spielführer stellt er damit ein beschämendes Zeugnis aus.

Der dämliche Stürmer, der in seinem ungebremsten Tordrang immer wieder ins Abseits läuft – dieses Bild sieht man noch heute, und Trainer Manfred Krafft resignierte gar ob dieses Anblicks: »Meine Mannschaft ist fünfzehn- oder sechzehnmal ins Abseits gerannt. Das haben wir auch die ganze Woche geübt.« Was genau unter Abseits zu verstehen ist, gehört für viele zu den ewigen Mysterien, wiewohl die Regel selbst mit wenigen Worten auskommt. In der Praxis sieht das anders aus, und so beherrschen Diskussionen über »gleiche Höhe«, »Abseitsfallen« oder »passives Abseits« fast jede Nachbetrachtung eines Spiels. Wer Abseits begreift, begreift auch den Fußball, so die Faustregel, und deshalb dient dieser leidige Regelpassus auch dazu, die Frauen gemeinerweise aus der Welt des Fußballs auszugrenzen. Der norddeutsche Gelegenheitslyriker **Hans Hummel** hielt einen typischen Familiendisput in seinen Versen *Abseits!* fest:

Emil Meyer, dieser tolle,
Chef der Firma Schmalz & Kitt,
Nahm am Sonntag seine Olle
Wunschgemäß zum Fußball mit.

Ach, was mußte er ertragen!
Annilein, sein trautes Weib,
Fragte ihn mit Wohlbehagen
Die Gedärme aus dem Leib!

»Was ist foul? Und was sind Ecken?
Warum ist das Tor so klein?
Warum müssen Läufer decken?
Sag mal, Männe, *muß* das sein?«

»Warum heißt der Torwart Schafbaum,
Warum schmeißt er sich jetzt hin?
Machst *Du* auch mal Hand im Strafraum,
Wenn ich nicht zugegen bin?«

Meyer war schon gänzlich heiser.
Wie ein Spatz, der Kohlen frißt,
Doch sein Weibchen – nun schon leiser –
Fragte noch, was »abseits« ist.

Da schrie er mit letztem Mute,
Was ein jeder wohl begreift:
»Abseits ist, Du dumme Pute,
Wenn der Mann da unten pfeift!«

Frauen und Fußball, ohnehin ein weites Feld. Womöglich liegt alles in den Genen begründet, spekulieren zumindest **Harald Braun** und **Johannes Dräxler**:

HARALD: Wir haben keine andere Wahl. Wir sind mit Fußball aufgewachsen, das ist genetisch und sozial imprägniert.
JOHANNES: Das klingt mir zu deterministisch; wir sind doch erwachsen, jedenfalls dem Alter nach; wir könnten ja auch nein sagen.
HARALD: Dann tu's doch.
JOHANNES: Ich *will* ja nicht. Fußball ist meine freie Entscheidung!
HARALD: Ich glaube, das Problem der Frauen mit Fußball ist: Sie haben nichts Vergleichbares, was sie so fasziniert.
JOHANNES: Es gibt welche, die shoppen stundenlang oder reden mit Hingabe über Beziehungen. Mit ihren Männern, mit ihren Freundinnen. Die gehen darin auf. Wie wir im Fußball.
HARALD: Das ist nicht das gleiche. Das sind Einzelschauplätze, längst nicht so klassenübergreifend. Da kann nicht jeder mitreden. Außerdem: Unsere Emotionen beim Fußball sind doch gewaltiger.
JOHANNES: Große Gefühle. Heilige. Wie in der Oper. Du hast recht, es ist nicht vergleichbar.

HARALD: Wenn ich vor der Glotze sitze, sagt sie: »Alles ist dir scheißegal, aber wenn 22 Kerle auf dem Rasen rumlaufen, da zeigst du Gefühle.«
JOHANNES: Es stimmt schon, Frauen sind eifersüchtig. Meine fragt mich manchmal: »Woran denkst du? Bestimmt an Fußball.«
HARALD: Wahrscheinlich hat sie recht.
JOHANNES: Es gibt schon noch ein oder zwei andere Sachen. Natürlich würde sie nie zugeben, daß sie eifersüchtig ist auf Fußball.
HARALD: Wie geht ihr denn dem Super-GAU in der Beziehung aus dem Weg?
HARALD: Ich treibe es ja nicht so bunt wie du; ich spiele höchstens einmal die Woche; und ich schau' samstags nur noch ›ran‹, und nicht mehr zusätzlich das ZDF-Sportstudio. Obwohl dieser Verzicht wehtut.
HARALD: Du hast aber auch den Vorteil, daß deine Frau die Woche über in Hamburg ist.
JOHANNES: Ich gebe zu, daß ich durch die Wochenend-Beziehung werktags Fußball bis zum Abwinken genießen kann, notfalls zieh' ich mir die Samstagsspiele per Video rein. Eintracht-Tore seh' ich mir drei Tage lang an, vorm Einschlafen.
HARALD: So verrückt bin nicht mal ich. Weiß deine Frau davon?
JOHANNES: Ich glaube nicht. Es ist schon schwer genug. Kürzlich kam sie nach Hause, und ich warf mal eben ein Auge auf ›ran am Freitagabend‹, da kriegte sie die Krise: Entweder du machst das aus oder ich hau gleich wieder ab nach Hamburg.
HARALD: Als hätte sie eine Frau in deinem Bett entdeckt. Was hast du gemacht?
JOHANNES: Ausgeschaltet. Man muß eben Opfer bringen. War ja kein Eintracht-Spiel. Aber insgesamt ist es schon lässiger geworden; sie mißbilligt Fußball, aber sie akzeptiert meine finstere Seite – meistens.
HARALD: Ich hoffe auch, daß eines Tages Fußball & Frau möglich sein wird, ohne sich ständig auf die Glocke zu hauen …

Johannes: Dein Problem löst sich biologisch. Wenn du die 40 überschreitest, läßt die Lust am aktiven Fußball nach. Schau mich an.
Harald: Ich verdopple einfach mein Trainingsprogramm. Stan Matthews hat mit 50 noch in der Ersten Liga gespielt.

Nick Hornby erzählt anschaulich, wie er in Krisensituationen – Cambridge gegen Exeter – ungalant reagierte:

Meine Ankunft in Cambridge löste die zwei besten Spielzeiten in der kurzen Geschichte von United aus. In meinem ersten Jahr wurden sie in der vierten Division mit meilenweitem Vorsprung Meister, in meinem zweiten mußten sie feststellen, daß das Leben in der dritten etwas härter war, und bis zur letzten Woche warten, ehe sie den Aufstieg sicherstellten. Sie hatten innerhalb einer Woche zwei Spiele im Abbey Stadium: eins am Dienstag abend gegen Wrexham, dem besten Team der Division, das sie 1:0 gewannen, und eins am Samstag gegen Exeter, das sie gewinnen mußten, um sicher aufzusteigen.
Zwanzig Minuten vor Schluß ging Exeter in Führung, und meine Freundin (die zusammen mit ihrer Freundin und dem Freund ihrer Freundin die schwindelerregende Pracht des Aufstiegs selbst erleben wollte) tat prompt genau das, wozu Frauen, wie ich schon immer vermutet hatte, in krisenhaften Momenten neigen: Sie wurde ohnmächtig. Ihre Freundin schaffte sie zu den Sanitätern der St. John's Ambulance, während ich nichts anderes tat, als um den Ausgleichstreffer zu beten, der fiel, gefolgt vom Siegtreffer Minuten später. Erst nachdem die Spieler die letzten Champagnerkorken in die jubelnde Menge geschossen hatten, begann ich mich wegen meiner vorangegangenen Gleichgültigkeit mies zu fühlen.
Ich hatte vor kurzem THE FEMALE EUNUCH gelesen, ein Buch, das mich tief und nachhaltig beeindruckte. Aber trotzdem fragte ich mich, wie

man sich über die Unterdrückung von Frauen aufregen sollte, wenn man sich nicht einmal darauf verlassen konnte, daß sie in den letzten Minuten eines verteufelt engen Aufstiegsrennens aufrecht stehen blieben? Und wie stand es um einen Mann, der sich mehr Sorgen darum machte, daß sein Team in einem Spiel der dritten Division gegen Exeter City 0:1 hinten lag, als um jemand, den er sehr liebte. Es schien alles hoffnungslos zu sein.
Dreizehn Jahre später schämte ich mich noch immer für meinen Unwillen, meine *Unfähigkeit* zu helfen, und das tue ich zum Teil deshalb, weil mir bewußt ist, daß ich mich kein bißchen verändert habe. Ich will nicht auf jemand achtgeben, wenn ich bei einem Spiel bin; ich bin nicht *imstande*, bei einem Spiel auf jemand achtzugeben. Ich schreibe das etwa neun Stunden, bevor Arsenal im Europapokal gegen Benfica spielt, das wichtigste Spiel in Highbury seit Jahren, und meine Lebensgefährtin wird bei mir sein. Was geschieht, wenn *sie* umkippt? Werde ich den Anstand, die Reife, den gesunden Menschenverstand aufbringen, um mich darum zu kümmern, daß sie angemessen versorgt wird? Oder werde ich ihren schlaffen Körper zur Seite schieben, weiterhin den Linienrichter anschreien und hoffen, daß sie am Ende von neunzig Minuten noch atmet, natürlich immer vorausgesetzt, daß Verlängerung und Elfmeterschießen nicht erforderlich werden?

Wo wir gerade in Cambridge sind: Dort absolvierte auch **Vladimir Nabokov** seine Lehr- und Studienjahre, unter anderem als »einsamer Adler« im Tor:

Von den Sportarten, die ich in Cambridge betrieb, ist mir Fußball eine windige Lichtung inmitten einer ziemlich wirrnutzlosen Zeit geblieben. Mit Begeisterung war ich Torwart. In Rußland und den romanischen Ländern ist jene edle Kunst immer von der Aura eines beispiellosen

Glanzes umgeben gewesen. Erhaben, einsam, unbeteiligt, so schreitet der Held des Fußballtors durch die Straßen, verfolgt von hingerissenen kleinen Jungs. Er wetteifert mit dem Matador und Flieger-As als ein Gegenstand verzückter Verehrung. Sein Pullover, seine Schirmmütze, seine Knieschoner, die Handschuhe, die aus der Gesäßtasche seiner kurzen Hose ragen, heben ihn von der übrigen Mannschaft ab. Er ist der einsame Adler, der Geheimnisvolle, der letzte Verteidiger. Photographen, ein Knie ehrwürdig gebeugt, knipsen ihn, wenn er sich mit einem spektakulären Kopfsprung quer über die Öffnung des Tores wirft, um mit den Fingerspitzen einen niedrigen, blitzartigen Schuß abzuwehren, und beifällig brüllt das ganze Stadion, während er in dem unversehrten Tor noch einen Augenblick der Länge lang liegenbleibt, wie er fiel.

In England hingegen, zumindest in dem England meiner Jugend, waren der nationale Horror vor aller Angeberei und eine zu humorlose Vorliebe für solide Team-Arbeit der Entwicklung der exzentrischen Kunst des Torwarts immer abträglich. Auf diese These jedenfalls verfiel ich, um zu erklären, warum ich auf den Sportplätzen von Cambridge nicht sonderlich erfolgreich war. Gewiß, ich hatte auch meine hellen, heldischen Tage – wohltuender Rasengeruch, der berühmte Stürmer der gegnerischen College-Mannschaft dribbelt den neuen, gelbbraunen Ball vor seiner flink zustoßenden Fußspitze immer dichter heran, dann der stechende Schuß, die geglückte Abwehr, ihr lange anhaltendes Prickeln … Doch es gab andere, denkwürdigere, esoterischere Tage unter trostlosem Himmel, wenn der Boden um das Tor herum zu schwarzem Schlamm aufgeweicht war, der Ball fettig wie ein Plumpudding und mein Kopf nach einer Nacht des Versemachens von Neuralgie zermürbt. Glücklos verfehlte ich den Ball – und holte ihn aus den Maschen. Gnädig verlagerte sich das Spiel zum anderen Ende des durchweichten Feldes.

1930

Sepp Herberger legt an der Deutschen Hochschule für Leibesübungen seine Prüfung als Diplom-Turn- und Sportlehrer ab. Seine mit »sehr gut« bewertete Diplomarbeit hat das Thema *Der Weg zur Höchstleistung im Fußballsport* (→ 1954).

1931

Entsteht das österreichische Wunderteam um Mathias Sindelar. Otto Nerz' hilflose deutsche Mannschaft verliert erst 0:6, dann 0:5, und der Ruhm verblaßt auch nicht, als man im kommenden Jahr in einem legendären Spiel in England 3:4 verliert. **Paul Meißners** Gemälde zeigt die Helden, vorne mit Coach Hugo Meisl, dahinter Sindelar.

Johann Skocek und **Wolfgang Weisgram** versuchen die österreichische Ballfertigkeit jener Jahre zu erklären:

Die Idee war, kurz gesagt, die Verdichtung. Was ist Fußball, wenn nicht die Bemühung, eine Situation der zahlenmäßigen Überlegenheit herbeizuführen? Heutzutage bemühen sich gerade die besten Kicker, dies durch lange »Passes« und schnellen Lauf zu erreichen, sie sind also Erben der auf Effizienz ausgelegten deutsch-englischen Spielanlage. Sindelar und Konsorten gingen, inspiriert von den ungarischen Brüdern Jenö und Kalman Konrád und dem schottischen Flachpaßspiel, den umgekehrten Weg. Schnell aufeinanderfolgende kurze, den direkten Weg durch die »Gassen« der Gegner nehmende, sich quasi gegenseitig zitierende Vorlagen. Die Methode nannte sich, so erzählt der ehemalige Austrianer und Nationalteamtrainer Karl »Vogerl« Geyer, »mala ulica«, das ist slowakisch (was auf wienerisch »behmisch« ist), ins Deutsche übersetzt heißt das »kurze Gasse«. Im Wien der Nachkriegszeit taufte man die Methode um. »Ins Loch spielen«, sagte man dazu.

Die Wiener Schule war also ein Produkt eines trilateralen Kulturkarussells. Das dreht sich schon viel länger, als in Europa Fußball gespielt wird. Hugo Hantsch schreibt in seiner wunderbar altmodischen »Geschichte Österreichs«, dies Land verdanke seine Nationswerdung seit den Tagen Karls des Großen der nimmermüden Auseinandersetzung mit den hungrig hereindrängenden Böhmen und Ungarn. Österreich, damals stand natürlich noch »Ostarrichi« im Schiedsrichterbericht, sei der Felsen gewesen, an dem sich das Meer des ungarischen und des von Norden heranstürmenden böhmischen Willens brach. Der Fußball wird wie ein eingefrorener Posthornton viele Jahrhunderte später davon sprechen.

Sindelar stand im Zentrum dieser künstlerischen Bemühungen. 1938 schoß er für die »Ostmark« zwei Tore gegen die Mannschaft von Sepp Herberger, der mit Sindelars Spielweise wenig anfangen konnte. Ein Jahr später kam der »Papierene«, wie man den schmächtigen Spieler nannte, auf nie gänzlich geklärte Weise ums Leben.

Friedrich Torberg widmete ihm sein berühmtestes Gedicht *Auf den Tod eines Fußballspielers:*

Er war ein Kind aus Favoriten
und hieß Mathias Sindelar.
Er stand auf grünem Plan inmitten,
weil er ein Mittelstürmer war.

Er spielte Fußball, und er wußte
vom Leben außerdem nicht viel.
Er lebte, weil er leben mußte,
vom Fußballspiel fürs Fußballspiel.

Er spielte Fußball wie kein zweiter,
er stak voll Witz und Phantasie.
Er spielte lässig, leicht und heiter.
Er spielte stets. Er kämpfte nie.

Er warf den blonden Schopf zur Seite,
ließ seinen Herrgott gütig sein,
und stürmte durch die grüne Weite
und manchmal bis ins Tor hinein.

Es jubelte die Hohe Warte,
der Prater und das Stadion,
wenn er den Gegner lächelnd narrte
und zog ihm flinken Laufs davon –

bis eines Tages ein andrer Gegner
ihm jählings in die Quere trat,

ein fremd und furchtbar überlegner,
vor dem's nicht Regel gab noch Rat.

Von einem einzigen, harten Tritte
fand sich der Spieler Sindelar
verstoßen aus des Planes Mitte,
weil das die neue Ordnung war

Ein Weilchen stand er noch daneben,
bevor er abging und nachhaus.
Im Fußballspiel, ganz wie im Leben,
war's mit der Wiener Schule aus.

Er war gewohnt zu kombinieren,
und kombinierte manchen Tag.
Sein Überblick ließ ihn erspüren,
daß seine Chance im Gashahn lag.

Das Tor, durch das er dann geschritten,
lag stumm und dunkel ganz und gar.
Er war ein Kind aus Favoriten
und hieß Mathias Sindelar.

1933

Wurde Franz Binder aus St. Pölten, Niederösterreich, erstmals Österreichs Torschützenkönig. Sie nannten ihn »Bimbo« … was zeigt, daß das Spitznamenwesen im Fußball besondere Blüten treibt. **Michael Ringel** hat 100 Exemplare gesammelt; uns reichen die ersten achtzehn:

Air Karl-Heinz Riedle, FC Liverpool
Aki Alfred Schmidt, Borussia Dortmund
Ata Michael Lameck, VFL Bochum
Il Baffo (Der Schnauzer) Alessandro Mazzola, Inter Mailand
Balu Stefan Klos, Borussia Dortmund
Bank of England Gordon Banks, Leicester City
Bibi Azeglio Vicini, AS Cesena
Bimbo Franz Binder, Rapid Wien
Blonder Engel Bernd Schuster, 1. FC Köln
Boller Andreas Jeschke, FC St. Pauli
Bomber Gerd Müller, Bayern München
Boss Helmut Rahn, Rot-Weiß Essen
El Buitre (Der Geier) Emilio Butragueno, Real Madrid
Bulle Franz Roth, Bayern München
Cassius Manfred Manglitz, MSV Duisburg
Charly Gert Dörfel, Hamburger SV
Colt Ralf Sievers, FC St. Pauli
Coppi Alfred Beck, FC St. Pauli

1935

Erschien einer der wenigen bedeutenden Fußballromane im deutschsprachigen Raum, **Friedrich Torbergs** *Die Mannschaft*, der überdies – auch dies eine Seltenheit – die Schönheiten des Wasserballs festhält. Torbergs Protagonist Harry Baumester mußte freilich in den Tagen der Wiener Jahrhundertwende manch Hindernis überwinden, um sich seine Freizeitbeschäftigung zu erkämpfen.
Die Mutter zweifelte:

Aber eines Tages erschien – was sie schon seit Jahren nicht mehr getan hatte – Frau Doktor Baumester selbst im Fürstenheimpark.
Als Harry sie vom Ende des Spielplatzes her seinen Namen rufen hörte, war er so verdattert, daß er vor ihr, die ihn mit unheilkündender Stimme zu Fräulein Lämmermann vorangehen hieß, weder eine Entschuldigung noch gar eine Ausrede hervorzubringen vermochte. Mit gesenktem Kopf und sehr langsam machte er sich auf den Weg zum Sesselplatz am zweiten Rondeau, wo das angekündigte »Weiterreden« dann tatsächlich erfolgte, erregungslos und beklemmend, schon weil die Mutter es offenkundig nicht nur an ihn, sondern zum vielleicht noch schärferen Teil an Fräulein Lämmermann richtete:
Sie habe sich selbst ein wenig mit angesehen, was da auf dem roten Spielplatz getrieben werde, und habe sich überzeugt, wie sehr sie im Recht sei mit der Ablehnung dieses Spiels, das ja gar kein Spiel genannt werden könne, sondern ein unsinniges, ja geradezu – sie müsse sich leider so ausdrücken – blödsinniges Herumgelaufe und Herumgetrete. Es sei jedoch nicht bloß widerlich und ordinär, was sie schon längst gewußt habe; vielmehr verderbe der bei solch wilder Balgerei ständig aufgewirbelte Staub die gute Luft, derentwegen man doch den Fürstenheimpark aufsuche. Dieses sogenannte Spiel, von seiner abstoßenden Roheit ganz zu schweigen, sei also noch dadurch höchst gefährlich, daß es die Gesundheit der Lungen bedrohe, und zwar nicht nur die Lungen der unbeaufsichtigten Bengel, die daran Gefallen fänden – nein, auch die Erwachsenen und vor allem die kleinen Kinder bekämen eine solcherart verpestete Luft zu schlucken. Eine Pest, eine Epidemie sei dieses Fußballspiel, und sie staune sehr, daß die Fürstenheimsche Gartenverwaltung nicht dagegen einschreite. Überdies ruiniere es das Schuhwerk.
Damit war endgültig ausgesagt, was Frau Doktor Baumester über das Fußballspiel auszusagen wüßte. Sie wandte sich nunmehr an Fräulein Lämmermann – oder war, was sie jetzt sagte, erst recht für Harry be-

stimmt? Er hörte nicht mehr sehr genau zu, vernahm nur wieder etwas von Walter Brackl, der sich »so einer Horde gewiß nicht anschließen würde«, von einem »kleinen, dummen Jungen, der nicht einsehen will, daß man es nur gut mit ihm meint«, und das war offenbar er selbst. Damit hatte er genug, und erst als die Mutter zum Schluß direkt ihn anredete, mußte er aufmerken: »Dir aber, Harry, werde ich durchaus nicht verbieten, in den Fürstenheimpark zu gehen. Im Gegenteil, du wirst nur noch in den Fürstenheimpark gehen. Und du wirst schön brav mit einem Buch in der Hand hier neben dem Fräulein sitzen und dich nicht einmal so weit wegrühren dürfen wie die kleine Gertie. Ob dir das denn sehr angenehm sein wird, als angehender Mittelschüler, weiß ich nicht. – So, jetzt kannst du wieder gehen. Wohin du willst, auch auf den Spielplatz. Ich werde dich nicht mehr kontrollieren kommen. Ich hoffe, daß es ganz überflüssig wäre und daß du vernünftig wirst.«
Als Harry, niedergedrückt vom unentrinnbaren Vertrauen in seine Zuverlässigkeit, wieder auf dem Spielplatz erschien, hatte schon ein andrer seinen Platz eingenommen; und behielt ihn auch, auf Anordnung Scharrnagels, dessen fragende Geste von Harry mit traurig langsamem Abwinken beantwortet worden war.
»Krach mit der Alten?« fragte der Goalmann, in dessen Nähe Harry Posten faßte, um dem Spiel wenigstens zuzusehen.
Harry nickte.
Auch der Goalmann nickte, allerdings machte er dazu ein ganz anderes Gesicht als Harry.
»Hat noch jeder gehabt«, sagte er. »Und hat noch keinen gestört.«

Wenn wir schon in Österreich sind – was machte eigentlich Simmering? Einer der Ihren, Alex Svoboda, wanderte 1935 aus, um sein Fußballglück auf Malta zu suchen.

1936

Adolf Hitler besuchte, so die Sage, am 7. August zum ersten und letzten Mal ein Fußball-Länderspiel, das Olympia-Vorrundenspiel Deutschland gegen Norwegen. Die Anwesenheit des Führers lähmte die Akteure: 0:2 verloren; Hitler verließ das Stadion vorzeitig.

1937

Schlug am 16. Mai die Stunde der »Breslau-Elf« um Männer wie Goldbrunner, Janes, Kupfer, Szepan, Lehner, Urban ... und Otto Siffling aus Mannheim, der beim 8:0-Sieg über Dänemark gleich fünfmal traf. Es bedurfte freilich einiger rhetorischer Kniffe von Trainer **Sepp Herberger**, um den zaudernden Siffling davon zu überzeugen, sich in die Sturmmitte zu stellen:

Die Breslauelf die Ueberaufgaben der Ersatzleute.

" Ottl, wie ist es, wissen S i e keinen Mittelstürmer für mich " ? Der so angesprochene war Otto Siffling. Zeit und Ort des wie vorstehend eingeleiteten Gespräches war der frühe Abend des 2. Mai 1937 in meinem Zimmer im"Hotel " St. Gotthard" in Zürich. Am Nachmittag dieses Tages hatten wir im Grashopper Stadion unser Länderspiel mit der Schweiz ausgetragen, das von uns mit dem knappesten aller Resultat~~e, mit~~ 1: o gewonnen wurde.

So war es ganz natürlich, dass sich xxkxx mir schon während des Spielablaufes immer wieder Gedanken und Überlegungen XXXXXXXgXXX, XXXXXXXXXX " mitspielten, die sich mit den Möglichkeiten einer besseren Formation und Aufstellung unserer Angriffsreihe beschäfti ten.

Meine eingangs zitierte, an Otto Siffling gerichtete Frage, war das Schlussergebnis meiner Überlgungen, die - frei vom Spielgeschehen, auf der Fahrt im Buss vom Spiel zum Hotel xmxExmmx zu einem festen Beschluss gekommen waren. Ottbo Siffling war mein Mann ! Beim nächsten unserer Länderspiele sollte er in der Sturmmitte stehen! Mein Frage an ihn bewusst und mit voller Absicht gezielt!

MXXKXXKXXXXXXXXXX

Otto - noch den Spiedress auf dem Arm , den er , als Ersstzmann an diesem Tage, zusammenmixt mit den anderen Reserveleute auf den Zimmern der Spieler eingesammelt und auf mein Zimmer gebracht hatte -, und spitzbübisch gab er die Antwort: " Ich wüsste einen, Herr Herberger ! " Ich tat überrascht und interessiert: " Na, wen zdgnn ? " "Nehmen Sie mich !!" war seine Antwort. Ich hatte ihn, wo ich ihn haben wollte.

1938

Arsenal London ist ein berühmter Club, der es bereits zu Ansehen gebracht hatte, bevor Nick Hornby ihm in seinem Roman *Ballfieber* ein Denkmal setzte. Der Sportjournalist und Romancier **Hans Blickensdörfer** raffte sich schon 1938 auf und schrieb an den Arsenal Football Club, London:

Und in diesem letzten Vorkriegsjahr war Arsenal der berühmteste Fußballklub der Welt. 15 war ich gewesen und mit Hilfe des Freiburger Englisch-Professors Otto Bornhauser so weit in die Sprache eingedrungen, daß ich dem berühmten Arsenal-Manager George F. Allison einen Brief schreiben konnte, der ihn, wie ich beim Londoner Nachkriegstreffen erfuhr, unheimlich amüsiert hatte.
Frech ist er auf jeden Fall gewesen. Ich wollte nach London, aber erstens konnte man nicht reisen ohne Visum, zweitens brauchte man, um ein solches zu erlangen, dortselbst einen Bürgen, und drittens waren wir

keine reichen Leute. In jugendlichem Überschwang bildete ich mir aber ein, den Arsenal-Manager mit der heißen Liebe zu seinem Klub erweichen zu können. Mein Vater hat die Sache belächelt und ganze fünf Mark gewettet, daß ich nie eine Antwort bekommen würde.

Englisch hatte ich im dritten Jahr, aber ich hatte nie einen englischen Brief geschrieben. Und da er gescheit und zündend sein sollte, habe ich im Schulbuch geklaut und aus altem Stoff das gemacht, was man heute ein »remake« nennt. Wir nahmen gerade die Spanische Armada durch, und da ich auch nach England wollte, kam sie mir plötzlich nicht mehr stinklangweilig, sondern hochmodern vor. Da stand wörtlich: »Finding the way through the Channel blocked, the Spanish admiral resolved to sail around Scotland and Ireland. There is no denying the fact, that this plan of his was a bold one.«

Welch prächtige Satzkonstruktion! »Als der spanische Admiral den Weg durch den Kanal blockiert fand, beschloß er, um Schottland und Irland herumzusegeln. Die Tatsache kann nicht geleugnet werden, daß dieser Plan von ihm ein kühner war.«

Ich habe mich so verliebt in ihn, daß ich folgenden Brief verfaßte: »Arsenal Football Club London, Highbury N. 5.«

Dear Mr. Allison,

I am a 15 years old admirer of the Arsenal, and my greatest wish is to see a match at Highbury. But finding the way through the Channel blocked, I resolved to write you this letter. There is no denying the fact, that this plan of mine is a bold one, but I need an invitation for getting a visa and somebody who cares for me, because we can only change 10 Marks. If you cannot help me, please send me an autograph of Cliff Bastin, the favorite of Highbury.

Yours very sincerely …

Die Antwort ist nach drei Tagen gekommen, und mein erstaunter Vater hat fünf Mark blechen müssen.

Your letter revieved. I am afraid I am not in a position to gratify your desire to vi-

sit London, but I am very glad that you take an interest in the Arsenal Football Club. I will have Bastin sign this letter for you.
Yours very sincerely ...

Arsenal, Manchester United, Liverpool ... das sind bis heute die großen, auch über die Insel hinausstrahlenden Mannschaften der Engländer geblieben. Man kann indes auch dort für graue Mäuse schwärmen, für Leicester City zum Beispiel. Der Schriftsteller **Julian Barnes**, der unter dem Pseudonym Dan Kavanagh auch Fußballkrimis schrieb, berichtet davon:

Ich schlug die Zeitung auf, die Brigitta aufmerksamerweise auf das Tablett gelegt hatte, und hätte fast meinen Tee verschüttet. Nein, ich *habe* meinen Tee verschüttet – nur macht man sich wegen so was keine Sorgen mehr. Die Meldung stand auf der ersten Seite. Na, da gehörte sie ja auch hin, nicht wahr? Leicester City war Pokalsieger geworden. Ungelogen, Leicester City war tatsächlich Pokalsieger geworden! Hätten Sie nicht gedacht, nicht wahr? Na ja, *Sie* vielleicht, wenn Sie nichts von Fußball verstehen. *Ich* versteh aber ein bißchen was von Fußball, und ich war mein Leben lang für Leicester City, und *ich* hätte das nicht gedacht, darum geht's. Verstehen Sie mich nicht falsch, ich will meine Mannschaft nicht runtermachen. Es ist eine gute Mannschaft, manchmal eine sehr gute, bloß die großen Spiele gewinnen sie anscheinend nie. Meister in der zweiten Liga, so oft Sie wollen, o ja, aber englischer Meister sind sie nie geworden. Vizemeister, einmal, klar, kein Problem. Was jedoch den Pokal angeht ... Tatsache, unbestreitbare Tatsache ist: Die ganze Zeit, wo ich für Leicester City war, (und die ganze Zeit davor auch) sind sie nie Pokalsieger geworden. Sie haben eine sehr gute Nachkriegsbilanz, was das Erreichen der Endrunden betrifft – und das Nichtgewinnen des Pokals genauso, 1949, 1961, 1963, 1969, das sind die schwarzen Jahre, und ein oder zwei von diesen Niederlagen waren in meinen Augen besonders unglücklich, ich denke da vor allem an ... Okay, ich merke schon, Fußball interessiert Sie nicht so besonders. Ist ja auch egal, solange Sie die wesentliche Tatsache begreifen, daß Leicester City immer nur Kleckerkram gewonnen hatte, und jetzt hatten sie zum ersten Mal in der Vereinsgeschichte den Pokal geholt. Der Zeitung zufolge war das Spiel auch noch mordsspannend gewesen: Leicester City gewann 5:4 in der Verlängerung, nachdem sie sage und schreibe viermal im Rückstand gelegen hatten. Was für eine Leistung! Was für ein Zusammenspiel von Können und reiner Charakterstärke! Ich war stolz.

1941

Leitete der Seckbacher Schiedsrichter Helmuth Fink das deutsche Pokal-Endspiel Dresdner SC gegen Schalke 04. Daß auch ein so erfahrener Mann gelegentlich Alpträume zu durchleiden hatte, erzählte er **Richard Kirn**, der es wiederum der Nachwelt überlieferte:

Der Schiedsrichter Helmuth Fink aus Frankfurt hat viele große Spiele geleitet, gewaltige Pokalschlachten, Meisterschaftsentscheidungen kitzlichster Art, große Länderkämpfe wie Schweden und Dänemark 1941.
»Aber nie in meinem Leben war ich in solcher Not, habe ich so geschwitzt wie einmal, als der FFC gegen Offenburg spielte.«
Und dann erzählte er mir die Geschichte.
Es war ein sehr entscheidendes Spiel. Der Schiedsrichter Fink ist ein vorsichtiger Mann. Er trägt außer der Uhr in der Hand immer auch noch eine alte Armbanduhr.
Während der Kampf in der ersten Halbzeit sehr heftig hin- und herging und die gespannteste Aufmerksamkeit erforderte, merkte Fink plötzlich

zu seinem Schrecken, daß die Uhr stehengeblieben war. Offenbar war eine Feder gesprungen. Im gleichen Augenblick aber, da er dies erkannt hatte, sprang ihm der Ball, von irgendeinem Fuß heftig getreten, so gewaltig an den Arm, daß die Armbanduhr zerbrach.

Der Schiedsrichter war einen winzigen Augenblick fassungslos. Er stand mitten im Gewoge eines Spiels, das er keine Sekunde aus den Augen lassen durfte – zeitlos, aber gar nicht glücklich. Schließlich pirschte er sich in die Nähe des Linienrichters und bat ihn, ein Zeichen zu machen, wann Halbzeit sei.

Es war für einen so gewissenhaften Mann wie Fink, der sich gern auf sich selbst und sonst niemand verläßt, schon ein wenig peinlich, aber es blieb nichts anderes übrig.

In der Pause erzählte er sein Mißgeschick Freunden. Einer gab ihm eine wunderbare goldene Uhr in die Hand, ein Meisterwerk Schwarzwälder Uhrenkunst, dem man den Wert auf einen Kilometer ansah. Fink wehrte sich zunächst, nahm sie aber schließlich, als man ihm versicherte, wie gern man aushelfe.

Und da war es auch schon wieder Zeit.

Kaum aber war das Spiel ein wenig weitergelaufen, da hatte es schon wieder wilde Touren erklettert. Einer der Kämpfer kam mit wild rudernden Armen dem Schiedsrichter zu nahe und schlug ihm, ohne es freilich zu wollen, das Wunderwerk von Uhr aus der Hand –

Entsetzt sah Fink den goldenen Zauber im hohen Sommergras versinken … da mußte er schon wieder weiterspringen. Zum drittenmal an diesem Tag uhrenlos, nun aber viel schlimmer noch von der Angst gepeinigt, die Uhr könne im heftigen Gefecht von Spielerfüßen zertrampelt werden.

»Was ich damals geschwitzt habe … « Der Erzähler wird noch in der Erinnerung bleich. Und dann war auch dieses Spiel zu Ende. Und als Fink der fraglichen Stelle zuschritt, hoffnungslos und geängstigt, da

blinkte ihm schon von weitem entgegen, unberührt und blitzend: die Uhr.
Er nahm sie in die Hand. Sie tickte immer noch.

Mit Uhren ist das so eine Sache. Ein Nachgeborener Finks, das Oberhausener Unikum Wolf-Dieter Ahlenfelder, gelangte zu bundesweiter Berühmtheit, als er am 8. November 1975 die erste Halbzeit des Bundesligaspiels Werder Bremen gegen Hannover 96 schon nach gut dreißig Minuten beendete. Böse Zungen warfen dem Referee vor, leicht angeheitert den Rasen betreten und sich hinterher mit dem hammerharten Satz »Wir sind Männer und trinken keine Fanta« gerechtfertigt zu haben.
Die Halbzeitpause, die Ahlenfelder so herbeisehnte, ist ohnehin ein sagenumwobenes Ding. Was passiert dort, wo die Fernsehkameras nicht hindürfen? Traubenzucker, Börsenkursdebatten, Tränen, Früchtetee... und Gespräche zwischen Trainer und Spielern. Auch diese Dialoge lassen sich wissenschaftlich analysieren. Der Linguist **Marcel Schilling** hat sich der »Kommunikation von Fußballern in der Halbzeitpause« angenommen:

Das Schema der Halbzeitpause hat einige Ähnlichkeiten mit dem allgemeinen Schema der Beratung, ist jedoch eher ein Schema der Instruktion. Bei der Halbzeitpause handelt es sich um keine Beratungssituation, da die Mannschaft die Beratung nicht explizit einfordert und für sich auch nicht die Rolle des Ratsuchenden beansprucht. Der Trainer ist zwar für die Dauer des Meisterschaftsspiels, wenn er nicht als Spielertrainer aufläuft, ein Außenstehender. Aber er ist mit den Spielern in einem oft komplexen und lange währenden sozialen Prozeß verbunden, in dessen Verlauf sich die Identitätszustände der Mannschaft wie auch seiner selbst, ihre Erlebens-, Interpretations- und Handlungsfähigkeiten verändern. Mag dies schon die Ausgangssituation für eine erfolgreiche Beratung erschweren, die in den meisten Fällen ja durch einen Außenstehenden und

Unbefangenen erfolgt, so kommt noch hinzu, daß der Trainer unter erheblichem Erfolgsdruck steht, zutreffende Problemanalysen vornehmen und die notwendigen Lösungsanweisungen geben muß. Zudem ist das Rollenverhältnis sehr hierarchisch, sind Rechte und Pflichten zwischen Trainer und Spieler ungleich verteilt.

Die Asymmetrie der kommunikativen Rollen in der Halbzeitpause (im Unterschied zu Situationen, in denen sich der Trainer der Mannschaft unterordnet) und die ernste, teilweise sogar aggressive Modalität erklären sich aus den Bedingungen und Anforderungen der sozialen Welt des Mannschaftssportes. Ein Trainer wird vor allem vom Vorstand, dann auch von den Spielern, immer zuerst danach beurteilt, ob er Erfolg hat, und erst an zweiter Stelle danach, ob er *menschlich in Ordnung* ist. Daß der Erfolg primär ist und eindeutig dominant gesetzt wird, die Qualität der sozialen Beziehung zwischen den Beteiligten dagegen untergeordnete Bedeutung hat (und häufig lediglich instrumentellen Charakters ist), ist ein genrelleres Phänomen, das wir auch aus anderen Berufswelten kennen. Typischer Hinweis für die semiprofessionelle Ebene des gehobenen Amateursports scheint aber zu sein, daß, zumindest in den Augen der Spieler, dem »Menschlichen« dennoch ein hoher Stellenwert beigemessen wird.

1942

Otto Fritz, genannt »Tull«, Harder, war wohl einer der besten Mittelstürmer, die Deutschland je hatte. Zweimal wurde er mit dem Hamburger SV Meister, in 15 Länderspielen schoß er 14 Tore, und Zeugnisse aus den zwanziger und dreißiger Jahren überliefern, welche Explosivität in den Aktionen des großgewachsenen Stürmers lagen. Aus der Ahnengeschichte des deutschen Fußballs katapultierte sich Harder dadurch, daß er sich früh den Nationalsozialisten anschloß und dort Karriere, unter anderem als KZ-

Aufseher, machte. Der offizielle Fußball in Deutschland, der selten durch Fortschrittsgeist auffiel, hatte sich vom Hitler-Regime rasch vereinnahmen lassen. Männer wie Harder wurden dabei als Heroen verklärt. 1942 erschien **Fritz Peters'** Romanmachwerk *Tull Harder stürmt für Deutschland*, das Nationalismus und Fußballkitsch miteinander verquickte:

Tull war aufgestanden und ans Fenster getreten. Unter ihm lag Hamburg. Über den roten Dächern der Stadt lag ein dünner Dunst, und aus den Schornsteinen kroch langsam und schwerfällig weißer Rauch. Was hatte der Schwarzhaarige gesagt? Liebling der Massen?
Welcher Massen?
In der Ländermannschaft spielen? In der brasilianischen Ländermannschaft? Er, Tull Otto Fritz Harder aus Braunschweig, sollte Bürger eines fremden Landes werden? – Nie!
Mochten in Brasilien Hunderttausend zu den Spielen gehen! Mochten die Fußballspieler in jenem Lande gefeiert werden wie die Götter! Mochte man sie auf Händen tragen!
Niemals würde er sein Hamburg verlassen.
Hier, da unten, wo die alten Häuser der Hafenstadt im verschwimmenden Dunst lagen, war seine Heimat. Hier in Deutschland war er geboren. Deutschland war sein Vaterland. Wenn er für ein Land antreten sollte, dann nur für Deutschland, das er vier Jahre lang mit seinem Blut verteidigt hatte. Lächelnd hatte er damals dem Fremden geantwortet: »Ihr Angebot ist schmeichelhaft. Leider habe ich kein Interesse an ihm. Es ist zwecklos, noch weiter darüber zu reden.«
»Wie Sie wollen«, hatte der Fremde gesagt. »Hoffentlich bereuen Sie Ihren Entschluß nicht. Wenn ich Ihnen vielleicht meine Anschrift da lassen darf? Es sollte mich freuen, wenn Sie Ihre Ansicht vielleicht doch noch änderten.«
Tull hatte den Kopf geschüttelt. »Behalten Sie Ihre Anschrift. Mein Entschluß steht fest. Er ist endgültig.«

Tull Harder ist sich damals darüber klar geworden, daß er so etwas wie einen Auftrag hatte, daß er einer von denen sein mußte, die die Fahne ihres blutenden Landes hochzuhalten hatten. Die diese Fahne zeigen sollten, wohin sie auch immer ihr Sport führen würde. Er wußte, daß er die Pflicht hatte, stolz und mutig für das Ansehen seines Landes zu kämpfen. Es war damals leicht für ihn gewesen, das Angebot des Fremden abzulehnen. Er hatte sogar dabei lächeln können. Hatte er richtig gehandelt? War es nicht die große Chance, die ihm das Leben bot? Hatte ihm da nicht das Glück die Hand gereicht? –
Die Gedanken des Feldgrauen kehren zurück. Nein, er hat nichts zu bereuen. Er hat es richtig gemacht.
Er sieht die Fahne des neuen Reiches wehen. Er sieht eine stolze, starke Jugend.
Das da, die Fahne und die Jugend, ist das Glück!
Das ist die Erfüllung!
Das ist Deutschland!

Die Realität sah anders aus. **Gerhard Fischer** und **Ulrich Lindner** fassen in ihrem Buch *Stürmen für Hitler* Harders Werdegang zusammen:

Tull Harder war als Otto Fritz Harder 1892 in Braunschweig geboren. Seinen Kosenamen verdankte er im übrigen einem englischen Stürmer; er erhielt ihn noch in seiner Heimatstadt. Als der 1,90-m-Koloß die Braunschweiger Eintracht 1912 in Richtung Hamburg verließ, war er so populär, daß es beim Auszug aus der Heimatstadt einer Finte bedurfte: Er bestieg den Zug erst in Peine, denn am Braunschweiger Bahnhof wollten Anhänger Harders Abfahrt verhindern.
Beim HSV feierte der kantige Mittelstürmer – zusammen mit Halvorsen – zwei Deutsche Meisterschaften. Zwischen 1914 und 1926 bestritt Harder überdies 15 Länderspiele, in denen er 14 Tore erzielte. »Ein Volksliebling

war er«, schrieb der *Kicker* 1939. »Wenn er den Ball am Fuß über das Feld raste, dann rasten die Massen im Norden, im Westen, im Süden, im Osten.« Und sie sangen: »Wenn spielt der Harder Tull, dann steht es drei zu null.« Eine Hamburger Firma vertrieb gar eine »Tull Harder Cigarette«. Den Packungen lagen Bilder des Stürmers bei, und die Werbung befahl: »Sportler, raucht die neue Tull Harder Cigarette!«

Doch der Volksliebling hatte auch eine andere Seite.

Harder, der in einem deutsch-nationalen Elternhaus aufgewachsen war, erhielt nach dem Ersten Weltkrieg das Eiserne Kreuz I. und II. Klasse und war empfänglich für Parolen der Rechten. Als der HSV in den zwanziger Jahren in Köln gastierte, prügelte sich Harder mit einem englischen und einem französischen Soldaten. Schon am 1. September 1932, also fünf Monate vor der Machtübernahme der Nationalsozialisten, trat er der NSDAP bei. Am 10. Mai 1933 wurde er dann Mitglied der SS und zeigte sich fortan bei bedeutenden Fußballereignissen gerne in der Uniform der Schutzstaffel.

1939 wurde Tull Harder als Wachmann ins KZ Sachsenhausen in Oranienburg bei Berlin befehligt. Schon im November 1939 wurde er auf eigenen Wunsch ins Konzentrationslager Neuengamme bei Hamburg versetzt. Er war dort SS-Rottenführer, arbeitete zunächst als Wachposten, dann in der Lagerverwaltung. In einer Vernehmung vor Gericht sagte er später, daß er seinerzeit der Meinung gewesen sei, daß »Leute nur im KZ waren, wenn sie etwas ausgefressen haben.« Außerdem war ihre Behandlung »nicht so schlecht, soweit sie sich gut führten« (zwischen 1933 und 1945 starben in Neuengamme 55.000 Menschen).

Dann gelang dem Fußballer der nächste Aufstieg: Im August 1944 wurde Harder, mittlerweile SS-Hauptscharführer, nach Hannover versetzt. Dort befehligte er ab November als Lagerführer im KZ Ahlem eine 60köpfige SS-Wachkompanie. Die Gefangenen arbeiteten in unterirdischen Stollen für die Rüstungsproduktion der Continental Gummiwerke und der Maschinen-Fabrik Niedersachsen-Hannover (MNH). Kälte, hohe Luft-

feuchtigkeit, mangelnde Ernährung, unzureichende Kleidung und Mißhandlungen forderten von Ende November 1944 bis Februar 1945 230 Menschenleben.
Im März 1945 verließ Harder, nun SS-Untersturmführer, das KZ Ahlem. Nach dem Krieg wurde er gefangengenommen und vor Gericht gestellt, wo er sich reinzuwaschen versuchte – mit zum Teil hanebüchenen Aussagen. So sagte er unter anderem, daß in dem von ihm geleiteten KZ Ahlen »so viele Menschen gestorben sind, weil die inneren Organe der Häftlinge durch schlechte Ernährung im jüdischen Ghetto geschwächt waren, so daß sie die gute und reichliche Nahrung im KZ nicht vertrugen«.

Auch die Standardwerke, die in der Nazizeit erschienen, wußten, wie **Kurt Ottos** *Fußballsport*, auf welche Weise der populäre Volkssport auszuschlachten sei. Auf »Führertum« kam es auch hier an:

Der runde Lederball rollt über die ganze Erde. »König« Fußball hat sich die Welt erobert. In allen Ländern ist er zu Hause und überall, wo er Einzug hielt, wurde er zum Volkssport. Alt und jung stehen in seinem Bann. Immer neue Freuden, neue Geheimnisse, neuen Ansporn zu frohen Taten bietet er seinen Anhängern. Das ist auch kein Wunder. Der Spieltrieb ist ein natürlicher Urtrieb des Menschen. In jedem Kinde tritt er neu zutage. Und was käme diesem Spieltrieb mehr entgegen als der lustige, ewig rollende hüpfende, springende, fliegende Lederball! Sei es in diesem, sei es in jenem Ballspiel. Die natürliche, vielfach sehr eingeengte Sehnsucht des Menschen des 20. Jahrhunderts nach Spiel, Bewegung und Kampf findet im wechselvollen Spiel und im Kampf um Ball und Sieg ihre Erfüllung. Und »König« Fußball ist ein besonders starker Freuden- und Kraftspender! Im Rahmen der Gesamterziehung der deutschen Jugend hat die Körpererziehung im Dritten Reich endlich den ihr gebührenden Platz erhalten. Daß auch das Fußballspiel als Kampf- und Mannschaftssport in die-

sen Rahmen eingebaut wurde, war nur natürlich. Es erfaßt den jungen Menschen ganz, innerlich und äußerlich und bietet so die Möglichkeit großer Erziehungsarbeit.
Der Fußballsport ist ein Mannschaftskampf und erzieht zur Kameradschaft, zur Gefolgschaft und zum Führertum.

1944

Wurde am 13. Juli der Abwehrrecke Egon Coordes geboren, der seine Knochen für Werder Bremen und den VfB Stuttgart hinhielt. Als Trainer reüssierte er nur in begrenztem Maße, da er zu jener Spezies (»Dixie« Dörner, Berti Vogts u.a.) zählt, die mit ihrem eingefrorenen Charme dem modernen Medienzeitalter nicht gewachsen sind. Aufgeschlossene Übungsleiter besuchen Rhetorikseminare, wie sie beispielsweise der Redenschreiber **Frank Rosenbauer** (www.RedeGold.de) anbietet. Dieser weiß auch, wie sich Ansprachen und Festreden ausschmücken lassen:

Über Fußball sprechen ist immer besser, als abstrakte Wörter wie »Selbständigkeit«, »Nachhaltigkeit« oder »Offenheit« in den Raum zu werfen. Über solche Wörter muß man nachdenken. Der Hörer Ihrer Rede hat aber keine Zeit zum Sinnieren. Er muß sofort verstehen. Im Gegensatz zum Leser kann ein Hörer ja nicht zurück- und nachlesen. Sprechen Sie einfach, bildhaft. Also z.B. statt *»Die Zahlen sind unzweideutig«* besser *»Die Zahlen sprechen eine deutliche Sprache«*.
Dabei lieber zu mündlich als zu schriftlich. *»Man sagt, wir von der Textfabrik sind arrogant«* ist ja schriftsprachlich falsch – aber den Konjunktiv *»... seien arrogant«* sagt kein Mensch. Und sprechen Sie konkret. Reden Sie allgemein vom Fußball, sprechen Sie lieber vom FC Bayern oder einer anderen Mannschaft, die in Ihr Bild von der Firma paßt.

Suchen Sie nach solchen Bildern, sie sind eine hervorragende Waffe beim Reden. Neben einfachen Vergleichen (Textfabrik = FC Bayern) können Sie Metaphern benutzen, Bildersammlungen zu einem Thema. Die Zuhörer folgen aus Gewohnheit. Sehr beliebt ist z.B. die Familienmetapher, die sofort für Nähe und Geborgenheit sorgt. Wollen Sie z.B. auf einen Streit unter Mitarbeitern eingehen, beginnen Sie mit: *»In einer so großen Familie wie der Textfabrik AG gibt es immer mal Streit, das ist klar.«* Weiterer Vorteil: Die Rollen (Vater, Kinder, Verwandte, Nachbarn) können Sie in Ihrem Sinne besetzen und werten, ohne jemanden namentlich anzusprechen.
Als wahres Wundermittel erweist sich die Fußballmetapher: volkstümlich, vielseitig, nahezu unerschöpflich. Sie
- liefert Motivation zum Durchhalten (»ein Spiel dauert 90 Minuten«)
- beschönigt Personalwechsel (»frische Spieler auf dem Platz«)
- sorgt bei guten Zahlen für Siegesstimmung: »3:0 für die Textfabrik!«
- veranschaulicht Geschäftszahlen (»Nach der Halbzeit steht es … «)

u.v.m.
Auch die schwierige Standardsituation »einen Mitarbeiter besonders loben, ohne die anderen zu degradieren« läßt sich mit der Metapher leicht lösen. Bezeichnen Sie den guten Mitarbeiter doch einfach als *»Stürmer, der für uns das Siegtor geschossen hat – aber Siege, das weiß jeder, sind immer auch Mannschaftsleistungen!«* Gute Reden sind immer sehr persönliche Leistungen – auf anonyme Standardreden aus Mustersammlungen sollte man daher besser verzichten, wenn man die Chance der Rede nutzen will.

1950

Fand das erste Nachkriegsländerspiel der deutschen Nationalmannschaft statt und im gleichen Jahr wechselte Ludwig Janda vom TSV 1860 Mün-

chen zum AC Florenz. Der Mittelstürmer zählte damit zu den allerersten »Legionären«, wie man jene zwielichtigen Gesellen nannte, die ihre Künste in den Dienst ausländischer Clubs stellten. Jandas Beispiel folgten nicht wenige: Horst Buhtz, Albert Brülls, Karl-Heinz Schnellinger, Horst Szymaniak, Helmut Haller ... sie alle wechselten nach Italien, wo besonders gut gezahlt wurde. Auch Uwe Seeler drohte immer wieder dem Lockruf des Geldes zu erliegen. Er blieb jedoch standhaft, wohl auch, weil ihm 1961 der Hamburger Professor Helmut Thielicke einen mahnenden Brief schrieb: »Doch wenn Sie dieser Versuchung widerstehen, dann wäre das ein leuchtendes Fanal, durch das Sie eine abschüssige Bahn beleuchten, die Menschen zur Besinnung rufen und sie davor zurückschrecken lassen. (...) Ich glaube, Sie stehen jetzt vor der Frage, ob Sie eine noch größere Chance nutzen wollen: Der Jugend unseres Volkes ein Leitbild für die Lauterkeit der Gesinnung und für den Ernst des sportlichen Spiels zu werden.«
Seelers Charakterstärke zum Trotz hielt der Italo-Trend bis weit in die neunziger Jahre an, wodurch nicht zuletzt das Fußballverhältnis Deutschland – Italien brisant blieb (→ 1970). Den Fußballpoeten **Rudi Faßbender** aus dem holsteinischen Prasdorf regte dies an, sich ein deutsch-italienisches Sonett auszudenken – auch vor dem Hintergrund, daß es zwischen Spielen Pausen gibt, die Ballbesessene sinnvoll ausfüllen möchten:

Oft sind die Sonntagnachmittage doch so lang und man wartet auf die Sportschau. Ich möchte Ihnen zurufen: »Das ist die Zeit zu dichten!« Und vor allem: Das is' gar nicht so schwer, wie sich das hier anhört. Muß ja nicht gleich mit einem so komplizierten (oder antiquierten) Versmaß sein! Es gibt ja noch andere Kombinationsmöglichkeiten wie abab abab cde usw. Das schwierigste ist wirklich, den Anfang zu finden. Wissen Sie was? Wir helfen Ihnen da einfach mal und geben Ihnen die Endreime einfach mal vor. Sie brauchen dann sozusagen nur datt Fleisch an datt Skelett zu tun:

Fussball-Sonett

laufen
Rummenigge
Lire-Clique
kaufen.
raufen
Genicke
schicke
Haufen.

Spaghetti
Socken
Betti.

achsonetti
zocken
Hailaifunconfetti!

Na sehn Sie, war doch gar nich schwierig! Dichten kann jeder! Sag'n wir doch! Für die, die ein bißchen schummeln wollen – ha, wie im Kreuzworträtsel – ist eine der möglichen Lösungen dokumentiert!

Deutsch-Italienisches Fussball-Transfer-Sonett

Seht an die Kicker, wie zum Sturm sie laufen,
die Tête nimmt der Lipper Rummenigge.
Stürmt gradewegs ins Herz der walschen Lire-Clique,
und weil er gut ist, werden sie ihn kaufen!

Der Hoeneß-Uli möcht die Haare raufen,
oh seht ihn an, der Scheck sitzt im Genicke:
Wenn man den Kalle übern Brenner schicke,
mein Gott, was gäbe das für'n Lire-Haufen!

So Kalle aß – statt Knödel satt – Spaghetti.
Statt Siegmann stieg ein andrer auf die Socken.
War er malad, flog er in Wohlfahrts Krankenbetti.

Doch sonst gefiel ihm Milan achsonetti,
's gab auch genuch an Lire abzuzocken,
genuch für immer: Hailaifunconetti…!

1951

Durch Tore von Haferkamp und Morlock schlug die deutsche Nationalelf die Freunde aus Österreich mit 2:0. Schauspieler **Bernhard Minetti** gratulierte seinem Freund Herberger umgehend:

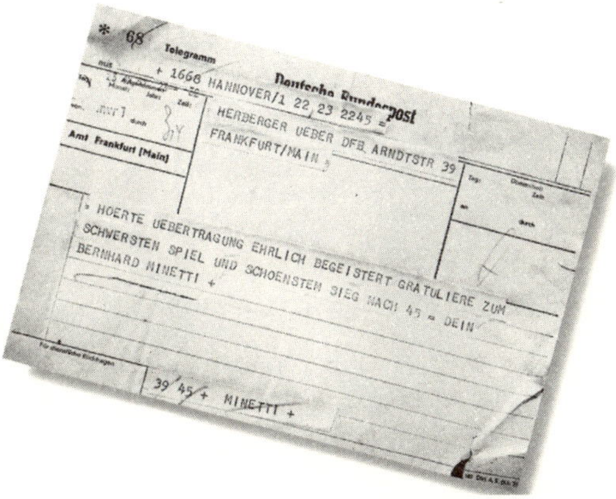
Telegramm
Deutsche Bundespost
+ 1668 HANNOVER/1 22 23 2245 =
HERBERGER UEBER DFB ARNDTSTR 39
FRANKFURT/MAIN =
Amt Frankfurt (Main)
= HOERTE UEBERTRAGUNG EHRLICH BEGEISTERT GRATULIERE ZUM
SCHWERSTEN SPIEL UND SCHOENSTEN SIEG NACH 45 = DEIN
BERNHARD MINETTI +
39/45/+ MINETTI +

1952

Gab es am 21. September erstmals im Hörfunk eine Konferenzschaltung, ein Phänomen, das in seiner eindringlichen Schönheit Fernsehen, Internet und Pay-TV überlebt hat.

1953

Galten die ungarischen Mannen um Puskas & Co. noch als unbezwingbar, und der Gewinn der Weltmeisterschaft schien nur eine Formsache. Der russische Ballexperte **S. A. Sawin** erklärt den Wochenzyklus zur »Formerhaltung« Ungarns:

Das Training der ungarischen Fußballspieler in der Periode der Formerhaltung (Wochenzyklus) Tabelle 2

	Montag	Dienstag	Mittwoch und Donnerstag	Freitag	Sonnabend
Inhalt des Trainings	Beseitigung evtl. vorhandener Müdigkeit nach dem Spiel. Leichte Gymnastik, Massage, Bäder, ärztliche Behandlung (wird zu Hause ausgeführt). Zum Sportplatz kommen diejenigen, die massiert oder ärztlich behandelt werden müssen	1. 200 m Laufen, 200 m Gehen, 400 m Laufen mit Sprüngen, Kniehebelauf, Ballengang, 4 bis 5 Minuten Ruhe 2. 400 m Tempowechselläufe 3. Gymnastische Lockerungsübungen, Spezialgymnastik und Ballwurf 4. Antritts- und andere Schnelligkeitsübungen 5. Ballübungen nicht länger als eine Stunde 6. Wettkämpfe (Lauf, Sprung mit dem Ball) 7. Stafetten, Spiele 8. Entspannungsübungen, d. h. leichter 400-m-Lauf, Gehen mit körperschulenden Bewegungen für Arme, Atmung u. ä. Falls Müdigkeit nach dem Spiel bemerkt wird, leichtes Training, dann Lockerungsübungen, leichte Schnelligkeitsübung. Wettbewerbe, Stafetten, Spiele. Entspannungsübung	1. 200 m leichter Lauf, 200 m Gehen, 400 m Tempowechselläufe 2. Lockerungsübungen 3. Schnelligkeits- und Sprungkraftübungen, zweimal 150-m-Lauf, zwischen den Läufen 5 bis 6 Minuten Ruhe 4. Technische und taktische Ballübungen 5. Spiel auf 2 Tore, manchmal mit einer fremden Mannschaft 6. Entspannungsübungen, 400 m leichter Lauf, Gehen. Am freien Tag aktive Erholung (Gymnastik, weite Spaziergänge)	1. 400 m Laufen 400 m Gehen 400 m Steigerungslauf 2. Spezial- und Lockerungsgymnastik 3. Schnelligkeitsübungen. Nach der Pause 300 m Laufen in mittlerem Tempo 4. Unterhaltsame Spiele (manchmal Leichtathletik) 5. Stafetten, Spiele (oder Handball) 6. Entspannungsübungen, 400 m Laufen, Gehen usw.	Aktive Erholung (Gymnastik und weite Spaziergänge)

Irgendwas ist dann schiefgegangen – wie das folgende Jahr zeigte.
Wie stark Spartak Moskau 1953 spielte, haben wir nicht nachgeprüft ... obwohl Analytiker **Sawin** auch hierzu interessante Schaubilder anbietet:

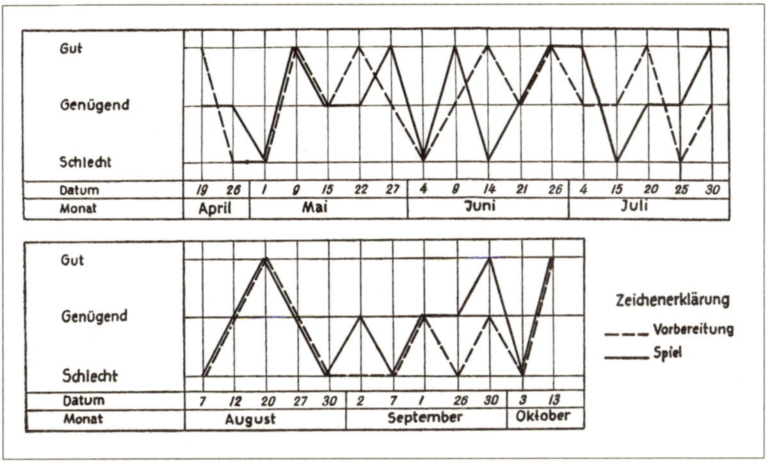

Zurück zum Ungarn, der sich, wie wir alle wissen, vor allem von Gulasch ernährt. Das schmackhafte Gericht hat seit den Tagen von Hidegkuti & Co. längst seinen Siegeszug über die ganze Welt angetreten. Selbst Torwart **Harald »Toni« Schumacher** weiß diese Köstlichkeit zu schätzen:

Ich weiß – ich bin kein guter Esser. Oft lasse ich das Frühstück aus, häufig sogar die Hauptmahlzeit. Es kann vorkommen, daß ich manchmal vier Tage lang kaum Fleisch anrühre. Auch in der Nationalmannschaft.
Das hängt damit zusammen, daß ich in Sachen Fleisch recht wählerisch bin. Und wenn wir dann in Länder kommen, wo das Fleisch von nicht gerade berauschender Qualität ist, sagen wir mal in Uruguay und manchmal auch bei der WM in Spanien, dann schiebe ich den Teller zurück.
Aber Gulasch, Gulasch ist mein Leben. Manchmal kommt dann Hans-

Georg Damker zu mir, oder ich gehe zu ihm: »Wie wär's denn mal wieder mit Gulasch?« Und dann verputze ich vier Portionen davon. Mein Rekord: In Spanien habe ich in einem Rutsch fünf Teller voll verzehrt. Wenn die anderen Kameraden der Nationalmannschaft sehen, daß es wieder Gulasch gibt, wird natürlich geunkt: »Na, Toni, warst du wieder in der Küche?« Meine Antwort: Ich nicke. Mit vollem Mund. Die sollten dankbar sein, daß ich nicht ständig um Kaßler mit Sauerkraut bitte.

Und die Simmeringer? Nichts Neues, wie der »Sportfunk« vermeldet: »Ihre Neider behaupten, daß sie forsch ins Zeug gehen und daß jede Gastmannschaft schon beim Rauslaufen eine Ganslhaut bekommt.« Beim Spiel in Graz wurden Bierflaschen hin- und hergeworfen, beim Spiel gegen Rapid Wien mußte Spieler Wallner zusehen, weil er den Schiedsrichter mit einem frühen Goethe-Zitat beleidigt hatte und gesperrt worden war.

1954

Natürlich. Jetzt darf endlich über Deutschlands Rückkehr in die Völkergemeinschaft gesprochen werden, über den unerwarteten 3:2-Sieg gegen die Ungarn im Berner Wankdorf-Stadion. Regalmeter an Literatur liegen zu diesem Ereignis vom 4. Juli vor, darunter auch Erinnerungen des deutschen Spielführers **Fritz Walter**. In *Spiele, die ich nie vergesse* gibt er einen Schnelldurchlauf der WM-Ereignisse:

Das erste Türken-Spiel:
»... Maxl Morlock schaltet schnell und schießt. Der Ball prallt vom linken Torpfosten ab ins Netz. 4:1! An unserem Sieg gibt es nichts mehr zu rütteln ... «

Max Grundig schenkt Karl Mai einen Fernseher.

Das erste Ungarn-Spiel:
»Der Schiedsrichter pfeift ab – auch Katastrophen nehmen ein Ende. 3:8 …«

Das zweite Türken-Spiel:
»… Völlig niedergeschlagen verlassen die Gegner nach dem Pfiff des Unparteiischen das Spielfeld. Die 17.000 Zuschauer – mehr wollten uns nach dem deprimierenden Ungarn-Spiel nicht mehr sehen – sind voll und ganz zufrieden. Ihr Begeisterungsjubel klingt uns bis in die Kabine nach. 7:2! Auch dem ›Chef‹ leuchten die Freude aus den Augen. Wir stehen mit beiden Beinen im Viertelfinale … «

Das Jugoslawien-Spiel:
»… Jetzt gibt es für Rahn keine Bremse mehr. Er spurtet mit seinem Verteidiger um die Wette, gewinnt das Rennen und läßt aus etwa sechzehn, achtzehn Metern seine Bombe los. Haarscharf gezielt hängt sie im linken Eck. Der Ball prallt blitzschnell wieder ins Feld zurück, so groß ist seine Wucht. Tor! Tor für uns! Kurz vor Schluß steht es 2:0 …«

Das Österreich-Spiel:
»… Zeman will heraus, um die Gefahr zu bannen, da steht wie aus dem Boden gewachsen Ottmar vor ihm und köpft das Leder kraftvoll ins Netz. 6:1! Das halbe Dutzend ist voll. Damit haben wir gar nicht mehr gerechnet. Nur vier Minuten sind noch zu spielen … «

Das große Finale:
»… Ich stehe im Augenblick halblinks, Ottmar ist auf Linksaußen gewechselt, Hans Schäfer nach seiner Flanke in die Mitte geeilt, Max Morlock beobachtet in halbrechter Position, was passiert:
Der Boß hat so gewaltig geschossen, daß er durch seinen eigenen Schwung zu Fall kommt, aber noch im Fallen sieht er, daß seine flache

Bombe für Torhüter Grosits unerreichbar ist. Der Ball flitzt knapp am Pfosten vorbei in den Kasten und auf der anderen Seite schon wieder heraus, so unheimlich schnell ist seine Fahrt. Der Schiedsrichter pfeift. Grosits und ein paar Ungarn liegen am Boden. In Sekundenbruchteilen begreifen wir, was geschehen ist.
Helmut Rahn hat unser Führungstor geschossen! 3:2!
3:2 für Deutschland! 3:2 in der 84. Spielminute!
Wir führen Freudentänze auf, schreien wie verrückt, rennen auf den Boß zu und erschlagen ihn beinahe vor Begeisterung. Alle laufen wir zusammen bis auf Toni, der angewiesen ist, sein Tor unter keinen Umständen zu Gratulationscouren zu verlassen. Wenn alles aus dem Häuschen ist – er muß drin bleiben.
Unbeschreiblich ist der Jubel im Viereck des Berner Wankdorf-Stadions. Über uns schlagen nie erlebte Beifallswogen zusammen. Die Sensation der Fußball-Weltmeisterschaft ist da.
Langsam gehe ich rückwärts in Richtung Mittellinie. Ein kurzer Blick auf die große Stadionuhr.
›Männer, nur sechs Minuten noch‹, sage ich. ›Jetzt darf nichts mehr passieren! Jeder im Sturm nochmals mit verteidigen! Die paar Minuten noch! Bis zum Umfallen!‹
›Bis zum Umfallen, Fritz!‹ … «
Tja – so war's am 4. Juli 1954.

Niemand hätte im vorhinein gewagt, auf einen Sieg der Herberger-Truppe zu setzen, inbesondere nach der eigentümlichen 3:8-Vorrundenniederlage gegen die Ungarn um Puskas und Hidegkuti. Wie schwer es Trainer haben, ihre taktischen Finessen dem gemeinen Fan auf den Stehrängen plausibel zu machen, zeigten die wütenden Reaktionen, die auf Herberger nach dem ersten Ungarn-Spiel niederprasselten. Ein besonders erregter Anhänger ließ seiner Enttäuschung freien Lauf:

Es wird jetzt höchste Zeit, dass Sie verschwinden. Was Sie gestern den Anhängern des Fussballsportes vorgesetzt haben, war unter aller Kritik. Ein Glück, dass Sie sich gestern, unmittelbar nach dem Spiel nirgends blicken liessen, sonst hätten Ihre Nächsten heute Gelegenheit, Sie ausstopfen zu lassen.

Alle die da waren, waren aufs massloseste empört und waren sich in ihrem Urteil einig, dass demjenigen oder denjenigen, die die Mannschaft zusammengestellt haben, aber auch jedes Verständnis gefehlt hat. Einen Torwart der vorgesetzten Klasse hätten Sie in Säckingen bei der B-Mannschaft holen können. Dann haben Sie die ganze Mannschaft zerrissen, die vorher aufeinander eingespielt war. Leute wie Morlock, Klodt und Schäfer durch 2. und 3. Garnituren zu ersetzen, war ein Verbrechen, das mit einer Freiheitsstrafe nicht unter einem Jahr bestraft werden müsste.

Den Fussballanhängern können Sie keinen grösseren Gefallen tun, als sofort zu verschwinden, denn Sie haben mit Ihrer Handlungsweise das Ansehen des deutschen Fussballsports auch im Ausland aufs schwerste geschädigt. Wenn Ungarn mit der 1. Garnitur sogar gegen Korea antritt, und das Risiko von Verletzungen und Erschöpfungen auf sich nimmt, dann hätte jeder Idiot nach diesem Beispiel gewusst, dass er nur mit der 1. Garnitur antreten kann.

Neben mir sassen 4 Herren aus Hamburg, die vom Samstag auf Sonntag in der Nacht durchgefahren sind. Als die Mannschaftsaufstellung bekannt gegeben wurde und als unsere 1. Garnitur im Trainingsanzug spazieren ging, verschwanden diese Herren mit der Äusserung, auf ein solches Spiel würden sie lieber verzichten, und sie hätten diese Reise nicht unternommen, um in Basel das Spiel einer B-Mannschaft anzusehen.

Wenn der Trainer einer Nationalmannschaft nicht weiss, was er in solchen Fällen dem Sportpublikum vorzusetzen hat,[2] dann soll er sich besser einen Strick kaufen und sich am nächsten Baum aufhängen, aber möglichst so, dass der Strick nicht zerreist, damit man diesen hinterher noch verwerten kann.

Anderthalb Wochen später offenbarte sich, mit welcher Weisheit die Weltgeschichte in diesem Fall zu Werke ging. Deutschland schlug erst Jugoslawien und demütigte dann den geliebten Nachbarn Österreich im Halbfinale mit 6:1. Heribert Meisel, der österreichische Reporter, stammelte nur mehr »Ich bin sprachlos«, während sich sein Landsmann **Friedrich Torberg** sofort an die Schlacht von Königgrätz erinnerte und den Weltuntergang kommen sah:

Bei der 1954 in der Schweiz abgehaltenen Fußballweltmeisterschaft trafen wir häufig zusammen, auch nach dem Entscheidungsspiel, in dem sich Deutschland durch seinen 3:2-Sieg über Ungarn an die Spitze der Welt-

rangliste setzte – nachdem es in der Vorrunde den Österreichern mit 6:1 die vernichtendste Niederlage seit Königgrätz zugefügt hatte. Ich war – wie sehr viele andere – vom Sieg der deutschen Mannschaft nicht nur überrascht, sondern geradewegs schockiert, und daraus machte ich am Expertentisch kein Hehl. In meinen Augen war es ein Sieg des nüchternen Zweckfußballs über die technisch ungleich schönere Spielweise der Ungarn, ein Sieg der nur aufs Endziel gedrillten Roboter über die Vertreter der Fußballästhetik, in meinen Augen hatte ein Kombinationszug zwischen den ungarischen Ballkünstlern Puskas und Hidegkuti, auch wenn er zu nichts führte, mehr mit dem Sinn des Spiels zu tun als ein erfolgreicher Torschuß des bulligen deutschen Außenstürmers Rahn.
»Es ist das Ende der Poesie im Fußball«, resümierte ich.
»Regen Sie sich nicht auf«, beruhigte mich Willy Meisl. »Es ist nur das Ende des Hexameters.«

Auch Herbergers wütender Briefgegner konnte nicht umhin, das sich anbahnende Wunder anzuerkennen, und entschuldigte sich beim »guten Mann von der Bergstraße«:

Sehr geehrter Herr Herberger!

Ich weiss nicht, ob Sie meinen Brief gelesen haben. Ich war gestern bei dem Spiel in Basel und kann Ihnen nicht sagen, wie begeistert alle und auch ich waren. Bei dem Spiel gegen Ungarn habe ich mir als Fussball-Enthusiast meine Gedanken gemacht und Ihnen aufgrund dessen geschrieben. Jetzt habe ich aber doch gesehen, dass Sie mit Ihrer Einstellung recht hatten und ich beglückwünsche Sie zu Ihrer Haltung und Ihrer Mannschaft. Jenen Brief schrieb ich Ihnen in der grössten Verbitterung, weil ich Bekannte aus Hamburg eingeladen hatte, die zu dem Spiel hierher gereist sind und von denen ich die bittersten Vorwürfe einstecken musste.

Die Deutsche Natioanl-Elf hat sich unter Ihrer Leitung zu förmlichen Fussballkünstlern entwickelt. Allen Beteiligten gebührt höchstes Lob. Das gestrige Spiel in Basel brachte ja alle aus dem Häuschen. An den Stammtischen hörte man nur ein Lob über unsere Mannschaft.

Was wäre es erst ein Glück, wenn unsere National-Elf Weltmeister würde!

Die Vorwürfe nehme ich also mit Bedauern zurück und gratuliere Ihnen und der ganzen Mannschaft zu den bisherigen grossen Erfolgen.

Über das Endspiel selbst ist nahezu alles gesagt worden. Herbert Zimmermann wurde über Nacht zur Reporterikone. Seine Hymnen auf Toni Turek, seine Beschwörung des Sekundenzeigers (»Geh doch schneller!«) und seine Ekstase beim Schlußpfiff sind unvergessen.
Was dieser Sieg für das Selbstbewußtsein der Bundesrepublik bedeutete, ist vielfach beschrieben worden. Von den zeitgeschichtlichen und nationalpsychologischen Folgen abgesehen, wurden diese neunzig Berner Minuten für viele zu einem unverrückbaren Erinnerungspfosten des eigenen Lebens. Der Berliner Schriftsteller Friedrich Christian Delius hielt das in seiner Erzählung *Der Sonntag, an dem ich Weltmeister wurde* fest. Nicht allen war es vergönnt, das Finale vor dem Radio oder gar vor den ersten Fernsehgeräten zu verfolgen. **Norbert Blüm**, gerade 19 Jahre alt und frischgebackener Werkzeugmacher, saß im Zug nach Königswinter, als der Ball in Bern rollte. Informiert über die Ereignisse blieb er trotzdem:

An jenem denkwürdigen 4. Juli 1954, einem Sonntag wie viele andere, bestieg ich gegen halb fünf Uhr am Nachmittag den Zug zu meinem ersten »Auslandsaufenthalt« im weit entfernten Königswinter. Ich hatte Reisefieber und war mit einem Köfferchen bewaffnet, das ich auf unserem Speicher gefunden, von Spinnweben befreit, gesäubert, gepackt und mit zwei Seilen gegen drohendes Auseinanderbrechen gesichert hatte. Mutter hatte mich mit einem schweren Ledermantel und einem grünen Filzhut ausstaffiert. Schließlich fuhr der Norbert zu feinen Leuten und sollte etwas lernen.
Die Mitreisenden sprachen vom Endspiel in Bern eher in einem resignativen Ton. Gegen Ungarn waren wir schließlich ein paar Tage vorher in der Vorrunde mit 3:8 »eingeseift« worden. In der ungarischen Mannschaft spielten die Fußballgötter Puskas, Hidegkuti, Szibor und andere. Kurz vor Rüdesheim, auf der rechten Rheinstrecke, dort, wo in der Drosselgasse täglich die Touristenströme durchfließen, hielt ein Stellwerksmeister

eine mit Kreide beschriebene schwarze Tafel aus dem Fenster: »D-U 0:2«. Eine Katastrophe schien sich anzubahnen. Denn das Spiel konnte gerade erst ein paar Minuten gelaufen sein. Anpfiff war um 17.00 Uhr. Hochgerechnet war also mit einem Ergebnis 10 oder 12:0 zu rechnen. »Die Woch fänk jo joot aan«, soll ein Kölner Delinquent gesagt haben, als er am Montag zur Hinrichtung geführt wurde. So ähnlich dachten wir am Sonntagnachmittag kurz nach fünf. Galgenhumor auch im Zugabteil. Eine Stunde später, kurz vor Koblenz, überraschte uns ein Schrankenwärter, indem er Daumen und Zeigefinger der linken Hand und Daumen und Zeigefinger der rechten Hand in die Höhe streckte. Das Signal konnte nur bedeuten: Es steht 2:2 – Ausgleich! (Morlock und Rahn hatten die Ausgleichstore geschossen, wie ich später erfuhr.) Jetzt begann der Zug zu vibrieren. Manche der Mitreisenden bedauerten, diese historische Stunde auf Bahngleisen zu verbringen, andere gerieten in Versuchung, die Notbremse zu ziehen.

In Neuwied fuhr der Zug langsam und quietschend auf dem Bahnsteig 1 ein. Alle hingen am Fenster mit der Frage: »Wie steht's?« Aber bevor die Frage gestellt werden konnte, schallte es aus dem Bahnhofslautsprecher nicht wie üblich amtlich: »Hier ist Neuwied«, sondern triumphierend: »Deutschland ist Weltmeister!« Jetzt war im Zug die Hölle los. Wildfremde Leute fielen sich um den Hals. Die ältere Dame, die bisher scheinbar als Einzige unberührt von allen hitzigen Erwartungen in der Ecke des Abteils seelenruhig Strümpfe gestrickt hatte, ließ ihre Stricknadeln fallen, umarmte mich und küßte mich wild und ungezogen wie eine Frischverliebte rechts und links wahllos auf Stirn und Mund. Ja so was!

Die siegreichen Spieler, deren Namen jeder gebildete Mensch auswendig aufsagen kann, wurden zu Hause mit aller Ehrerbietung und Geschenken empfangen. Über die Art und Weise, wie die Helden angemessen zu würdigen seien, wurde vielerorts nachgedacht, auch im Hotel Bergischer Hof zu Bonn, wo man dem Bundes-Innenministerium eine ausgewogene Menüliste vorschlug:

Hotel Bergischer Hof · Bonn

MODERNSTES HAUS – CAFÉ – RESTAURANT – BAR – LUCULLUS STUBEN – BIERSCHÄNKE „HÄHNCHEN"

BESITZER: W. SAURE

BONN, den 8. Juli 1954

Menübeispiele an das Bundes - Innenministerium für den 19.7.54

DM 6.--

Geflügelcremesuppe "Posipal"
Gespicktes Rinderfilet " Kaiserslauterer Art"
Pariser Kartoffeln
Eisbombe " Turek "

DM 8.--

Champignons auf Toast " Schäfer Art "
Ochsenschwanzsuppe
Rumpsteak nach Fritz Walter
gemischter Salat "Rahn" - pommes frites
Eisbecher "Fussball - Weltmeister"

DM 8.5o

Geflügelsalat "Turek "
Ochsenschwanzsuppe
Filetsteak m.sc."Liebrich"
gemischter Salat "Schäfer Art"
pommes frites
Weltmeisterschaftsbombe 3:2

DM 9.--

Gemischte Vorspeise auf "Morlock Art"
Kraftbrühe " Rahn "
Kalbssteak " Gebrüder Walter "
Salat "Posipal " - Petersilienkartoffeln
Fruchtsalat "Kohlmeyer "

DM 1o.--

Schildkrötensuppe " Grandios "
Seezungenröllchen mit Spargelspitzen
"Berner Tunke" Salzkartoffeln
Filetsteak "Weltmeister Art"
Ung. Paprika Salat - Mandelkartoffeln
Herberger Fruchtsalat mit
Schweizer Enzian

1955

Brachte der Journalist und Kabarettist **Sammy Drechsel** seinen unübertroffen anrührenden Fußballroman *Elf Freunde müßt ihr sein* heraus – ein Buch, das die allerbeste fiktive Schülermannschaft aller Zeiten auf den Rasen schickt, mit Heini Kamke als Mittelstürmer. Elf Namen, die man ebenfalls auswendig beherrschen sollte:

Während die Mannschaften mit ihren Bällen zu den Toren liefen, um sich einzuschießen, rief der Schiedsrichter die beiden Spielführer zu sich. Er nannte seinen Namen.
»Koppehel.«
Der Charlottenburger Spielführer gab ihm die Hand.
»Helmuth Hummel.«
Heini hätte beinahe vergessen, »Kamke« zu sagen. Und kaum hatte er seinen Namen heraus, da fragte er auch schon:
»Sind Sie vielleicht der Carl Koppehel?«
»Ja, hast du was dagegen?«
»Nein«, beeilte sich Heini zu versichern. »Aber ich habe zu Hause ein Fußballbuch von Ihnen.«
»Na, hoffentlich hast du es schon mal allen Mitspielern zu lesen gegeben. Dann bin ich heute ja überflüssig, wenn du das ›Regelbuch für die Jugend‹ meinst.«
Er lachte gutmütig und hielt ein Geldstück hoch.
»Zahl oder Adler?«
Hummel antwortete:
»Adler!«
Koppehel warf das Geldstück in die Luft. Alle drei sahen gespannt auf die Stelle, auf der es im Rasen landete.
»Adler liegt oben, Charlottenburg hat die Wahl!«

Der Schiedsrichter machte eine einladende Handbewegung.
»Wir spielen mit Sonne und Wind im Rücken«, sagte Hummel fachmännisch.
»Aber nur in der 1. Halbzeit, wenn ich bitten dürfte«, parierte Heini. Die drei mußten herzlich lachen.
Während die beiden Mannschaften zu den Toren eilten, ertönte aus den Lautsprechern die Bekanntgabe ihrer Aufstellung. Für das »Team« hieß sie:

Hermann Hinze
(Torwart)

Georg Frentzel (rechter Verteidiger) · Heinz Augustin (linker Verteidiger)

Erwin Pilz (rechter Läufer) · Hänschen Ritter (Mittelläufer) · Heinrich Erhardt (linker Läufer)

Klaus Mond (Rechtsaußen) · Gerd Hoffmann (Halbrechts) · Heini Kamke (Mittelstürmer) · Matze Krause (Halblinks) · Werner Plötz (Linksaußen)

Der Mythos der elf Freunde, die aus purer Lust am Spiel eine solidarische Gemeinschaft bilden ... das gibt es heute nicht einmal mehr beim SC Freiburg oder Stahl Brandenburg. Nicht geändert hat sich aber die magische Bedeutung der Zahl »11«. **Christoph Bausenwein** hat darüber sehr lange und tiefschürfend nachgedacht – eine Kostprobe:

Für Brauchtumsforscher ist die Frage nach der Symbolik der 11 nichts Neues. In älteren Untersuchungen wurde beispielsweise vermutet, daß sie die Gleichheit der Narren verdeutlichen (1 neben 1) oder als ein politischer Kampfruf die Ideen der französischen Revolution in Deutschland populär machen sollte (*E*galité, *L*iberté, *F*raternité). Tatsächlich ist aber der symbolische Gebrauch der Elfzahl im Zusammenhang mit Fastnachtsbräuchen wesentlich älteren Datums, ja christliche Fastnacht und

Gebrauch der 11 sind geradezu gleichursprünglich. Den Forschungen des Elfer-Experten Dietz-Rüdiger Moser zufolge wurde in der christlichen Allegorese – die im Mittelalter von Theologen praktizierte gelehrte Auslegung biblischer Texte, die hinter dem Wortlaut einen verborgenen Sinn sucht – die Interpretation der 11 als ein Hinweis auf die Sünde zu jeder Zeit als gültig anerkannt. Unter den zahlreichen Argumenten, die diese negative Auslegung der Zahl 11 stützen sollten, taucht es immer wieder auf: Sie ist ein »Sinnbild der Sünde, weil sie die Zehnzahl des Dekalogs überschreitet. Sie kennzeichnet deshalb den Menschen, der die gegebene Norm übertritt, und bezieht sich insoweit auf das ›unsittliche Fastnachtstreiben‹ selbst.« Diese Lehre wurde nicht nur im Mittelalter vertreten, sondern bis in die Neuzeit hinein. Noch in Schillers Drama *Die Piccolomini* (1800) ist diese Interpretation der Elfzahl gegenwärtig: »Elf! Eine böse Zahl … Elf ist die Sünde. Elfe überschreitet die zehn Gebote«. Nicht von ungefähr bezieht sich daher auch gerade der 11. Psalm auf die Sündhaftigkeit der Welt, auf das Verschwinden von Zucht und Ordnung, Treue und Glauben. Und im übrigen bedeutet elf (althochdeutsch: einlif) nichts anderes als »eins darüber« (das heißt: über zehn).

Was folgt daraus? Nun: Eine Fußballelf ist offensichtlich nichts anderes als die zur Mannschaft gewordene Übertretung; in ihr personifiziert sich sozusagen die im Fasching praktizierte »Verkehrung« der Welt. Diese Erkenntnis wirft nun auch einiges Licht auf uralte Rätsel des Spiels. Wer immer schon einmal wissen wollte, warum gerade Torhüter und Linksaußen schon seit der Steinzeit des Fußballs als besonders verrückte Gesellen gelten, weiß es nun. Die beiden Torhüter (Nr. 1 und Nr. 1) sind die einzigen, die etwas im Fußball völlig »Verkehrtes« machen dürfen (nämlich mit der Hand spielen), und die Spieler, die die Nr. 11 auf dem Rücken haben, flanken mit dem »spiegelverkehrten« Fuß. Schließlich kann auch die ganz große Frage – warum ist der Strafstoß ein Elfmeter? – beantwortet werden. Ganz klar: Eine Elf wird mit einem Elfmeter (und nicht etwa mit einem Zehnmeter) bestraft, weil sie die Fußballgesetze übertreten hat. Die Plausibilität der These, daß der Elfmeterpunkt eine Art »Sühnemarke« ist, kann noch durch den Hinweis unterstützt werden, daß die von J.C. Thring 1862 formulierten *Rules of the Simplest Game*, im Gegensatz zu den heutigen, lediglich aus 10 »Geboten« bestanden. Und noch ein weiteres Paradox des Fußballs, die Tatsache nämlich, daß eine mit einem Platzverweis bestrafte Mannschaft plötzlich »wie befreit« aufspielt, steht damit endlich vor der Auflösung: Zwar hat die Elf auch hier gefrevelt, aber dadurch, daß der Sünder umgehend beseitigt wurde, ist die korrekte Zahl wiederhergestellt; weil sie dadurch wieder weiß, was das Gebot der Stunde ist, besinnt sie sich auf die Tugenden des Spiels und vermag so oft ein bereits verloren geglaubtes Match buchstäblich noch aus dem Feuer zu reißen.

Und in Simmering? Dort läßt Trainer Hofstätter Sandsäcke aufhängen, um seine Abwehrspieler im Kampf mit dem Gegner zu schulen.

1956

Beim olympischen Fußballturnier in Melbourne, an dem auch Petar Radenkovic im jugoslawischen Dress aufläuft, zeigte die Hockey-Nation Indien, daß sie auch mit größeren Bällen umzugehen weiß, und verfehlte nur knapp die Bronzemedaille. Zum Gedenken an diese Tat, der die Inder bis heute wenig Vergleichbares folgen ließen, kommt hier der indische Autor **Nalinaksha Bhattacharya** zu Wort, der damals sieben Jahre zählte und sechsunddreißig Jahre später in seinem Roman *Im Himmel spielen die Götter Fußball* Menstruationsprobleme beim Angriff beschrieb:

Meine erste Periode bekam ich während einer anstrengenden Trainingsstunde am Vorabend unseres ersten richtigen Spiels gegen die Mädchen von der Ballygunj-Schule, als ich gerade zu einem Doppelpaß in Richtung des gegnerischen Tors ansetzte. Ich stieß einen Schrei aus, kauerte mich auf den Boden und drückte die angezogenen Beine fest an meine Brust. Mich erschreckte das Blut nicht, weil ich auf diese unvermeidliche Erfahrung bereits geistig vorbereitet war; allerdings wurde mir mit Entsetzen klar, daß die sechs wundervollen Monate auf dem Fußballplatz möglicherweise so kurz vor unserem ersten wichtigen Spiel zu einem abrupten Ende gekommen waren. Mit einem lauten Trillern aus ihrer Pfeife brach Mrs. Bhowmik das Spiel ab und kam zu mir herübergelaufen, wobei sie auf dem Weg noch den Erste-Hilfe-Koffer ergriff: »Welchen Knöchel hast du dir denn verstaucht? Laß mich mal sehen.« Ich schüttelte den Kopf und schluchzte jämmerlich. Die anderen Mädchen eilten herbei und boten mir ihre Hilfe an. Eine brachte ein Glas Wasser, alle fragten mich, wo ich mich denn verletzt hätte, aber ich hörte nicht auf zu weinen und schüttelte nur weiter untröstlich den Kopf. »Sei doch nicht so wehleidig, Hem«, sagte Mrs. Bhowmik ein wenig verärgert über meinen Starrsinn. »Wie sollen wir dir helfen, wenn du uns nicht sagst, was los ist? Hoffentlich ist es keine Blinddarmentzündung.«

»Ich ... ich habe meine Periode.«

»Ach du meine Güte«, rief Mrs. Bhowmik aus. »Mutter Natur verlangt ihr Recht. Darüber braucht man doch nicht zu weinen. Kommt, Mädchen, bringt sie in ein Zimmer. Ich richte eine Binde für sie her.«

Die Mädchen hoben mich auf ihre Schultern wie eine Leiche und trugen mich in ein Klassenzimmer. Den ganzen Weg sprachen sie tröstend auf mich ein und rieten mir, während der Periode mehr Wasser zu trinken und nicht so scharf zu essen. Geschickt wie eine Chirurgin bastelte Mrs. Bhowmik aus Verbandsstoff und Watte aus dem Erste-Hilfe-Koffer eine Binde und half mir, sie anzulegen.

»Da es das erstemal ist, empfehle ich dir, einige Tage nicht zu spielen«, sagte Mrs. Bhowmik. »Aber vergiß nicht, zum Spiel zu kommen und unsere Fußballerinnen anzufeuern.«
Mutter frohlockte über mein verspätetes »Erblühen« und verbreitete die frohe Kunde in der Nachbarschaft. Die Frauen kamen und starrten mich so komisch an, als wäre ich ein besonders seltenes Zootier, und einige rieten Mutter, unverzüglich mit der Suche nach einem Bräutigam für mich anzufangen. Denn es konnte, wie einige betonten, durchaus zwei bis drei Jahre dauern, einen Jungen für ein so dunkelhäutiges, mageres und narbengesichtiges Mädchen mit einer skandalumwobenen Vergangenheit zu finden. Ich haßte diese Frauen, die sich in alles einmischten, und hätte sie am liebsten aus dem Haus geworfen, aber Mutter nickte ernst und versicherte allen, daß sie sich ihrer Pflicht und Verantwortung sehr wohl bewußt sei. Wie könnte sie untätig herumsitzen, solange sie drei Töchter zu verheiraten habe und keinen Sohn, der ihr einen Teil der Bürde abnahm? Und um ihre Besorgnis um meine Zukunft zu demonstrieren, schnappte sie sich meine Fußballausrüstung – Shorts, Fußballschuhe und Trainingsanzug – und befahl mir, zu Hause Saris anstelle der Röcke und Kleider zu tragen, die so viel Bein sehen ließen.

1958

Gelang es Sepp Herbergers Mannen nicht, den Erfolg von Bern zu wiederholen. Im Halbfinale scheidet man nach denkwürdiger Auseinandersetzung gegen Gastgeber Schweden aus. Erich Juskowiak, der Haudegen in der Abwehr, ließ sich, so Reporter Herbert Zimmermann, zu einer »Affekthandlung«, konkreter: zu einer Tätlichkeit gegen den Schweden Hamrin, hinreißen. Die Niederlage bahnte sich an, wie Zimmermann für den Bildungsbürger feststellte: »Das wird ein Cannae«. Die schwedische Nation erfreute sich daraufhin geringer Beliebtheit in Deutschland. Das änderte sich erst, als die Schweden famose Krimiautoren wie Sjöwall/Wahlöö, Henning Mankell oder Liza Marklund hervorbrachten. **Per Wahlöö** etwa veröffentlichte *Foul Play* und setzte darin der Landgemeinde Örhult ein Denkmal:

Der Schiedsrichter pfiff, und ein Örhulter schoß direkt auf den Torwart. Der Ball prallte zurück, und Kvax, der wieder rote Augen hatte – ein schlimmes Zeichen – fing den Ball und schmiß ihn dem Schiedsrichter mit aller Kraft an den Kopf, von wo er abprallte und im Tor landete.
Dieser Schiedsrichter war auch nur ein gewöhnlicher Mensch, und der Fall war nun so kompliziert, daß er bereits entschlafene Fußballjuristen bestimmt hundert Jahre lang im Paradies beschäftigen würde. Er wußte, daß er irgendwie einen Fehler gemacht hatte, daß es aber nun zu spät war, und da er ja irgend etwas tun mußte, wurde Kvax ausgewiesen und das Tor anerkannt. Kvax räusperte sich und spuckte ihm ins Gesicht, wurde danach von mehreren anderen Spielern übermannt und vom Platz geführt. Das Publikum jubelte rauh.
Beide Mannschaften waren jetzt völlig aufgelöst. Örhult spürte den nahenden Sieg nach diesem merkwürdigen Erfolg.
»Auf sie, Leute«, krächzte der rotbärtige Spielobmann und gestikulierte mit der Linienfahne.
»Schieß in den Bach«, schrie Rippe Artisto zu, der gerade an den Ball gekommen war.
Artisto gehorchte, und eine Sekunde später lag er bewußtlos im Wollgras. Der bärtige Mann war auf das Feld gelaufen und hatte mit der Linienfahne auf ihn eingeschlagen, die aus dem Stiel einer alten Hacke gemacht und deshalb unerhört robust war. Der Schiedsrichter kam zu Hilfe gelaufen.
»Du bist vom Sportplatz verwiesen«, sagte er und zeigte auf den Spielobmann, der vor Wut zitterte.

Er starrte den Schiedsrichter mit fürchterlichen, wäßrigen Augen an. Dann stieß er den Fahnenstiel in eine Grassode hinein, stellte sich breitbeinig hin und sagte:
»Platzverweis, wie? Das hier ist meine Wiese, du Lümmel. Und sag nicht ›du‹ zu mir, ich könnt ja dein Vater sein, und mach, daß du von meinem Grund und Boden wegkommst, Lümmel. Und der da –« er zeigte auf Artisto, in dessen Gesicht gerade ein verschreckter kleiner Frosch landete, – »der da, erst im Roggen rumgammeln und uns denn so'n Heu überreichen und denn viermal den Ball in'n Bach bolzen! Der hat nur gekriegt, was er verdient hat, so wahr es einen Gott im Himmel gibt.«
Der Schiedsrichter fing an, unsicher auszusehen, nahm sich aber zusammen und sagte:
»Das hier ist ein Sportplatz, und Schiedsrichter bin ich. Ich bitte Sie, den Platz zu verlassen.«

Ruppig ging es auch weiterhin zu, wenn Simmering mit von der Partie war. Zum Beispiel in Graz, wo ein Simmeringer mit einem Genickschlag zu Boden gestreckt wurde.

1960

Der Einwurf als solcher wird unterschätzt. Das dachte sich auch der Schriftsteller **Manfred Hausmann**, als er seine Festrede zum 60-jährigen DFB-Jubiläum aufsetzte:

Was hat es mit dem Einwurf auf sich? Sehr vieles und sehr Beachtliches. Da stört also der Mittelläufer ein gegnerisches Angriffsspiel, gewinnt den Ball, treibt ihn ein paar Schritte vor sich her und legt ihn dann mit einem Steilpaß seinem rechten Außenstürmer vor. Sei es jedoch, daß der Paß gar zu steil war, sei es, daß der Rechtsaußen um den Bruchteil einer Sekunde zu spät gestartet ist, der Ball geht ins Aus. Der Linienrichter hebt sein Fähnchen, das Spiel ist unterbrochen. Es liegt aber im Sinn des Spiels, daß es so wenig wie möglich unterbrochen wird. Eigentlich sollte der Ball immer im Spiel bleiben. Infolgedessen erteilt die Regel derjenigen Mannschaft, die das Aus verschuldet hat, eine kleine Mahnung. Keine Strafe. Niemand hat gegen eine Regel verstoßen. Aber eine Mahnung doch. Und zwar in der Form, daß sie der anderen Mannschaft, indem sie ihr die Ausführung des Einwurfs überträgt, einen gewissen Vorteil gewährt. Der einwerfende Spieler darf eine Art von indirektem Freistoß mit den Händen vollführen. Das ist Gerechtigkeit. Schuld und Sühne stehen, so sollte man meinen, in einem ausgewogenen Verhältnis zueinander.

Diese gedankliche Anstrengung hat nicht dazu beigetragen, das Image des Einwurfs zu erhöhen, es sei denn in Situationen wie in der Saison 1982/83, als der Bremer Uwe Reinders dem Bayern-Torwart Jean-Marie Pfaff einen Einwurf »einschenkte«. Die Unterscheidung zwischen »falschem« und »richtigem« Einwurf ist übrigens nicht immer leicht zu treffen. Die folgende Regelauslegung **Manfred Hofmanns** zeigt dies:

Falscher Einwurf
Ein korrekter Einwurf wird folgendermaßen durchgeführt: Beine zusammen, den Ball mit beiden Händen packen und über den Kopf wegwerfen: vorher das Hemd in die Hose stecken. Der hier abgebildete Libero macht so gut wie alles falsch. So was kann man sich nur erlauben, wenn die FIFA gerade nicht guckt.

Zurück zu ernsthaften Dingen: 1960 erreichte die Frankfurter Eintracht den Zenit ihrer höchst wechselhaften Vereinsgeschichte. Man schlug im Europapokal der Landesmeister Glasgow Rangers und beugte sich erst im Finale dem übermächtigen Gegner Real Madrid. **Javier Marías** erzählt:

Heute ist nicht nur heute. Es ist beispielsweise auch der 18. Mai 1960. Ich bin acht Jahre alt, und meine Mutter hat bei den Nachbarn, die schon Fernsehen haben, angefragt, ob mein Bruder Fernando und ich zu ihnen kommen können, um das Spiel von Real Madrid zu sehen, das fünfte Europapokalspiel gegen Eintracht Frankfurt. Die Quesadas – so war wohl ihr Name – haben Gottseidank eingewilligt. Real Madrid schießt ein Tor, und außerdem gibt es eine Bildstörung; doch mein Bruder und ich wissen mehr aus Überzeugung denn aus Erfahrung, daß Madrid gewinnen wird. Puskas vier Treffer, Di Stéfano drei, insgesamt 7:3 Tore. Als vor ein paar Spielzeiten ein Sender die Rechte an den Bildern erwarb und sie mit den Kommentaren von *saeta rubia*, dem Goldenen Pfeil, ausstrahlte, fragte der Sprecher ihn, was er wohl zu Puskas gesagt haben mochte, als sie damals gemeinsam in ihre Spielhälfte zurückliefen, nachdem dieser gerade das 3:1 geschossen hatte. »Wahrscheinlich, daß wir uns damit die Prämie gesichert hatten«, antwortete der alte Di Stéfano. 1960 war er schon vierunddreißig und immer noch der beste Fußballspieler der Welt. Aber er war weder Preisgeldern noch lustigen Einlagen gegenüber abgeneigt. »In manchen Spielen«, erzählte er, »beschlossen Gento und ich, uns die Bälle nur mit der Hacke zuzuspielen, wir machten uns ein Spiel daraus, einen Jux.« –

Auf Frankfurter Seite kämpften damals Kress und Pfaff, und im Tor stand der prächtige Egon Loy. Ja, dereinst war das Bundesland Hessen noch keine Fußball-Diaspora. Sportredakteur **Dieter Pudenz** erinnert sich in seinem Gedicht *Fünfziger Jahre* daran:

Sonntags Fußballplatz:
Stadion am Riederwald, im Osten der Stadt.
Oberliga-Zeiten. Noch keine Pfründe für Profis.
Nummer 10: Alfred Pfaff. Ein Gastwirt, der
aus dem Stand das Spiel der Eintracht lenkte.

Montags Schule.
Lessing-Gymnasium, altsprachlich.
Non scholae, sed vitae discimus.
Zaghafte Versuche, Antikes zu begreifen.
Die RUNDSCHAU lobt Pfaff, der KICKER auch.

Dienstags Kino.
Roxy, Rasiersitz, eine Mark für Reihe 1 bis 3.
Western Marke Hollywood mit Randolph Scott.
Rührende Cowboy-Geschichte. Kugeln, Pferde.
Eisenbahnen und ein kastanienbraunes Knacki.

Mittwochs Fußball-Training.
Spielvereinigung 05 Oberrad, ein kleiner Vorstadt-Klub.
Aussichtslose Versuche, Alfred Pfaffs Pässe
oder Helmut Rahns Tore zu kopieren.
Aber ganz weiße Stutzen – wie Real Madrid.

Donnerstags Kino.
Endlich die neue Wochenschau.
Fitzel von Fritz Walter, Juan Manuel Fangio,
Sugar Ray Robinson oder Alfredo di Stefano.
Danach die Kulturfilm-Bremse.
Mythos Afrika oder Schönheit des Alpenvorlands.

Warten auf Lollo-Weiten.
Oder auf Jimmy Dean. East of Eden.

Freitags Straßen-Meisterschaft.
Treffpunkt Trümmergrundstück. 23 mal 52 Meter.
Kleine Tore, von Pullovern begrenzt.
Lehrlinge demütigen Oberschüler.
Goethe hilft im Zweikampf nur bedingt weiter.

Samstags Schule, Fußball und Kino.
Volles Programm von 8 bis 18.
Morgens Pythagoras, Karl der Große und das Ohm'sche Gesetz.
Mittags Oberrad gegen Niederrad.
Abends Eddie Constantine, Elvis Presley und Brigitte Bardot.

Sonntags Kirche und Fußball.
10 Uhr: Hochamt im Kaiserdom.
15 Uhr: Bieberer Berg in Offenbach.
Die Kickers walzen den Gegner nieder.
Nummer 5: Hermann Nuber. Ein Metzger, der
zeigt, warum der Stopper Stopper heißt.

1961

Nein, der Bau der Berliner Mauer soll uns hier nicht beschäftigen, vielmehr die »Mauer« an sich, jenes fragile Gebilde ängstlicher Männer im zeugungsstarken Alter, die verzweifelt zu vereiteln suchen, daß Schuster, Balakow, Häßler, Scholl oder Basler einen Freistoß ins Tor zirkeln. Falsch und richtig lassen sich, so **Manfred Hofmann**, unstrittig auseinanderhalten:

Die Mauer

Bei Strafstößen in Tornähe pflegt die strafgestoßene Mannschaft eine sogenannte »Mauer« zu bilden. Das hat zweierlei Zweck: 1) den Ball aufzuhalten, und 2) den Ball nicht durchzulassen. Eine solche Mauer sollte einig, entschlossen und undurchlässig sein. Unser erstes Beispiel zeigt, wie es auf keinen Fall aussehen darf: keiner weiß wie, alle sind vom Sich-in-die-Hose-machen-Gefühl beschlichen, und mit der Undurchlässigkeit ist es nicht weit her.

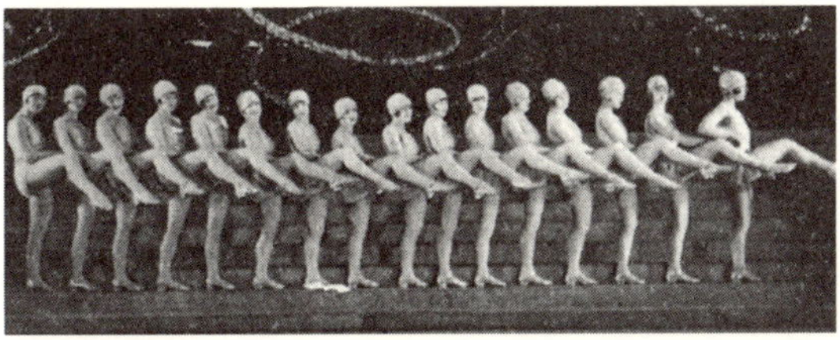

Wie schön dagegen zum Beispiel das zweite Beispiel. Alle sechzehn Spieler ziehen an einem Strang, entschlossen treten sie mit einem Bein dem Gegner entgegen, und höchstens hier und da hat ein Ball die Chance durchzukommen. Die perfekte Mauer!

1962

Wiederholten die brasilianischen Ballzauberer ihren WM-Sieg von '58, als der Stern von Pelé, Didi, Vava und Garrincha aufging. Letzterer erlebte 1962 den Höhepunkt seiner Laufbahn und inspirierte die unterschiedlichsten Naturen zu Lobeshymnen, den Schriftsteller **Eduardo Galeano** zum Beispiel:

Irgendeiner seiner vielen Brüder taufte ihn »Garrincha«, was der Name eines nutzlosen, häßlichen kleinen Vogels ist. Als er mit dem Fußballspielen begann, bekreuzigten sich die Ärzte: Sie prophezeiten, er werde nie ein guter Sportler werden, dieses armselige Häuflein Mensch, das der Hunger und die Kinderlähmung übriggelassen hatten, hinkender Esel mit einem Kinderhirn, einer Wirbelsäule wie ein S und Beinen, die beide zur gleichen Seite gebogen waren.
Nie hat es einen zweiten Rechtsaußen wie ihn gegeben. Bei der Weltmeisterschaft von 1958 war er der beste Spieler auf dieser Position. Bei der WM 62 der beste Spieler des ganzen Turniers. Doch in all den Jahren seiner Laufbahn war Garrincha mehr als das: Er war der Mann, der am meisten Freude schenkte in der ganzen Geschichte des Fußballs.
Wenn er spielte, wurde der Fußballplatz zur Zirkusmanege und der Ball zum gezähmten Tier, das Spiel eine Einladung zum Feiern. Garrincha ließ sich den Ball nicht abnehmen, ein Kind, das sein Spielzeug verteidigt, und das Leben und er trieben Schabernack, daß sich die Zuschauer bogen vor Lachen: Er sprang über es hinweg, es hüpfte über ihn, es versteckte sich, er lief ihm weg, er trieb ihn vor sich her. Unterwegs stießen die Gegner zusammen, verhakten sich mit den Beinen, bekamen Schwindelanfälle oder fielen auf den Hosenboden. Garrincha trieb seine Possenreißerspäße am Rande des Spielfelds, an der rechten Außenlinie, weit weg von der Mitte: Er war in der Vorstadt aufgewachsen, und in der

Vorstadt spielte er. Er spielte bei einem Klub, der »Botafogo« hieß, was soviel wie »Brandstifter« bedeutet, und genau das war er auch: Ein Brandstifter, der die Stadien entzündete, verrückt nach Branntwein und allem anderen, was brennt, der vor großen Menschenansammlungen floh und durchs Fenster entwischte, weil ihn von irgendwo weither irgendein Ball rief, der gespielt werden wollte, eine Musik, die betanzt werden wollte, eine Frau, die geküßt werden wollte.
Ein Sieger? Ein Verlierer, der Glück hatte. Und das Glück dauert nie sehr lange. Nicht umsonst sagt man in Brasilien, wenn Scheiße etwas wert wär', dann hätten die Armen keinen Arsch.
Garrincha starb seinen Tod: arm, im Suff und einsam.

Oder den Literaturwissenschaftler **Hans-Ulrich Gumbrecht**:

Mein persönlicher Fußballheld wird für alle Zeiten Mané Garrincha sein, der 1958 mit der brasilianischen Mannschaft die erste Weltmeisterschaft gewann. Sein Spiel hatte nichts Schwerblütiges, und er agierte auf dem Platz eher »komisch« oder sogar »zynisch«, aber sicherlich nicht »tragisch«. Und trotzdem hatte es auch etwas Gewalttätiges, wenn Garrincha die Abwehrlinie der gegnerischen Mannschaft dribbelnd durchbrach. Die Gewalt, die hier aufschien, war die potentielle Gewalt der Abwehrspieler, die Garrincha zu bewachen hatten – und diese Gewalt war potentiell, weil es der Abwehr niemals gelang, diesen Stürmer aufzuhalten. Garrincha verlieh der drohenden Gewalt eine Form, weil er über viele Möglichkeiten verfügte, sie herauszufordern und ins Leere laufen zu lassen, so daß sich die Zuschauer auf Kosten des Gegners amüsieren konnten. Das körperlose, gewaltfreie Spiel eines Garrincha verdankt sich aber der Gewalt, die es herausfordert; es beruht auf Gewaltvermeidung, aber es verleiht der Gewalt eine Form, indem es sie umgeht.

1963

Wurde endlich Bundesligafußball gespielt. Der Philosoph **Gunter Gebauer** faßt zusammen, was damals seinen zarten Anfang nahm:

Jeder wichtige Moment der Geschichte der Bundesliga ist an einen Zeitpunkt der politischen Geschichte gebunden. Die Erzählungen über die Bundesliga sind zugleich epische Erzählungen über die Bundesrepublik. Sie ermöglichen es, Zeitpunkt für Zeitpunkt, Bild für Bild jene geschichtlichen Momente der Bundesrepublik in die Gegenwart zu holen, die mit den Fußballereignissen verbunden sind. Die Bildlichkeit der mythischen Erinnerung läßt einzelne Zeitpunkte der Geschichte der Bundesrepublik mit ihrem sinnlichen Reichtum in der Gegenwart wiederentstehen. Bei einer solchen lebendigen Vergegenwärtigung der Vergangenheit kann die Aufmerksamkeit auf besondere Merkmale einzelner Zeitpunkte gerichtet werden, die für die politische Geschichte bedeutsam, aber an dieser selbst nicht erkennbar waren. Aus der Erinnerung der Bundesliga erfahren wir politische Stimmungen und Wünsche, Selbstentwürfe sozialer Gruppen und Vorstellungen von Größe. Sie werden besser in Bildern erfaßt als von politischen Dokumenten, insbesondere in Bildern aus dem Lieblingsspiel der Nation, das den Leidenschaften für die Dauer von zwei Halbzeiten ein unkontrolliertes Ausleben gewährt.

1964

Das erste Bundesligajahr ging dahin, und zur Überraschung aller wurde der unscheinbare Meidericher SV Vizemeister. Trainer Gutendorf hatte den »Riegel« vorgelegt, eine Defensivtaktik, die in Italien der berüchtigte Helenio Herrera als »Catenaccio« kultivierte. Der Begriff ist bis heute ein

Schimpfwort für Torverhinderungsstrategien geblieben; **Christoph Biermann** veranschaulicht die Formation der Maurerbrigaden:

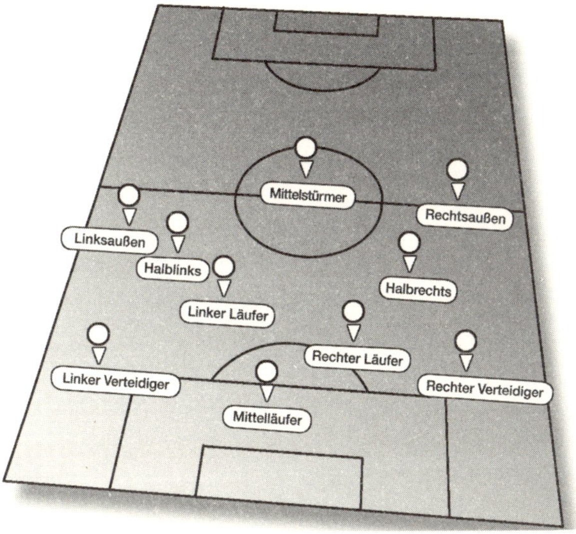

1965

Erregte ich mich erstmals vor dem Fernsehschirm, als meine Löwen im Londoner Wembley-Stadion trotz famoser Radenkovic-Paraden im Europacup-Endspiel an West Ham United scheiterten. Der unvergleichliche Münchner Schlußmann machte nicht nur auf dem Rasen eine glückliche Figur, sondern wußte sich, im Gegensatz zu manchen seiner Kollegen, auch als Sangeskünstler zu profilieren. Sein *Bin i Radi, bin i König* eroberte Platz 5 der Hitparade – eine Plazierung, die der auf diesem Gebiet talentfreie **Franz Beckenbauer** ein Jahr später mit seinem Softsong *Gute Freunde kann niemand trennen* weit verfehlte:

Gute Freunde

Obwohl Nachzügler von Gerd Müller oder den Kremers-Zwillingen folgten, war die Hochzeit des Sportschlagers bald vorüber. Die (mäßigen) musikalischen Leistungen unserer Fußballer treten heute nur noch zutage, wenn es gilt, die Nationalhymne vor Spielbeginn zu interpretieren.

Größen deutscher Sangeskunst:
Franz Beckenbauer, Petar Radenkovic und die Kremers-Zwillinge!

Trotz aller Anstrengungen, die Jupp Derwall, Franz Beckenbauer oder Berti Vogts in dieser Hinsicht unternahmen, bleibt der Anblick in sich gekehrter Kicker, die verzweifelt die richtige Strophe des Hoffmann-von-Fallersleben-Textes zu erinnern suchen, unbefriedigend. Über die Hymne schlechthin machte sich **Oliver Bierhoff** so seine Gedanken:

Meine erste bewußte Kenntnisnahme der deutschen Nationalhymne steht sinnigerweise in enger Verbindung mit meinem heutigen Beruf des Fußballprofis, oder genauer gesagt, der mit dem Berufsfußball verbundenen Auszeichnung, in der deutschen Fußball-Nationalmannschaft spielen zu dürfen. Als kleiner Junge von neun Jahren stehe ich bei der Übertragung eines Länderspiels während des Abspielens der deutschen Nationalhymne vor dem Spiegel, versuche die Spieler in ihrer strammen, konzentrierten Haltung nachzuahmen und singe die Hymne mit, während ich davon träume, auch einmal einer von ihnen zu sein.

Profifußballer zu werden, war nicht mein unbedingtes Ziel, aber Nationalspieler, das wollte ich werden, ohne mir bewußt zu sein, daß das eine ohne das andere nicht geht. Was mich an den Länderspielen besonders begeisterte, war gar nicht das Spiel an sich, sondern die Aufstellung der Mannschaften während der Nationalhymnen. Ich versuchte damals, mich in die Köpfe der Spieler zu versetzen, ihren Stolz nachzuempfinden. Ich habe mir das damals zumindest so vorgestellt, aber genauso empfinde ich heute als jemand, der sich die Hymne auf dem Spielfeld anhören darf und zu den Protagonisten zählt (leider manchmal auch im Negativen).

Was macht nun die Hymne so besonders für uns Sportler, was bewirkt sie beim Erklingen vor dem sportlichen Wettkampf oder nach der erbrachten Leistung? Es wird einem in dem Moment nicht nur bewußt, daß man ein Auserwählter von vielen Sportlern ist und sich diese Auszeichnung hart erarbeitet hat, sondern die Hymne macht einem auf recht einfache, aber eindrucksstarke Weise deutlich, daß man seine sportliche Leistung nicht nur für sich selbst erbringt, sondern auch sein Land vertritt, den Sieg nicht nur für sich, sondern auch für sein Volk erringen muß. Einige der wenigen Bastionen des Nationalgedankens scheinen noch beim Sport zu liegen. Hier darf man oder muß man national denken, hier darf man noch alte Rivalitäten aufkomemn lassen, hier dürfen noch die Nationen ihre Kräfte messen, und glücklicherweise nicht mit Gewehren und Kanonen.

In den großen Arenen tut sich mancher mit dem Singen schwer. Auf dem Dorfe hingegen, wo die Welt mit sich im reinen ist, liegen sich Spieler und Zuschauer stets in den Armen und intonieren herrliche Gesänge. **Rudi Faßbender** hat keine Mühen gescheut und ein *Bolzclub-Lied* zu Papier gebracht – »gut sangbar gedichtet nach dem alten Bergarbeiter-Song *Glück auf, der Steiger kommt!*«:

Glück auf, Glück auf, der Bolzer kommt.
Und nun werden mal wieder die Stiefel geschnallt,
ja heut wird wieder mal auf die Tore geknallt.
Glück auf, Glück auhauhauf, der Bolzer kommt!

Glück auf, Glück auf, der Torwart steht.
Und er fischt mit der Mütze den Ball aus dem Eck,
ja er fliegt mit der Schnauze in Pfütze und Dreck.
Glück auf, Glück auhauhauf, der Held, der hält!

Glück auf, Glück auf, die Abwehr steht.
Und der Gegner, er dränget vergeblich nach vorn,
ja sie schlag'n aus dem Strafraum die Bälle ins Korn,
Glück auf, Glück auhauhauf, das Bollwerk steht!

Glück auf, Glück auf, der Sturm, der stürmt.
Und er stürmt, daß er manchmal den Ball glatt vergißt,
ja das Publikum sich schon vor Lachen bepißt
Glück auf, Glück auhauhauf, der Sturm, der stürmt!

Glück auf, Glück auf, das Spiel ist aus.
Übers Dorf weit hinaus unsre Hymne erschallt,
und die Stiefel, die wer'n wieder abgeheschnallt.
Glück auf, Glück auhauhauf beim nächsten Mal!

(Damit dieses Lied nicht – wie dies oft bei solchen Gelegenheiten beobachtet werden kann – mit Verlaub gesagt »runtergesungen« wird, seien noch einige Anmerkungen zum Vortrag erlaubt:

- Die erste Strophe soll mit sotto voce beginnen und in der letzten Zeile appassionato enden.
- Die zweite Strophe kann dem gleichen Muster folgen.
- Die dritte Strophe sollte von Anfang zwischen molto espressivo und eroico, allerdings non troppo gehalten werden.
- Die vierte Strophe kann – entsprechend dem Text – ruhig poco giocoso vorgetragen werden.
- Die letzte Strophe soll zwar forte, jedoch nicht furioso dargeboten werden.
- Zum Abschluß des Liedes sollte der Chorleiter die Stimmen ritardando sammeln und largo vivace zum Ende bringen)

Wenn wir schon beim Singen sind: Die Musikwissenschaftler **Reinhard Kopiez** und **Guido Brink** haben in einer mehr als verdienstvollen Studie Fangesänge analysiert. Im Münchner Olympiastadion zum Beispiel, am 12.4.1997; die Favoritenliste dort sah so aus:

Platz	Originallied (Häufigkeit)	Textvarianten
1	*Is this the way to Amarillo?* (12x) Interpret: Tony Christie (1971)	1. Shalala, la, la, la (…) FC Bayern München
2	*Ohe, Aho (10x)* Keine Vorlage bekannt	1. Kölle, Kölle, die Scheiße vom Dom
3	Neue Kombination aus *Oranje boven* (Holländisches Volkslied) und *Those were the days* (8x)	1. Ihr könnt nach Hause fahr'n
4	Refrain *Yellow Submarine* (7x) Komponisten/Interpreten: Beatles (1966)	1. Ihr seid nur ein Karnevalsverein 2. 1, 2, 3 und wieder einer tot (nach Foul) 3. Deutscher Meister wird nur der FCB
5	*Stars and stripes (= Here we go)* (7x) Komponist: J. Ph. Sousa (1897)	1. Mehmet Scholl 2. Scheißegal (bei Gegentor)

Einmal angestachelt, wagen es die beiden Gelehrten gar, selbst zur Feder zu greifen und einen ungehörten Fangesang vorzuschlagen. Aufgepaßt, Kaiserslautern:

1966

Der 28. Mai, ein herrlicher Tag. Kurz nach halb sechs war es soweit: Die Münchner Löwen waren, hochverdient natürlich, deutscher Meister. **Manfred Fock** weiß, wie es damals zuging:

Es ist ein kühler, ein verregneter Tag, dieser 28. Mai 1966 und der Wetterbericht vermeldet ein verregnetes Pfingsten mit Temperaturen zwischen vier und 13 Grad.
12.30 Uhr: Über München ergießt sich ein unaufhörlicher Regen. Der Himmel bleigrau. Vor den verschlossenen Stadiontoren die ersten Fans. Fahnen- und Wimpelverkäufer.
14 Uhr: Der Anmarsch aufs Stadion ist im vollen Gang. Aus den umliegenden Lokalen und allen Stadtteilen strömen die Zuschauer herbei.
Eine Stunde später ist das Stadion fast gefüllt. Der Regen hat aufgehört. »Sechzig! Sechzig!« schwappt es jetzt bereits lautstark durch das weite Rund. Auf den Rängen ein einziges Fahnenmeer. »Alles andere ist Kleister, Sechzig wird heut' Meister!« heißt es auf einem Transparent oder »Peter, Peru und Radi, zwingen alles in die Knie!«
15.37 Uhr: Bundeskanzler Erhard – wie immer die unvermeidliche Zigarre im Mund – trifft ein. Er wird nur beifällig begrüßt. Einige Pfiffe. Freundlicher Empfang dagegen für Oberbürgermeister Dr. Hans Jochen Vogel, der kurze Zeit später neben dem Regierungschef Platz nimmt.
15.52 Uhr: Der Stadionsprecher gibt die Mannschaftsaufstellung bekannt: Radenkovic, Wagner, Patzke, Zeiser, Reich, Perusic, Grosser, Luttrop, Brunnenmeier, Konietzka, Rebele.
Ein Jubelsturm, entfacht von 44.000 Zuschauern, bricht los.
15.55 Uhr: Angeführt von Uwe Seeler betritt der Hamburger SV das Spielfeld.
Dann der TSV 1860 München. Angeführt von Spielführer Peter Grosser.

Ein weißblaues Fahnenmeer empfängt ihn und seine Mannschaft. Ohrenbetäubender Jubel. Vergessen das naßkalte Wetter. Fünf Minuten später verwandelt sich das Stadion endgültig in einen Hexenkessel. Rudi Brunnenmeier hat das 1:0 erzielt. Die rein theoretische Chance der Dortmunder Borussia, den Meistertitel doch noch zu gewinnen, scheint damit dahin zu sein, obwohl sie zum gleichen Zeitpunkt in Frankfurt ebenfalls 1:0 führt. Nach 22 Minuten die Entscheidung: Dortmund liegt mit 1:3 im Rückstand. Seelers Ausgleich in München 15 Minuten vor Schluß ist somit Makulatur.
17.37: Der Schlußpfiff. *Wir* sind Deutscher Fußballmeister! »Sechzig! Sechzig!« donnert es von den Rängen und schließlich aus Tausenden von Kehlen: »So ein Tag so wunderschön wie heute ... « *Ich* bin Deutscher Fußballmeister ...

Die Löwen ganz oben und ganz, ganz unten die Berliner Unglückstruppe Tasmania 1900, die nach allerhand Hin und Her ein kurzes desaströses Erstligagastspiel geben durfte. **Helmut Schümann** ruft diese Posse in Erinnerung:

Nur acht Punkte konnte Tasmania in jener Saison gewinnen, nur zwei Siege, gegen den Karlsruher SC und Borussia Neunkirchen, feiern. 15 Tore schossen die Männer um Nationalspieler Horst Szymaniak und mußten 108 kassieren. Wenigstens hatten sie einen realistischen Kapitän, Hans-Günter Becker, auch »Atze« gerufen. Der hatte vor Saisonbeginn noch schnell die Spielergehälter ausgehandelt und dabei zugunsten hoher Festbeträge auf üppige Siegprämien verzichtet. Der Ärger der Kollegen, die sich nach dem ersten Spieltag und einem 2:0 Sieg über Karlsruhe vor 80.000 Zuschauern im Olympiastadion zunächst geprellt fühlten, verrauchte dann schnell. Der Zuschauer-Zuspruch ebenso: Als es gegen Borussia Mönchengladbach ging, kamen nur noch 856 Fans ins große Stadion.

Die Bundesliga hat dieser Tasmania dennoch viel zu verdanken, schöne Anekdoten nämlich. Eine geht so und hat Uli Sand zum Helden: Vor der Saison spielte Uli Sand noch für Wacker 04 und war dort schon aufgefallen als ein Stürmer, der diesen Namen nicht verdient. Steif war er, langsam, und der richtige Torriecher fehlte ihm ebenfalls. Nur Freistöße schießen, das konnte er. Und das wollte er auch, als Tasmania im Spiel gegen den FC Bayern München kurz hinter der Mittellinie einen Freistoß zugesprochen bekam. Fair ging es in diesen Zeiten zu, und Uli Sand fragte vor der Ausführung die Bayern, ob sie denn keine Mauer bilden wollten, eine Abwehrmaßnahme, die den Münchnern dort in Nähe des Mittelkreises doch eher albern vorkam. Sie lachten sich schlapp, und Torwart Sepp Maier, der rausgeeilt war, lachte mit. Sand schoß, leider ein paar Zentimeter zu hoch. Knapp strich der Ball über den Balken, und Maier lachte nicht mehr.

Woran lag es, daß die Tasmanen so kläglich untergingen? Am dürftigen »Spielermaterial«, an der Berliner Luft oder an der fehlenden »interpersonell-motorischen Kommunikation«, die Trainersoziologe **Branko Elsner** für entscheidend erachtet:

Die interpersonelle motorische Kommunikation vollzieht sich in der Herstellung und Verwirklichung einer Verbindung zwischen zwei oder mehreren Spielern. Der Informations-Output eines Spielers ist für einen anderen oder mehrere andere Spieler ein Informations-Input. Diese Kommunikation kann vollkommen hergestellt sein, teilweise oder überhaupt nicht. Hergestellte Kommunikation bedeutet, daß die Spieler in der Durchführung einer Aktion im Einklang sind, daß z.B. der Zeitpunkt, die Richtung und die Geschwindigkeit des abgespielten Balles mit der Richtung und Geschwindigkeit der Bewegungen des Mitspielers im Einklang stehen, und daß es dem Gegenspieler nicht gelingt, die

Kommunikation zu unterbrechen. Im gegenteiligen Fall sprechen wir davon, daß die Spieler die Kommunikation nicht hergestellt haben, die Kommunikation unterbrochen wurde, weil ein Gegenspieler den Ball erobert hat oder das Spiel wegen einer Regelübertretung unterbrochen wurde. Je nach Art der Übertretung beginnt eine neue motorische kommunikative Kooperation der Spieler der einen oder der anderen Mannschaft.

Das Jahr '66 brachte weitere Schrecken, das Wembley-Tor im WM-Endspiel England gegen Deutschland zum Beispiel, das – es ist müßig, darauf hinzuweisen – natürlich keines war. Mit prophetischer Gabe ahnte Reporter Rudi Michel, der kurz zuvor noch in die Geschichte zurückgeblickt hatte (»Ich sag ja immer: Die Engländer haben das Fairplay erfunden, aber nicht alle Spieler wissen das«), das Kommende: Sein spontaner und korrekter Ausruf »Nicht im Tor, kein Tor« blieb ungehört, und als die beiden Schuldigen jenes 30. Juli, die Herren Gottfried Dienst (Schweiz) und Tofik Bachramow (Sowjetunion), auf 3:2 für England entschieden, seufzte Michel »Das wird nun wieder Diskussionen geben«. Recht hatte er! **Gerhard Henschel** und **Günther Willen** schrieben darüber ein ganzes Buch *(Drin oder Linie?)* und schufen – Verbitterung macht erfinderisch – entzückende Dramolette, um den im dunkeln gebliebenen Dialog zwischen Dienst und Bachramow nachzubilden:

Offizielle Version

DIENST	Hello, Mr. Linesman. Was the ball in?
BACHRAMOW	Is Goal, Goal, Goal!
DIENST	Excuse me?
BACHRAMOW	Is Goal, Goal, Goal!
DIENST	Aha. *(Er entscheidet auf Goal.)*

Kleines Mißverständnis

DIENST Was fuchteln Sie denn hier so aufgeregt mit der Fahne rum, Mann? Ist ja furchtbar!

BACHRAMOW *(Zeigt mit der Fahne zur Ehrentribüne.)* Da vorne ist de Gaulle, de Gaulle!

DIENST Was?

BACHRAMOW De Gaulle, de Gaulle, de Gaulle!

DIENST Goal? Na, von mir aus … *(Er entscheidet auf Goal.)*

Einsilbig

DIENST Du!

BACHRAMOW Wer?

DIENST Du!!

BACHRAMOW Ich?

DIENST Ja!

BACHRAMOW Was?

DIENST Tor?

BACHRAMOW Wo?

DIENST Da!

BACHRAMOW Hm …

DIENST Nun?

BACHRAMOW Tja …

DIENST Drin?

BACHRAMOW Ja.

DIENST Echt?

BACHRAMOW Echt.

DIENST Tor?

BACHRAMOW Klar!

DIENST *(Pfeift.)*

BACHRAMOW Manchen Leuten muß man aber auch alles dreimal sagen.

Das Tor
des Jahrhunderts
Die Foto-Dokumentation zum Fußball-Endspiel Deutschland gegen England um die Weltmeisterschaft

Genau betrachtet, ist das mit »Tor« oder » Nicht-Tor« gar nicht so schwer zu begreifen … wie **Reinhard Umbachs** gelungenes Gedicht *Der Ball ist drin* und die Skizze veranschaulichen:

Soll der Schuß ein Treffer sein,
muß der Ball ins Tor hinein.
Ob er reinrollt oder -fliegt
oder unterm Tormann liegt,
ist im Grund höchst egal;
im Gegensatz zu jener Zahl,
mit der vom Ball der Radius
noch malgenommen werden muß,
um schon rein rechtlich so zu liegen,
daß letzte Zweifel rasch verfliegen.
2 Pi macht Balls Umdrehung voll,
die er die Linie drüber soll.
So wird erst mathematisch klar,
was vorher unumstritten war.

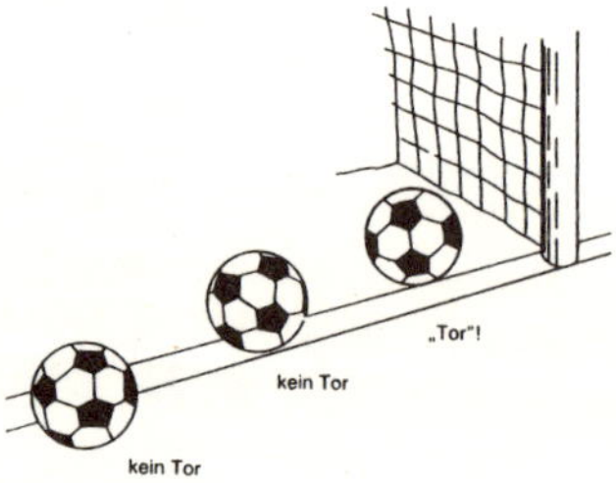

Bachramow kannte beides nicht und durfte weiterpfeifen und -winken. Er starb 1993.
Der Berliner **Friedrich Christian Delius** verschwieg dessen Namen und kompensierte sein Leid in *Vier Londoner Limericks*:

Ein jüngerer Herr namens Seeler
spielt Fußball ohne viel Fehler.
Und schießt er ein Tor
mit Bein oder Ohr,
dann jubeln Willy Brandts Wähler.

Die muntere Elsbeth aus Lauer
war scharf auf den Franz Beckenbauer.
Sie lud ihn ein,
eine Nacht sie zu frein –
beneidet vom Weibsvolk aus Lauer.

I met Bobby Moore, he told me:
So sorry, it was the referee.
I know how to play
football and say:
the third goal was no goal, maybe.

Ein älterer Herr aus Bonn/Rhein
Sagt: Das dritte Tor war sehr fein.
Ich hab' im Fernsehn
es selber gesehn
mit meinen ganz feinen Äuglein.

Verlassen wir Wembley, bleiben aber in England, wo der 1966 geborene Franzose Eric Cantona viele Jahre später zum Volkshelden wurde. Und das, obwohl er im Januar 1995 mit einen ungehörigen Fußtritt gegen einen Zuschauer zur Sache ging. »Wer etwas bedauert, ist ein Verräter, der vor allem sich selbst verrät«, gab Cantona hinterher zu Protokoll. Der Schriftsteller **Javier Marías** versucht eine Ehrenrettung:

Wenn diese Zeilen erscheinen, könnte es sein, daß die Karriere des französischen Fußballers Eric Cantona (sprich: Cantoná) beendet ist. In jedem Fall wird sie sehr ramponiert sein, da sein Verein Manchester United ihn für den Rest der Saison gesperrt hat. Auch der Nationaltrainer seines Landes hat ihn verstoßen, und er muß mit weiteren Sanktionen der

Sportverbände rechnen. Anlaß dafür war ein akrobatischer Fußtritt, den Cantona einem Crystal-Palace-Fan verpaßte, als er sich, nachdem er vom Schiedsrichter wegen eines großen Fouls vom Platz gestellt worden war, auf dem Weg in die Umkleidekabine befand. Anscheinend warf der Fan ihm alle möglichen Beleidigungen an den Kopf, wie es Fans auf der ganzen Welt zu tun pflegen. Cantonas Tat wurde von Funktionären, Trainern und Journalisten unverzüglich verurteilt, und man warf ihm vor, launisch und unverbesserlich zu sein, denn es ist nicht das erste Mal, daß dieses Genie sein Rebellentum, seine Ungeduld und Hitzigkeit offen zeigt. Schon mancher ähnliche Vorfall geht auf sein Konto, und außerdem liest er Baudelaire und Montesquieu, was im fußballerischen Umfeld immer noch nicht gern gesehen ist. Er schreibt Gedichte und malt. Er ist zur Hälfte Spanier, und die Fans seiner häufig wechselnden Vereine beten ihn an, ihn und sein Spiel. Er stellt seinen Hemdkragen immer hoch, als trüge er einen Trenchcoat, und seine Auffassung vom Fußball und ihre Umsetzung gehören zu den phantasievollsten, zupackendsten und erstaunlichsten der letzten Zeit – künstlerisch wie kämpferisch. Die englischen Kinder singen in den Pausen: *»Oh, ah, Cantona, ran away with the teacher's bra.«*

1967

Blamierte sich Deutschland ein erstes Mal auf albanischem Grund und begann die literarische Karriere des österreichischen Rebellen **Peter Handke**, nachdem er der Gruppe 47 in Princeton die Leviten gelesen hatte. In Gedenken seiner kurz zuvor geäußerten Betrachtungen zum Fußball jubilierte die interessierte Öffentlichkeit drei Jahre später, als Handke seinen Roman *Die Angst des Tormanns beim Elfmeter* vorlegte. »Endlich ein großer Fußballroman!« frohlockte da mancher; indes, wer

Handkes angestrengte Prosa um den Monteur Bloch und insbesondere den Romanschluß las, sah sich eines Besseren belehrt:

Neben sich sah Bloch andere Zuschauer miteinander reden. Er beobachtete nicht den, der gerade sprach, sondern jeweils den, der zuhörte. Er fragte den Vertreter, ob er schon einmal versucht habe, bei einem Angriff von Anfang an nicht die Stürmer zu beobachten, sondern den Tormann, auf dessen Tor die Stürmer mit dem Ball zuliefen.
»Es ist sehr schwierig, von den Stürmern und dem Ball wegzuschauen und dem Tormann zuzuschauen«, sagte Bloch. »Man muß sich vom Ball losreißen, es ist etwas ganz und gar Unnatürliches.« Man sehe statt des Balls den Tormann, wie er, die Hände auf den Schenkeln, vorlaufe, zurücklaufe, sich nach links und rechts vorbeuge und die Verteidiger anschreie. »Üblicherweise bemerkt man ihn ja erst, wenn der Ball schon aufs Tor geschossen wird.«
Sie gingen miteinander die Seitenlinie entlang. Bloch hörte ein Keuchen, als ob der Linienrichter an ihnen vorbeiliefe. »Es ist ein komischer Anblick, den Tormann so ohne Ball, aber in Erwartung des Balles, hin und her rennen zu sehen«, sagte er.
Er könne nicht lange hinschauen, antwortete der Vertreter, unwillkürlich schaue er doch gleich auf die Stürmer zurück. Wenn man auf den Tormann schaue, komme es einem vor, als ob man schielen müsse. Es sei, wie wenn man jemanden auf eine Tür zugehen sehe und dabei statt auf den Mann auf die Türklinke schaue. Der Kopf tue einem weh, und man könne nicht mehr richtig atmen.
»Man gewöhnt sich daran«, sagte Bloch, »aber es ist lächerlich.«
Ein Elfmeter wurde gegeben. Alle Zuschauer liefen hinter das Tor.
»Der Tormann überlegt, in welche Ecke der andere schießen wird«, sagte Bloch. »Wenn er den Schützen kennt, weiß er, welche Ecke er sich in der Regel aussucht. Möglicherweise rechnet aber auch der Elfmeterschütze da-

mit, daß der Tormann sich das überlegt. Also überlegt sich der Tormann weiter, daß der Ball heute einmal in die andere Ecke kommt. Wie aber, wenn der Schütze noch immer mit dem Tormann mitdenkt und nun doch in die übliche Ecke schießen will? Und so weiter, und so weiter.«
Bloch sah, wie nach und nach alle Spieler aus dem Strafraum gingen. Der Elfmeterschütze legte sich den Ball zurecht. Dann ging auch er rückwärts aus dem Strafraum heraus.
»Wenn der Schütze anläuft, deutet unwillkürlich der Tormann, kurz bevor der Ball abgeschossen wird, schon mit dem Körper die Richtung an, in die er sich werfen wird, und der Schütze kann ruhig in die andere Richtung schießen«, sagte Bloch. »Ebensogut könnte der Tormann versuchen, mit einem Strohhalm eine Tür aufzusperren.«
Der Schütze lief plötzlich an. Der Tormann, der einen grellgelben Pullover anhatte, blieb völlig unbeweglich stehen, und der Elfmeterschütze schoß ihm den Ball in die Hände.

Die Fachwelt war entrüstet. Petar Radenkovic, Münchens Meistertorwart, lehnte eine Rezension brüsk ab; Kollege Uli Stein betonte, daß es nur die »Angst des Tormanns vor dem Elfmeter-Pfiff« gebe, und Sepp Maier forderte die deutschen Schriftsteller auf, einen Roman über die »Angst des Schützen beim Elfmeter« zu schreiben. Wahrscheinlich hat Handke alles mal wieder ganz anders und eher symbolisch gemeint; er hätte bei der Abfassung seines Buches bedenken sollen, welche Flut unnützer und unschöner Texte daraus resultieren würde. Auch der Theologe **Thomas Schleiff** nahm sich dieses Themas an und schrieb das Gedicht *Erwartungshaltung*:

»Die Angst des Tormanns beim Elfmeter«
heißt ein Roman vom Handke Peter –
doch größer ist die Angst des Schützen:
Wird mein Elfmeter wohl auch sitzen?

Der Tormann kann ganz ruhig sein:
Man wird es ihm gar leicht verzeihn,
wenn er den Elfer nicht erwischt
und nur noch aus den Maschen fischt.

Doch schießt der Schütze knapp daneben,
wird man es ihm nur schwer vergeben.
Man denkt: Der hat doch leichtes Spiel;
warum trifft er denn nicht ins Ziel?

So hat der Schütze schlechte Karten,
weil alle es von ihm erwarten,
daß er das Ding eiskalt verwandelt.
Versagt er, wird er schlecht behandelt.

Beim Torwart geht es umgekehrt.
Wenn er den Ball flugs abgewehrt,
dann sagen alle: Wirklich toll –
das ist weit mehr, als was er soll.

Schleiff verdanken wir, dies nebenbei bemerkt, auch ein gewagtes Herberger-Gedicht, dessen schönste Strophe so geht: »Der Sepp, der war ein Pfiffikus, / ein Fachmann für den Fußballschuß, / rein äußerlich von kleinem Wuchs, / doch innerlich ein großer Fuchs«.
Zurück zum Torwart. Über dessen Eigenheiten ist viel geschrieben worden. **Sepp Maier** begann seine Autobiographie *»Ich bin doch kein Tor«* mit unverblümter Selbstkritik:

Der Linksaußen und der Torwart, das sind immer die Verrückten in einer Fußballmannschaft. Bei dem einen kann im Hirn irgendwas nicht ganz

richtig sein, weil er mit dem verkehrten Bein gegen den Ball haut, und der andere muß gleich ein irrer Depp sein, denn wer schmeißt sich auch noch freiwillig in den Dreck?
Ich habe seit meinem fünfzehnten Lebensjahr im Tor gestanden, mich öfters als eine halbe Million Mal in den Dreck geworfen. Läßt das Rückschlüsse auf meinen Geisteszustand zu?

Große Literaten wie Albert Camus, Julio Iglesias oder Vladimir Nabokov hüteten das Tor, und auch Norwegens Schlagersängerin Wencke Myhre betonte in *Er steht im Tor* die Besonderheit dieser Spezies. Tormänner laufen ständig Gefahr, sich binnen Sekundenbruchteilen Hohn und Spott der ganzen Welt zuzuziehen. Ein einziger Fehlgriff genügt, das Spiel ist verloren und der Ruf ruiniert. Nehmen wir Oliver Reck zum Beispiel: Viele Jahre verschrie man ihn als Fliegenfänger, der brillanten Leistungen katastrophale Schnitzer folgen ließ. Christoph Eichler hat in seinem *Lexikon der Fußballmythen* versucht, dem Schalker Schlußmann Gerechtigkeit widerfahren zu lassen, und damit sicher recht. Freilich … ganz wollen einige Recksche Aussetzer nicht aus dem kollektiven Gedächtnis verschwinden. Was im Kopf eines patzenden Torwarts vorgehen mag, erschließt sich nie gänzlich. **Willy Meisl**, Bruder des österreichischen »Wunderteam«-Trainers Hugo Meisl, hat bereits 1925 in seinem Büchlein *Das ABC des Fußballspiels* auf die zugrundeliegenden psychischen Abläufe hingewiesen und dabei den Begriff des »Gehirntelephons« eingeführt.

Es ist bekannt, daß Gefühle, Wahrnehmungen unserer Nerven, durch diese zum Gehirn weitergeleitet werden, wo sie in unser Bewußtsein treten und von wo aus bestimmte Bewegungen (sprechen, gehen usw.) wieder auf dem Wege der Nerven bei den entsprechenden Muskelpartien veranlaßt werden. Wie rasch nun das Bild, das das Auge empfängt, aufgenommen, erkannt und zur Erteilung von Dispositionen verwertet wird,

wie schnell dies bei Gehörs- und Gefühlsempfindungen geschieht, hängt nebst der Verfassung von Zentrale und Leitungsnetz (Gehirn, Nerven) in bedeutendem Maße von der Schulung ab. Ich will mich durch Beispiele verständlicher machen.
Ich spielte vor dem Kriege als Tormann in einer erstklassigen Mannschaft und bekam naturgemäß in Übung wie im ernsten Kampfe eine genügende Anzahl von Schüssen zu halten. Damals dachte ich über die Selbstverständlichkeit sehr häufigen Angeschossenwerdens und des »sicheren Fangens« nicht weiter nach. Als ich aber nach fünf Jahren Krieg wieder einige Male zum Training ging, kam ich hinter so manches, was den meisten Spielern, da es sich ganz allmählich entwickelt, verborgen bleiben muß. Ich will nicht erwähnen, daß ich naturgemäß nicht mehr ballsicher war und weit mehr abwehrte als fing, sondern ich will auf eine sehr auffallende Erscheinung späterer Trainingstage hinweisen.
Ich kam zur Abwehr von Bällen, die ich gut vorausberechnet hatte, regelmäßig zu spät. Ich erkannte im richtigen Momente, knapp vor dem Schusse, der Ball werde in die – sagen wir – rechte Ecke gehen, ich machte mich bereit und – war doch mit der Parade um den Bruchteil einer Sekunde zu spät fertig, so daß der abzuwehrende Ball sich zumeist schon hinter meinen, gegen den Pfosten zu fahrenden Armen befand und ins Netz ging. Die Erklärung für diesen Vorgang bildet die mangelnde Übung von Muskeln und Nerven. Wohl hatte das Auge genau erfaßt, was bevorstand, aber bis das Gehirn die Meldung über die gemachte Beobachtung aufgenommen und die nötigen Maßnahmen (Abwehrbewegungen) angeordnet hatte, bis dieser Befehl von den untrainierten Nerven den zu wenig geschulten Muskeln in Beinen, Rumpf und Armen übermittelt war, war der richtige Moment – ein Moment nur – verpaßt.

1967 brachte auch zwei Mannschaften in die erste Bundesliga, die bei ihrer Gründung nicht berücksichtigt worden waren: den FC Bayern und Borus-

sia Mönchengladbach. Beide leisteten sich im Jahrzehnt darauf erbitterte Zweikämpfe um die Meisterschaft. Die Gladbacher »Fohlen«, deren Nimbus bis heute ungebrochen ist, machten aus einer unauffälligen Textilstadt den Brennpunkt beherzten Offensivfußballs. Hennes Weisweiler hieß der Trainer dieser Mannschaft und Günter Netzer ihr Regisseur.
Die Bayern erlitten am 2. Dezember eine ihrer herbsten Niederlagen. »Goldköpfchen« Franz Brungs vom FC Nürnberg steuerte zum 7:3-Sieg gegen die Münchner allein fünf Treffer bei – ohne den Kopf einmal zu Hilfe zu nehmen. Dies war seiner Gesundheit sicher dienlich, denn das Köpfen kann, wie die Deutsche Presse-Agentur 31 Jahre später meldete, zu Gedächtnislücken führen: »Regelmäßiges Köpfen kann nach einer niederländischen Studie zu Konzentrationsschwächen und Gedächtnislücken führen. ›Es zeigte sich, daß das Kurzgedächtnis der Fußballer schlechter war und sie sich weniger konzentrieren konnten‹, sagte der Neuropsychologe Erik Matser in Geldrop. Matser fordert deshalb regelmäßige Gesundheitskontrollen für Profispieler. Ratsam sei es, das Kopfball-Training auf ein Mininum zu beschränken.«
Die Bayern erschienen wie ein Stern am Himmel; unterdessen wurde aus nicht nachvollziehbaren Gründen Eintracht Braunschweig deutscher Meister. Obschon die Spieler interessante Namen wie Ulsaß, Bäse und Moll trugen, war und ist mit Braunschweig wenig Staat zu machen. **Jörg Metes** und **Tex Rubinowitz** haben Abhilfe ersonnen:

1. Braunschweig … find ich gut!
2. Braunschweig – eine Stadt von Welt
3. Ich glaub', ich bin aus … Braunschweig!
4. Tip-Top – Braunschweig
5. Braunschweig – jetzt mit neuem Slogan!
6. I ❤ Braunschweig
7. Nicht hupen – Fahrer träumt von … Braunschweig!

8. Braunschweig – »the City of Slogans«
9. Braunschweig. Eine Stadt gibt nicht auf.
10. Braunschweig. Nur 50 km bis Hannover.
11. Braunschweig – 72 Meter über dem Meer

Daß die Braunschweiger Graumäuse Meister wurden, hat auch mit der Unvorhersehbarkeit dessen zu tun, was sich innerhalb von 90 Minuten abspielt. Sepp Herberger erkannte dies früh als Faszinationsquelle; komplizierter umschrieb dies der Soziologe **Heinrich Väth**:

Das Fußballspiel ist ein zeitlich begrenztes, offenes Ereignis, dessen Verlauf durch die nicht planbaren Aktionen der Spielgegner gestaltet wird und das mit einem eindeutigen, nicht vorhersehbaren Ergebnis endet. Der Spielablauf wird durch menschliches Handeln bestimmt. Dadurch erhält er seine eigene, von Irrationalität geprägte Dramaturgie und Ästhetik. Im Fußball wird die Fehlerhaftigkeit, Beeinflußbarkeit, das Risikohafte und Irrationale menschlichen Handelns durch den Spielmodus noch besonders verstärkt. Auffällig und relativ häufig sind Handlungsmißerfolge in der Ballbeherrschung und im Zusammenspiel. Durch den ständigen Wechsel des Ballbesitzes entstehen immer wieder neue, nicht vorhersehbare Spielkonstellationen. Zur unvollkommenen Ballbeherrschung kommen die Schnelligkeit des Spieles und die schwierige Antizipation des Verhaltens der Mit- und Gegenspieler. Kommunikation über die Handlungsabsichten ist zumeist nicht möglich und auch nicht sinnvoll. Deshalb ist besonders das kunstvolle effektive Kombinationsspiel störanfällig und risikoreich. Nicht einschätzbar in ihrer Wirkung auf die Spielgestaltung sind der Einfluß psychologischer Faktoren und die schwankende physische Leistungsfähigkeit der Spieler. Die wechselnden Rahmenbedingungen wie Stadion, Wetter, Platzverhältnisse, Zuschauerzahl und Zuschauerverhalten, Schiedsrichterentscheidungen und vor allem der Spielverlauf wirken sich unterschiedlich auf die Einstellung und Motivation der Spieler aus und beeinflussen in nicht vorhersehbarer Weise ihr Verhalten. Dieses Bündel von Faktoren und deren Zusammenwirken macht diese für die Dramaturgie und den Unterhaltungswert des Ereignisses zentrale Dimension aus. Das Prinzip der Unwägbarkeit weist über das Spiel hinaus auf die Offenheit der menschlichen Existenz. Diese Erfahrung der Unvorhersehbarkeit und Zufallsabhängigkeit des eigenen Lebensschickals liegt dem Spielerlebnis von Spieler und Zuschauer zugrunde.

1968

Gab es ein Spiel in Nürnberg, das dank **Peter Handke** Lyrikgeschichte schrieb:

Die Aufstellung des 1. FC Nürnberg
vom 27. 1. 1968

WABRA
LEUPOLD POPP
LUDWIG MÜLLER WENAUER BLANKENBURG
STAREK STREHL BRUNGS HEINZ MÜLLER VOLKERT

Spielbeginn:
15 Uhr

Nebenbei sei angemerkt, daß Handke beim Spiel selbst wohl nicht dabei war, denn statt des Abwehrspielers Leupold lief Kollege Hilpert auf, wie der Literaturwissenschaftler Volker Bohn in vorbildlicher Recherchearbeit herausbekam.

1969

Entzündete sich der »Fußballkrieg« in Zentralamerika. **Eduardo Galeano** berichtet, was ein WM-Qualifikationsspiel auslöste:

Im Jahre 1969 gab es Krieg zwischen Honduras und El Salvador, zwei kleinen und sehr armen zentralamerikanischen Ländern, die seit mehr als einem Jahrhundert gegenseitig Groll ansammeln. Jedes der beiden Länder hatte immer als Erklärung der Probleme des anderen herhalten müssen. Die Honduraner hatten keine Arbeit? Weil die Salvadoreaner sie ihnen wegnahmen. Die Salvadoreaner litten Hunger? Weil die Honduraner sie schlecht behandelten. Jedes der beiden Völker meinte, sein Feind sei der Nachbar, und die unaufhörlichen Militärdiktaturen in beiden Ländern taten alles, um diesen Irrtum nicht aufzuklären.
Der Krieg, der 1969 ausbrach, wurde »Fußballkrieg« genannt, weil sich in den Stadien von Tegucigalpa und San Salvador die Funken entzündeten, die den Flächenbrand auslösten. Während der Ausscheidungsspiele zur Fußballweltmeisterschaft von 1970 begannen die Probleme. Es kam zu Schlägereien, es gab ein paar Tote und Verletzte. Eine Woche später brachen die beiden Länder die diplomatischen Beziehungen ab. Honduras wies hunderttausend salvadoreanische Landarbeiter aus, die seit eh und je bei Aussaat und Ernte in jenem Land ihr Brot verdient hatten, und die Panzer El Salvadors überquerten die Grenze.
Der Krieg dauerte eine Woche und kostete viertausend Menschen das Leben. Die Regierungen, die beide in der US-amerikanischen »School of the Americas« fabriziert worden waren, bliesen, so gut sie konnten, in die Flammen des Hasses. In Tegucigalpa lautete die Parole: »*Hondureño: toma un leño, mata un salvadoreño*«, was bedeutet: »Honduraner: Nimm einen Prügel und erschlag damit einen Salvadoreaner.« In San Salvador hieß es: »Diesen Barbaren muß eine Lektion erteilt werden.« Die Herren über

Land und Krieg vergossen keinen einzigen Tropfen Blut, während die beiden barfüßigen Völker, in gleichem Elend lebend, sich am Falschen rächten, indem sie sich mit patriotischer Leidenschaft gegenseitig den Hals umdrehten.

Weitaus harmlosere Auslandsreisen hatte Schalke 04 damals zu absolvieren. Man traf akribische Vorbereitungen, um den vielfältigen Anforderungen in der Fremde weltmännisch begegnen zu können. Rudi Gutendorf kannte sich schon damals aus und achtete darauf, daß sich seine Schalker Jungs auch fernab des Ruhrpotts respektabel präsentierten. In Irland zum Beispiel, wo man im Europapokal der Pokalsieger auf Shamrock Rovers traf und mit unbequemen, weil in fremdem Idiom vorgetragenen Reporterfragen rechnen mußte. Gutendorf legte Hand an und gab, wie das nachstehende Foto zeigt, profunden Englisch-Unterricht:

Unsicher ist, ob alle den Ausführungen des Weltenbummlers zu folgen vermochten. Der Politikwissenschaftler **Klaus Hansen** ließ sich zu einer Geschichte inspirieren:

Als Riegel-Rudi Gutendorf das Kommando am Schalker Markt führte und es im europäischen Wettbewerb gegen Shamrock Rovers aus Irland ging, zog er seine Knappen in der Volkshochschule Gelsenkirchen zusammen, um sie, wie er sagte, auf internationale Aufgaben vorzubereiten. Hierzu sei eine gewisse Kenntnis der englischen Sprache unverzichtbar. Dem Mann auf dem rechten Flügel, Reinhard »Stan« Libuda, bleute er ein, auf die Frage »Who are you?« stets zu antworten: »I am the right wing.« – Libuda schrieb diese Antwort zehnmal an die Tafel der Gelsenkirchener Volkshochschule. Damit schien er für Irland gewappnet. Kaum war die Mannschaft auf der Insel gelandet, trat auch schon der Ernstfall ein. Auf das Geräusch eines Reporters, das wie »Who are you?« klang, antwortete Stan mit der Sicherheit des Mannes von Welt: »I am the white ring!«

1969 ist auch das Jahr, in dem die Münchner Bayern erstmals – acht Punkte vor Alemannia Aachen – auf dem ersten Platz der Bundesligatabelle endeten. Ungezählte Meisterschaften folgten, die diese Mannschaft zum Zankapfel aller Fußballinteressierten machten. »Angestelltenfußball«, »1:0-Künstler«, »Duselbrüder«, »Geldsäcke« … unerschöpflich ist das Vokabular derer, die sich an Siegen dieses gewinnorientierten Clubs nicht recht erfreuen können. Gewiß, in den Siebzigern, als Maier, Beckenbauer & Müller das Feld beackerten, ließ sich an der Güte des Gebotenen kaum herummeckern … doch recht besehen, bleibt es unverständlich, wie ein anständiges Fußballerherz ausgerechnet für diese Truppe schlagen kann. Erst in den letzten Jahren häufen sich auch unter erfolgsverliebten Jungjuristen und New-Economy-Hasardeuren inner-

und außerhalb Münchens Sympathiebekundungen für die Bayern. **Georg M. Oswald** zum Beispiel ist ein angesehener Schriftsteller und Anwalt ... und dennoch Bayern-Anhänger. Toleranterweise sei aus seinen Betrachtungen zitiert:

Ich bekenne, es fällt mir nicht mehr genau ein, wann ich zum Bayern-Fan wurde, aber es muß sehr früh in meinem Leben gewesen sein, denn schon als ich zwölf war, hätte ich einem Nicht-Bayern-Fan auch unter Einsatz körperlicher Gewalt den Zutritt zu meinem Zimmer verweigert. Mein Zimmer sah so aus: Das Bett war das Prunkstück, der Blickfang, gleich wenn man hereinkam, konnte man es sehen. Mein Zimmer war nicht besonders groß, so daß man eigentlich gleich alles sehen konnte, wenn man hereinkam, aber zuerst sah man eben das Bett – mit dem originalen und nur direkt bei der Geschäftsstelle des FC Bayern erhältlichen FC Bayern-Bettbezug, den mir meine Mutter nach zähen Verhandlungen dort höchstpersönlich bestellt hatte!
Auf dem – roten – Kopfkissen war, ungefähr auf Stirnhöhe, ein Ball aufgedruckt und die – rote – Decke war übersät mit Reproduktionen des Vereinsemblems. Das Vereinsemblem: Ich habe es bestimmt so oft gemalt wie Cézanne seine Äpfel, ohne allerdings die weißblauen Rauten in dem roten Kreis je so gleichmäßig hinzubekommen, wie das Cézanne wahrscheinlich gleich beim erstenmal geschafft hätte. Mein am besten gelungenes Vereinsemblem hing unter der Lampe am Kopfende des Bettes. An der Wand am Kopfende des Bettes durften allein solche Devotionalien hängen, welche ausschließlich zur höhren Ehre des FC Bayern gefertigt und bestimmt waren.

Der Nordire George Best wäre bei den Bayern vermutlich nie zurechtgekommen. Unbotmäßige Langhaarige hatten es dort immer schwer. Schade, denn der Exzentriker Best hätte dem Münchner Spiel gutgetan.

Nick Hornby erinnert sich an ihn ... und daran, daß den Fußballbegeisterten nicht nur edle Motive leiten:

Diese Festlegung auf Resultate bedeutet unvermeidlich, daß Fans und Journalisten Spiele auf eine höchst unterschiedliche Art sehen. 1969 erlebte ich, wie George Best in Highbury für Manchester United spielte und zwei Tore erzielte. Das Erlebnis hätte einen tiefen Eindruck hinterlassen sollen, so als ob man Nischinskij tanzen gesehen oder Maria Callas singen gehört hätte, und obwohl ich manchmal in dieser Art davon spreche – mit jüngeren Fans oder denen, die Best aus anderen Gründen verpaßt haben –, ist meine liebevolle Darstellung des Erlebten von Grund auf verlogen: Ich haßte jenen Nachmittag. Jedesmal wenn er den Ball erhielt, jagte er mir Angst ein, und ich wünschte damals, genauso wie ich es vermutlich heute noch tue, daß er verletzt gewesen wäre. Und ich habe Law und Charlton gesehen, Hoddle und Ardiles, Dalgish und Rush, Hurst und Peters, und das gleiche Phänomen trat auf: Nichts von dem, was diese Spieler jemals in Highbury gemacht haben, hat mit Freude bereitet (auch wenn ich gelegentlich widerwillig die Dinge bewundert habe,, die sie gegen andere Teams gezeigt haben). Gazzas Freistoß gegen Arsenal im FA-Cup-Halbfinale in Wembley war einfach erstaunlich, eines der bemerkenswertesten Tore, das ich je gesehen habe ... doch ich wünschte von ganzem Herzen, daß ich es nicht gesehen und er es nicht erzielt hätte. Tatsächlich hatte ich während des ganzen Monats vor dem Finale gebetet, das Gascoigne nicht spielen möge, was die Andersartigkeit des Fußballs unterstreicht: Wer würde eine teure Karte fürs Theater kaufen und hoffen, daß der Star des Stücks unpäßlich ist?

1970

Das Spiel der Spiele, Deutschland gegen Italien, WM-Halbfinale, 3:4 nach Verlängerung, der geschiente Beckenbauer, der Versager Yamasaki an der Pfeife, das subtile Hinauszögern bis zur 92. Minute ... wir rufen **Ernst Huberty**: »Noch eine Möglichkeit. Grabowski. Schnellinger. Nein, nein, nein, nein. Tor durch Schnellinger. Unglaublich. Ausgerechnet Schnellinger, werden die Italiener sagen. Ausgerechnet Schnellinger. Es ist nicht zu glauben.« Und **Ror Wolf**:

Zwölf Uhr in Mexico, in einer heißen
zerpfiffnen Schüssel: Celsius sechzig Grad.
Es kochte furchtbar, doch das Resultat
gilt als Bonbon in den Expertenkreisen.

Alf Ramsey hat schon in den Hosen stecken:
die Hände, und er lächelt leicht dabei.
Einsnull Zweinull – Zweieins Zweizwei Zweidrei.
Auf seiner Miene bricht jetzt aus: der Schrecken.

Der Lange, Helmut Schön, macht keinen Fehler.
Man sieht die beiden wundervollen Dicken
erfolgreich aus der Luft herunternicken:
Gerd Müller ebenso wie Uwe Seeler.

Grabowski zeigt mit seinen Hexentänzen,
er war ein großer König auf der Bank,
das hört er zwar nicht gern, das macht ihn krank,
Herrn Bobby Moore energisch alle Grenzen.

Ein schlimmer Himmel liegt drei Tage später
auch auf dem größten Spiel in der Geschichte.
Der Rasen grün, das schreiben die Berichte,
ein leichter Wind, es sinkt das Thermometer.

Es war ein Kampf wie aus den Heldensagen.
Gerd Müller stampft und Riva dampft vor Kraft.
Facchetti knüppelt völlig ungestraft.
Der Boden bebt. Es geht um Kopf und Kragen.

Der Catenaccio knirscht. Die Riesen wanken.
Mazzola fällt vor lauter Elend um.
Als Seeler blutet bleibt die Pfeife stumm.
Das hat man Yamasaki zu verdanken.

Dann kommt der Schlag. Rivera ist der Schütze.
Sepp Maier schluckt und Vogts wird leichenblaß.
Und Willi Schulz sinkt lappenschlapp ins Gras.
Und Schön kratzt sich verlassen an der Mütze.

Das war ein Drama allererster Sorte.
Hier schweige ich. Es fehlen mir die Worte.

Und den Italiener **Roberto Giardina**:

Für Sportsfreunde, aber nicht nur für sie, ist die Beziehung ganz einfach und steckt in zwei Zahlen: Italien – Deutschland 4:3. In der (in Europa) magischen Nacht von Toluca sind die Erinnerungen einer ganzen Generation festgehalten, und der unsichtbare Drahtzieher hat auch wirklich keine Nuance ausgelassen. Die »Azzurri« hatten schon fast gewonnen und werden in letzter Sekunde von Legionär Schnellinger »verraten«. Die »Weißen« gehen in Führung, Rivera bereitet ein Tor vor, dann rennt er quer über den Platz und schießt den Ball ins Netz. Und Beckenbauer kämpft trotz Armverletzung. Zumindest im Fußball verlieren wir die Freundschaftsspiele und gewinnen jene Spiele, »die wirklich zählen«, aber dieses 4:3 hat eigentlich weder Sieger noch Verlierer. Weiße und Azzurri sind keine Gegner, sondern Interpreten einer Oper wie Capuleti und Montecchi in einem *Julia und Romeo* des Fußballs, der damals noch klassisch lederfarben war. Kaum sind hinter den Kulissen die Trikots ausgezogen, beglückwünscht man sich als Profis und Kollegen, die der ganzen Welt ein Schauspiel geboten haben.

Und **Bernward Vesper**, den Gudrun-Ensslin-Gatten, der in seinem Roman *Die Reise* ausführt, wie dieses Spiel gegen Italien alle Gesellschaftsschichten erfaßte:

Im Zimmer vor dem Fernsehschirm waren nur acht Leute, gewiß keine ›repräsentative Erfahrung‹. Auch zugegeben: sie tranken viel, Bier, Rotwein. Aber die Spannung des Spiels veränderte sie. Leute, die nie, nie in das Stadion vor die Stadt ziehen würden, um zu schreien: ›Verzichtler und Verräter/sind keine Volksvertreter‹, nein, eine Mutter, die sich noch am Nachmittag auf der Terrasse des Eigenheimgartens ›über ihr Kind beugte‹, pace, pace! »Das Publikum ist parteiisch«, sagte ich. Ja, Italien hatte Mexico aus dem Rennen geworfen, und jetzt erhoffte man sich Revanche durch die Deutschen … Aber es ›ist in Ordnung‹, sie sind doch auf unserer Seite. Aha. Ein hartes Spiel. Fouls – halb Fußball, halb Komödie. Es ist dunkel im Zimmer, aber als *das* Tor fällt (92. Minute), stürzen Biergläser um, panisch kreischende, sich umschlingende, gegen die Decke hin wachsende, kreiselnde, torkelnde, schlingernde Paare. Aber die Italiener werden siegen, weil sie geschickter sind, mit Riva einen schnellen, ›genialen‹ Stürmer haben (ja, lieber Robert Musil, das ›geniale‹ Rennpferd!). Ja, diese verdammten Spaghettifresser, die verzögern, die den Vorsprung halten wollen, die foulen, die sich mit flehender Gebärde an den Schiedsrichter wenden, die sich auf den Rasen schmeißen, als wären sie tödlich getroffen: Diese Schweine, Dreckskerle und nie wieder gehe ich in eine Pizzeria! Diese Makkaronis, ja, verdammte Scheiße, ich lege sie um, ich küsse die Mattscheibe nach dem *deutschen* Tor. Und zu mir: »Kann Dich denn gar nichts aus der Ruhe bringen?« Und endlich. »Das war ein *Fehler* von Schulz, das 4:3 *für* Italien. Den hätte er stoppen müssen, einen so gefährlichen Mann, *notfalls* eben ein Foul riskieren (!).« Es ist zum Kotzen. (Abhauen – wohin? Abhauen in ein andres Land?) Und da geht es auch schon los: die Dolchstoßlegende. »Kann Schnellinger, der doch normalerweise in Italien sein Geld verdient, überhaupt in der deutschen Mannschaft gegen Italien antreten?« »Kann man den Schiedsrichter auswechseln?« »Wie kann man einen offensichtlichen Fehler des Schiedsrichters korrigieren!« Ja, verdammt, der bestechliche Gott der Schlachten: der Schiedsrichter, der Verräter, der heimliche Überläufer, der den deutschen Sturm zersetzt. Das sind ›die wahren Schuldigen‹ (ein Lieblingsausdruck meines Vaters). ›Wir‹ haben in Wirklichkeit nicht verloren [auf der Mattscheibe läuft mit Zeitraffer der Krieg 1939–45, wenn man alles in Rechnung stellt, wenn man sieht, was *wirklich* los ist, *HABEN WIR NICHT VERLOREN!*] (Deutschland 4:3, niemals! Deutschland dreigeteilt, niemals!)

Immer wieder rückte dabei der peruanische Schiedsrichter in den literarischen Blickpunkt, eine Ehre, die wenigen seiner Berufskollegen zuteil wurde. Die Schlechtigkeit seiner Leistung ließ sich nicht schönreden, und Reporter Kurt Brumme versuchte es erst auch gar nicht: »Er sieht nichts, es ist zum Weinen.«

1971

Begann der österreichische Nationalspieler Hans Ettmayer seine Bundesligakarriere beim VfB Stuttgart. An »Buffys« wuchtige Freistöße, an seine strammen, gezirkelten Fernschüsse erinnert man sich im Schwabenland noch heute ... und auch an seine füllige Natur, die Menschen mit Gewichtsproblemen Hoffnung gab, auch zu sportlichen Höchstleistungen befähigt zu sein. Was tun, wenn die Pfunde plagen? Diego Maradona hätte auf den Rat des Mediziners **Muir Gray** hören sollen:

Zwei Punkte sind für einen Spieler, der die Neigung hat, dick zu werden, zu beachten, wenn er außerhalb der Saison oder nach Beendigung seiner aktiven Zeit nicht fettleibig werden will. Erstens muß er sorgfältig auf sein Gewicht achten, indem er sich jede Woche zur gleichen Zeit auf derselben Waage wiegt – tägliches Wiegen ist nicht notwendig. Zweitens soll er auf die Menge der energiereichen Nahrung achten, die er einnimmt. Zwei Nahrungsmittelarten sind besonders wichtig, weil sie große Energiemengen in sehr kleinen Portionen konzentrieren: zuckerhaltige und fetthaltige Nahrungsmittel. Derjenige, der seine körperlichen Aktivitäten einschränkt, sollte die Einnahme dieser Nahrungsmittel verringern. Dies bedeutet nicht, daß der Spieler erbärmlich hungern muß. Er kann so viel Obst, Vollkornbrot und Kartoffeln essen, wie er will – ja, Vollkornbrot und Kartoffeln. Beide enthalten Kohlehydrate, das ist wahr, aber es sind keine veredelten Kohlehydrate wie Traubenzucker, und sie sind so gering konzentriert, daß eine große Menge Brot oder Kartoffeln gegessen werden muß, bevor es zu einem Energieüberschuß kommt. Voraussetzung ist allerdings, daß die Kartoffeln nicht in Fett gebraten oder in Butter geschwenkt und das Brot nicht mit Butter und Marmelade dick bestrichen ist.

Zuckerhaltige Nahrungsmittel

Deutlich sichtbare Zuckerformen
Streuzucker, weiß und braun; Süßigkeiten; Eistorten; Sahnebonbons; Schokolade

Versteckte Zuckerformen
Bier, einschließlich der Sorten mit geringem Kaloriengehalt; Limonade und andere süße, alkoholfreie Getränke; Kuchen; Biskuit

Fetthaltige Nahrungsmittel
Deutlich sichtbares Fett
Butter; Sahne; Käse

Verstecktes Fett
Schmalzkuchen; Fette Fleischsorten; Soßen; Fleischpasteten; Nüsse, Pommes frites

Apropos Stuttgart: Dort spielte bis 1971 der Franzose Gilbert Gress, der ob seiner langen Haartracht seinen alten Trainer Albert Sing schier zur Verzweiflung brachte und von ihm zu Friseurbesuchen gezwungen wurde. Ein unbotmäßiger Haarschnitt, das zählte damals zu den gesellschaftlich heiß diskutierten Themen. Wehendes Haar, wie es Gress, Netzer, Mrosko oder Lienen trugen, verhieß revolutionäre Gesinnung, und damit konnte der deutsche Fußball nichts anfangen. Zugestanden werden muß freilich, daß Fußballspieler sich in Haarfragen nicht immer geschmackssicher zeigen. Erscheinungen wie Friedel Rausch, Christoph Daum, Rudi Völler, Carsten Jancker oder Winfried Schäfer versinnbildlichen eine nicht immer schön anzusehende Gleichgültigkeit in Modefragen. Gepflegte Menschen wie Thomas Helmer und Oliver Bierhoff versuchten dem entgegenzuwirken. Die Zeiten eines Jupp Posipal aber, der tadelloses, nicht überfettetes Haar dank Brisk trug, scheinen für immer vorbei:

1971 kommt es beim Spiel Mönchengladbach gegen Bremen zum Pfostendesaster, kein Ersatztor weit und breit – Spielabbruch. Simmering hingegen darf weiterspielen; gegen Rapid Wien zum Beispiel geben, so die Medien, einige Spieler eine »Figur« ab, »wie sie besser in eine Freistilarena passen würde«. Wenig später tritt der Simmeringer Franz Lachnit beim Spiel gegen Linz den Schiedsrichter mit Füßen.

Torpfostenfragment aus dem Bökelberg-Stadion Mönchengladbach 3.4.1971

1972

In diesem Jahr, da sind sich alle einig, habe die beste deutsche Nationalelf aller Zeiten gespielt, besser selbst als die Mannschaften von 1954, 1974 oder 1990. Glanzvoll wurde man Europameister und schaffte auf dem Weg dorthin, am 29. April, das Husarenstück: den 3:1-Sieg gegen England im Wembley-Stadion. Die Revanche für 1966 war geglückt, und der Geist von Wembley riß auch Literaturwissenschaftler vom Stuhl, **Karl-Heinz Bohrer** zum Beispiel, den Fachmann fürs Ästhetische und den »Thrill«:

Deshalb würde Wembley immer der einzige Ort auf Erden sein, wo das Spiel das bekommt, was die artistischen Spiele südländischer Mannschaften nie entwickeln und was auch unsere Teams bei aller taktischen Intelligenz selten besitzen: den phantastischen, höchst seltsamen, wunderbar kühlen »thrill«, um es mit dem englischen Wort zu sagen, was auf deutsch mit »Spannung« nicht richtig erfaßt ist: Erbeben, Schauer wäre besser. Wir haben nur ein Beispiel dafür: Der aus der Tiefe des Raumes plötzlich vorstoßende Netzer hatte »thrill«. »Thrill«, das ist das Ereignis, das nicht erwartete Manöver, das ist die Verwandlung von Geometrie in Energie, die vor Glück wahnsinnig machende Explosion im Strafraum, »thrill«, das ist die Vollstreckung schlechthin, der Anfang und das Ende. »Thrill« ist Wembley.

Sein Münchner Kollege **Gerd Holzheimer** ließ sich nicht minder von der Aura des (zum Abriß freigegebenen) Heiligtums einnehmen und beschloß daraufhin, sich seine eigene Welt zu bauen:

Unglaublich symbolisch weitet sich um mich herum die Muschel des Stadions aller Stadien dieser Welt, das Wembley, dessen Buchstaben durch die Sitzreihen schwingen, und ich reißen einen Pokal hoch, sym-

bolisch Männliches wie Weibliches in sich vereinigend. Niemand sieht mich im Augenblick größter Erhabenheit, der zugleich so wunderbar lächerlich ist. Nein, nicht alle Wege führen in die Finchley Road, alle Wege führen ins Wembley.
Und wenn es, unglaublich genug, abgerissen ist, das Wembley, werde ich seinen heiligen Rasen retten, zumindest ein Pfund Wembley-Rasensamen, gekauft im Fan-Shop des Wembley-Stadions für vier Pfund; in meinem Garten wird es fortleben, einen Quadratmeter werde ich ausheben und Rasen aus dem Wembley-Stadion ansäen, aber als umgekehrte Quadratur des Kreises, nämlich einen Quadratmeter als Kreis. Das wird meine Couch sein, da lege ich mich hinein, aber statt daß ich mich analysieren lasse, lasse ich mir die Sonne auf den Bauch scheinen, der sich aus dem kleinen heiligen Areal herauswölbt, ein selbst gebautes Wembley, und ich lasse den Herrgott einen guten Mann sein und beklage mich nicht weiter, daß aus mir nichts geworden ist, außer daß ich einmal den Pokal hochgerissen habe, im Wembley. Aber ich höre dem immer währenden Nachhall in mir zu, wie die Welt donnerte, wie der Mond krachte.

1973

»Selbsteinkehr«, »Selbsteintritt«, »Selbstentäußerung« ... all diese merkwürdigen Vokabeln kennt der Duden. In seiner Wirklichkeitsferne blieb ihm Naheliegenderes, historisch Verbürgtes fremd: die »Selbsteinwechslung«, die sich erst- und letztmals am 23. Juni ereignete, als Günter Netzer das Heft seines Coaches Hennes Weisweiler in die Hand nahm, sich ins Spiel einbrachte und kurzerhand das Siegtor schoß – nach einem Doppelpaß mit dem dafür nicht prädestinierten Rainer Bonhof. Ach ja, »Doppelpaß« – was ist das überhaupt? Der Soziologe **Hartmut Esser**, bekennender Fortuna-Köln(!)-Anhänger, kennt sich aus:

Der entscheidende Durchbruch zum Verständnis des Doppelpasses ist erst mit dem Konzept der Selbstorganisation, genauer: mit dem der Autopoiesis möglich gewesen. Die Grundidee ist bekannt und kaum widerlegbar: Doppelpässe laufen – ebenso wie soziale und psychische Systeme allgemein – solange in der temporalisierten Reproduktion ihrer elementarhaften Ereignisse weiter, wie sie weiterlaufen. Zwei Gesichtspunkte dieses Schrittes von unüberbietbarer Radikalität müssen hier besonders hervorgehoben werden: Die Vorstellung der Subjekte als Umwelt des Doppelpasses und die konsequente und unumkehrbare Temporalisierung des Paß-Begriffs.

In der – heute überholten – alteuropäischen Sicht war man doch noch davon ausgegangen, daß konkrete Menschen einen Doppelpaß »spielen«: Netzer kommt aus der Tiefe des Raumes, spielt einen langen Ball auf Overath, der in der ihm eigenen barocken Art (die sog. Overath-Schleife) zu dem aufgerückten Beckenbauer gibt, der seinerseits den – wie üblich – nur äußerlich statischen, tatsächlich aber in einem dynamischen Fließgleichgewicht befindlichen Gerd Müller kurz mit dem Außenrist bedient, der sofort auf Beckenbauer zurückpaßt, unvermittelt am Gegner vorbeiläuft, den Ball wieder erhält und mit einem (hinreichend häufig erfolgreichen) Schlenzer aufs (ins) Tor die Sequenz abschließt (und damit die oben erwähnten Anschlüsse an andere soziale Systeme – Jubelstürme, Gegenstöße, Halbzeit – ermöglicht).

Dies alles ist nicht falsch beobachtet, greift aber theoretisch entschieden zu kurz: Der Doppelpaß ist ein genuin emergentes Phänomen mit eigenen Imperativen, eigenen Grenzen, eigenem Sinn – Eigen-Sinn – und eigener Irreversibilität. Er konstituiert seine Elemente (die »Spieler«, die »Pässe« und seine operative Geschlossenheit) immer selbst und immer systemrelativ: es gibt keine »Spieler« eines Doppelpasses ohne deren Doppelpaß. Der Doppelpaß läßt als eigenständiges System in allen Beziehungen eine Selbstbeobachtung mitlaufen und reproduziert sich erst auf diese Weise selbstreferentiell. Dies läßt sich mit herkömmlichen Denkmitteln nicht mehr begreifen.

Dank dieser Kunstfertigkeit und Selbstherrlichkeit wurde Mönchengladbach Pokalsieger. Wir schreiben, wie gesagt, das Jahr 1973; Willy Brandt amtierte im Kanzleramt; die Ölkrise hielt noch still, und der revolutionäre Geist wehte munter durch deutsche Lehranstalten. Der Sportjournalist **Helmut Schümann** berichtet davon, wie sein Deutschlehrer Hölscher zeitgemäß interpretierte:

Nach den Gesetzen der Vernunft war dieses Tor absolut undenkbar gewesen. Ein Doppelpaß mit Bonhof, das hatte, wie Netzer berichtete, in zehn Jahren nicht geklappt. Außerdem war ihm der Ball vom Spann weggerutscht, und überhaupt: Darf man erfolgreich sein, wenn man sich gegen die Obrigkeit auflehnt, den Trainer düpiert und auf eigene Faust agiert?
In bestimmten Momenten ist es nahezu Pflicht, eigenverantwortlich zu handeln und sich gegen die herrschenden Meinungen und Verhältnisse zu stellen, sagte Deutschlehrer Hölscher. Dieser großartige Mann hatte nach den Ferien tatsächlich den Schuß Netzers, das Tor zum Mönchengladbacher Pokalgewinn zum Anlaß genommen, mit uns Schülern über Ungehorsam zu diskutieren, genauer: über den Sinn und Unsinn von Ungehorsam, über seine Erträge und seine Exzesse. Ein gewagter Vergleich, aber ein Ansatz, durch den wir – natürlich – zu den Namenspatronen unserer Schule, den Geschwistern Scholl, kamen, dann zu Claus Graf Schenk von Stauffenberg und dessen Attentatsplänen gegen Hitler, wir sprachen über die Legitimität solcher Untergrundtätigkeiten, für die der Schriftsteller Günter Wallraff stand mit seinen Büchern »13 unerwünschte Reportagen« oder »Ihr da oben – wir da unten«, und schließlich legte Deutschlehrer Hölscher die Illegitimität solcher Aktionen dar, mit

denen die Rote Armee Fraktion die Stimmung im Land trübte. Eine bemerkenswerte Assoziationskette, die Netzer mit seinem Aufbegehren ausgelöst hatte.

1974

Vor den Gewinn der Weltmeisterschaft hat der liebe Gott Schweiß und Mühe gesetzt, zum Beispiel die allererste Auseinandersetzung mit den sozialistischen Brüdern und Schwestern aus der DDR. Jürgen Sparwasser, sein Name ist Mythos, entschied überraschenderweise den Kampf der Systeme; die 77. Spielminute im Hamburger Volksparkstadion wurde zum düsteren Augenblick westdeutscher Geschichte.
Wo waren Sie damals eigentlich? Viele Menschen wissen das noch heute exakt zu sagen, Torwart **Sepp Maie**r etwa. Oder die Herzogenrather Schriftstellerin **Silvia Szymanski**. Oder der österreichische Literaturwissenschaftler **Thomas Rothschild**. Der Reihe nach:

Wo ich war, als das Sparwasser-Tor fiel? Blöde Frage. Am Boden war ich gelegen. Deswegen kann ich mich auch gar nicht so genau erinnern, wie das Tor fiel. Ich glaube, der Verteidiger Höttges hat ein bisserl geschlafen, der Sparwasser hat den Ball an mir vorbeigehaun und ist damit berühmt geworden. Für uns war das gut so, sonst wären wir nicht Weltmeister geworden. Hätten wir zwei, drei oder vier zu null gewonnen, hätte es sicher nicht geklappt mit dem Titel. Wir hatten ja zuvor gegen Chile auch so ein Gurkenspiel hingelegt und dann die Niederlage gegen die DDR – der Oberhammer.
Nach diesem Spiel ist das ganze Team zusammengerückt – eine Trotzreaktion. Danach gab es nur noch Siege.

Wo war ich? Laut Freund Fritz vielleicht bei ihm. Er war jedenfalls da. Aber wenn Fußball ist, achten die Leute nicht darauf, ob sonst noch einer da ist und wie's dem geht. Das eigene Leben setzt für 90 Minuten aus. Meins auch. Doch während die anderen zu Vogts oder Müller wurden, wurde ich mental zum Möbelstück. So wurde mir erst kürzlich durch den Aufruf in der »Jungle World« bewußt, daß die DDR einmal eine eigene Fußballnationalmannschaft hatte, die ich gesehen haben muß.

Ich war fünfzehn.

Fritz' Mutter schmierte Schnittchen mit Konservencamembert von Aldi. Der Käse war wie Gummi; die haben ihn gekocht, bevor sie ihn in die Büchse taten. Fritz' Vater lag auf dem Sofa, lachte verzweifelt auf und rief: »Das gibt's doch nicht. Guck dir das an. Schade!«

Daß es zwei Deutschlands gibt, hat mich als Kind beunruhigt, weil ich dachte, das andere sei ein paralleles Land, an den Grenzen gespiegelt, ein Doppelgänger aus Antimaterie mit einem seitenverkehrten Mond. Es war, als hätte man mir gesagt, mich gebe es nochmal, mit einem zweiten Vater und einer zweiten Mutter. Eine gespenstische Vorstellung.

»Aber wir sind im richtigen Deutschland, ne, Papa?« »So kann man das nicht sagen. Beide sind richtig.« Das hab ich nicht verstanden.

Fritz ging als Kind mit seinem Vater mal ein Spiel ansehen, der heimische VfR Übach-Palenberg kickte gegen die Amateure des 1. FC Köln. »Wer von denen sind die richtigen Deutschen?« fragte er. »Das sind alles Deutsche«, sagte sein Vater. Mit dieser polytheistischen Art kam auch der kleine Fritz nicht klar. Zu wem sollte man da halten? War denn jetzt alles egal, oder was?

Aus der DDR kamen 1974 nüchterne, korrekte Briefe, in denen uns die Schul- und Sportleistungen unbekannter Kinder mitgeteilt wurden. Ich kriegte eine blonde Puppe von drüben aus komischem Kunststoff, der so extrem roch, daß ich dauernd an ihr schnuppern mußte. Ich spielte selten mit ihr; ich hatte schon so viele Puppen, mir fiel nichts mehr ein, was sie noch darstellen konnte. Aber sie sah hübsch aus.

Hieß »Sparwasser« nicht auch der Mann, der die Geldgewinne bei der Aktion Sorgenkind brachte? Nein, SparBIER! Oder?

Also: Am 22. Juni 1974 befand ich mich, aus Arnoldshain kommend, wo ich ein Seminar über Medienanalyse (mit Rainer Gansera) besucht hatte, und nach einem Fest bei Irmela und Axel Rütters mit engagierten Leuten aus dem Kinderladen, in Frankfurt am Main, um Helga um 14 Uhr 39 vom Bahnhof abzuholen, mit ihr abends eine Aufführung von Qualtingers »Der Herr Karl« (mit Nikolaus Haenel, wenn ich nicht irre) zu sehen und nach einem Abendessen im Restaurant Bali nach Forchheim zu fahren, wo Helga damals wohnte.
Jürgen Sparwasser kommt in meiner Erinnerung an diesen Tag nicht vor. Aber wo Helga abgeblieben ist, wüßte ich schon gerne.

Der brave DDR-Reporter Heinz-Florian Oertel wußte davon ganz anders zu berichten. Was er im einzelnen verlauten ließ, interessiert nicht so sehr. **Bernd Dittrich** und **Michael Rudolf** haben aus den schönsten Oertel-Zitaten aller Zeiten einen anschaulichen Spielbericht zusammengestellt:

OERTEL: Hallo, liebe Sportsfreunde zwischen Fichtelberg und Kap Arkona. Ich melde mich heute für Sie aus dem Volksparkstadion in Hamburg, wo vor wenigen Augenblicken das Fußballänderspiel DDR–BRD begonnen hat. Für unsere Jungs ist es das insgesamt 135. Länderspiel. Und wie Sie alle wissen, bin ich ja seit dem zweiten offiziellen Länderspiel der DDR-Auswahl dabei. Am 26. Oktober 1952 traten wir dort gegen Rumäniens Nationalelf an, und ich saß in der Reporterkabine. In der 26. Minute konnten wir frohlocken: ein überraschender Fernschuß des Thüringers Karl Schniek und – Tor! Das allererste Tor unserer Länderspielgeschichte! Daß wir dieses Match 1:3 verloren und daß wir auch die folgenden Länderspiele bis zur Nummer sieben noch nicht gewinnen konnten, spornte uns nur an. Damals warnte mich ein Freund: Fußball – das laß mal lieber sein! Das kann und wird dir wenig Freude bringen … Wieso eigentlich? Erstens ist und bleibt Fußball das beliebteste Spiel, und es wäre dumm, das zu ignorieren. Und zweitens: Was wahr ist, muß wahr bleiben. Und es muß beschrieben werden, wie es war und hoffentlich wird … Ich selbst war ja nur ein mäßiger Spieler. Damals, im Cottbus der vierziger Jahre. Und dennoch: Mein Trainer-Lehrer hatte mich nach vorn beordert, forsch und frei nach dem Motto »Da ist noch am wenigsten zu versauen«. Ich spielte also Stürmer. In solchen Partien, die von mir aus eigentlich danebengingen, passierte aber auch das: Nachdem ich eine Stunde lang keinen Stich sah, erwischte mich ein Eckball am Hinterkopf. Ich konnte nichts dafür. Ich stand eben da, wo der Ball landete. Vom damals noch vollen Scheitel zischte der Ball ins äußerste Toreck. Unhaltbar! 1:0! Anstoß, Abpfiff. Wir waren Sieger! Und – ich war der Held des Tages! Die meisten tätschelten mich, und andere wollten mir gleich die Klamotten nach Hause tragen. Apropos: Unsere Elf heute wieder in den bewährten strahlend blauen Trikots – strahlend blau wie der Himmel über unserer Sportbewegung in einer neuen Gesellschaft! Spricht es da nicht Bände, daß die Profispieler aus der BRD in schwarzweiß aufgelaufen sind?! Auf meinem persönlichen Erlebnisweg, der von dauerhaften Kämpfen verschiedenster Art gekennzeichnet ist, gibt es keine bezeichnendere Demaskierung jener Kräfte, die immer wieder und immer noch gegen die friedliche Verständigung aller Sportler und für ein jetzt noch brutaleres Ausbeuten des Sports mit kommerziellen Würgegriffen sind. Schon deshalb gebietet die Journalistenpflicht das mahnende Wiederholen der Tatsachen, verbunden mit dem Fučik-Wort: Seid wachsam! Ja, Träume sind schön. Doch schöner als alle Träume ist die Wirklichkeit, die wir erlebten und erleben. Daß aller Anfang schwer ist, kennzeichnen nicht nur Sprichwörter, das schreibt das Leben. Immer wieder und für jeden von uns. Der Weg des DDR-Sports, wenn dieser historische Vorgang überhaupt auf einen Begriff zu bringen ist, begann auf vielen Wegen. Überall in unserem Land fanden sich damals, in den ersten, harten Nachkriegsjahren, Frauen und Männer, die mit Mut und Zuversicht die Ärmel hochkrempelten. Alle visierten ein fernes, vorerst nicht exakt zu beschreibendes Ziel an, und keiner wußte genau, wo und wann wir ankommen werden. Erst einmal »Los!« und »Ran!«, das waren die Parolen. Und deshalb lassen Sie mich noch einmal wiederholen: Alle unsere Kraft für eine neue Sportbewegung in einer neuen Gesellschaft! Nur-Sport existiert nicht, und Nur-Sportreporter, die nur Bälle und Räder, Toren und Punkte sehen, sind eine Katastrophe. Ich maße mir ohnehin nicht an, auch nur einen Löffel voll sogenannter »Fußballweisheit« wie Lebertran dem »Kranken« in den Mund zu flößen. Doch eines weiß ich aus allzuvielen Beobachtungen am »Krankenbett« unserer Kicker: Uns hemmten besonders Minderwertigkeitskomplexe, mangelnder Mut und krankhafter Lokalpatriotismus. Inzwischen leben wir aber in einem Fußballhoffnungshoch, das endlich alte graue Wolken verdrängen wird. Es reißt die Zuschauer von den Sitzen und führt daheim an den Bildschirmen zu Blutdruckanstieg und hohem Bierverbrauch, es läßt Millionen Menschen unserer jungen Republik ein neues, patriotisches Gefühl erwachsen. Das inspiriert und animiert sie auf diese ganz spezifische Weise, gleichfalls mit neuem Mut und Elan an ihre persönlichen und gesellschaftlichen Aufgaben heranzugehen. Aus heutiger Sicht, da wir die Kämpfe dieser ereignisreichen Jahrzehnte von der Siegerwarte der Geschichte überschauen können, läßt sich sagen: Um die gewaltige Potenz dieser dynamischen Entwicklung zu schildern, braucht es Reporterstimmbänder aus Stahl …

Sparwasser: *Schießt.*

Maier: *Läßt rein.*

Oertel: … und die habe ich!!!

2. Halbzeit: *Endet.*

Vor den Gewinn der Weltmeisterschaft hat der liebe Gott weiteren Schweiß und noch größere Mühe gesetzt, zum Beispiel die berühmte Frankfurter Halbfinal-Regenschlacht zwischen Deutschland und Polen. »Dem Fritz sein Wetter« war selbst das nicht mehr, was die Mannen um Helmut Schön dennoch nicht daran hinderte, mit 1:0 zu gewinnen. Umstritten ist, ob sich das Gedicht *Fußball verschlammpt*, das der Lyriker **Ted Hughes** schrieb, auf dieses Spiel bezieht:

Zwischen abtauchenden Tälern auf blankem Hügelrücken
Schnellten Männer in bannernden Farben,
Und es schnellte ihr aufgeblasener Ball.

Der aufgeblasene Ball sprang hoch, und die in den lustigen Farben
Spritzten wie Wasser, ihn zu köpfen.
Weg trieb es den Ball mit dem Wind –

Die Gummimänner schnellten ihm nach.
Der Ball sprang auf und raus und hing im Wind
Über einem Abgrund von Baumwipfeln.
Da schrien sie alle, und der Ball trieb zurück.

Winde aus feurigen Löchern im Himmel
Schichteten dunkelnde Hügel um sie auf,
Sie zu erschrecken. Das gleißende Licht
Mischte seine irren Ölfarben und schleuderte Düsternis.
Dann ließ sich der Regen wie eine Stahlpresse hinunter.

Haare klebten, sie alle traten nur ins Wasser, um
Das Glänzen zu trüben. Und ihre Rufe sprangen hoch,
Fein und dünn klangen sie, gewaschen und glücklich.

Während die bucklige Welt unterging
Und die Täler unausdenkbar blau wurden
Unterm atlantischen Tiefdruck –
Doch die Außenstürmer sprangen, radelten in der Luft,
Und der Keeper flog horizontal,

Und wieder hob eine goldne Vernichtung
Den Wolkenrand an, sie zu beobachten.

Aber wie die Spieler nach dem Wasserball-Sieg gegen die Polen aussahen! Da hilft nur eins (sagten schon **Nerz** und **Koppehel**), das Bad:

Nach der anstrengenden Arbeit des Übens ist ein warmes, ja ein heißes Bad am zweckmäßigsten. Es dient vor allem der Körperreinigung. Schweiß, Schmutz und Fett werden bei der körperlichen Anstrengung in erhöhtem Maß auf der Haut abgesetzt, und diese Schicht beeinträchtigt die Funktion der Haut. Heißes Wasser und Seife sind am besten dazu geeignet, sie zu entfernen und so der Haut ihre normale Funktionsfähigkeit wiederzugeben.
Das warme Bad hat auch noch eine Tiefenwirkung. Die Blutzirkulation wird beschleunigt und verbessert. Die ermüdeten Muskeln werden besser durchblutet und daher schneller wieder in frischen Zustand zurückversetzt. Das kalte Bad dient der Erfrischung und der Abhärtung. Der Reinigungszweck tritt mehr in den Hintergrund.
Die Erfahrung hat dazu geführt, daß man warmes und kaltes Bad miteinander verbindet, um so eine erhöhte Wirkung zu erzielen.
Besonders bei der Behandlung von Gelenkverletzungen spielt das heiße, lokal angewendete Bad eine hervorragende Rolle. Hierbei wird dem Wasser zweckmäßig Salz, Soda oder irgendeine andere günstig wirkende Droge beigemischt, um so die Wirkung zu verstärken.

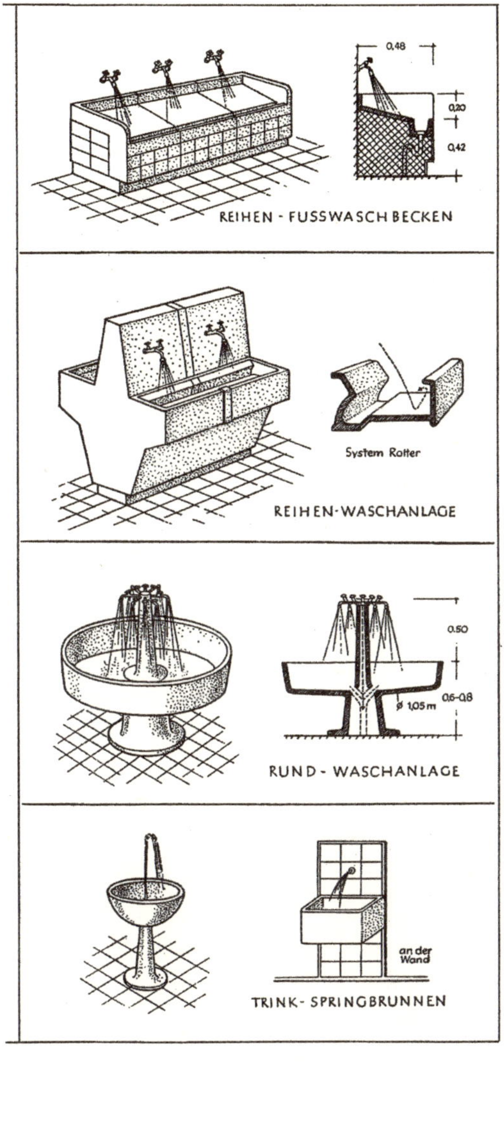
0,48
0,20
0,42
REIHEN - FUSSWASCHBECKEN
System Rotter
REIHEN-WASCHANLAGE
0.50
0,6-0,8
ø 1,05 m
RUND - WASCHANLAGE
an der Wand
TRINK - SPRINGBRUNNEN

Oder wenigstens die Dusche (sagten viel später **Braun** und **Dräxler**):

Kahler, schlecht beheizter Kachel-Raum, in dem verdreckte Fußballspieler gleichzeitig ihre Fußballschuhe säubern, aromatisches Apfel-Shampoo auf den Körper schmieren und Fußpilze kultivieren. Dient dem gemeinen Vereinsjugendlichen auch gerne als Showroom. Vermeintlich kryptische Spitznamen wie »Hammer-Hans« oder »Rohr«, die einen Spieler sein Leben lang begleiten, sind nicht selten das Ergebnis vergleichender Unterleibswissenschaft in der Dusche. Wer sich dem Hygiene-Ritual ständig mit fadenscheinigen Begründungen verschließt, gilt entweder als Klemmi (unter 18) oder als stinkender Puma (über 18). Nach überraschenden Siegen neigt der Vereinsfußballer dazu, unter der Dusche laute Weisen anzustimmen. Man muß sich das nur mal kurz vorstellen: In einem sechs Quadratmeter großen, dampfenden Raum singen verschorfte nackte Männer, denen Duschgel Augen, Nase und Arschritze zukleistert, »So ein Tag, so wunderschön wie heute«. Und mittendrin verteilt ein Betreuer im Adidas-Trikot das Flaschenbier. Schön, wenn sich Sport, Geselligkeit und die schönen Künste ein Stelldichein geben.

Oder die Methoden eines kenntnisreichen Zeugwartes wie **Enrico Heil** (Schalke 04):

Früher haben wir Persil Megaperls verwendet, aber kürzlich bekamen wir ein Angebot von Dixan rein, das günstiger war. Im Winter verbrauchen wir in einer Woche schon mal so 15 Kilo Waschpulver, da ist der Preis nicht ganz egal. Und Dixan wäscht auch ganz o.k. Also sind wir umgestiegen. Die Unterschiede sind nicht groß. Dixan riecht überhaupt nicht, Megaperls hat ein bißchen geduftet, minimal. Den Spielern ist das, glaube ich, aber gar nicht aufgefallen.

Nachdem die Polen und der Regen mühsam besiegt waren, klappte es auch prompt mit der Weltmeisterschaft. Gewiß, die Niederländer um Johan Cruyff spielten zivilisierter, doch nach dem frühen Elfmetertor von Neeskens eine Spur zu selbstsicher. Die Strafe folgte auf dem Fuß ... und wieder leitete ein bis heute umstrittener Strafstoß die Wende ein: Bernd Hölzenbein fiel über das ausgestreckte Bein von Wim Jansen. Schwalbe – ja oder nein? Die Meinungen gehen auseinander, und nicht alle schlossen sich Radioreporter Oskar Klose (»Man zieht ihm die Beine weg – richtige Entscheidung«) sofort an.

Und was sagte **Bernd Hölzenbein** selbst, 25 Jahre danach?

Vor 25 Jahren stürzten Sie für Deutschland. Und noch heute wird darüber gestritten, ob es eine Schwalbe war. Was sagt Ihre Erinnerung, bekennen Sie sich schuldig?
Es kam dieser Paß von Overath aus dem Mittelfeld, ich habe zwei, drei Mann überspielt, bin – wie es der Reporter so schön gesagt hat – in den Strafraum eingedrungen und habe ein paar Haken geschlagen. Das war ja meine Spezialität. Und dann kam Jansen, ist reingegrätscht und hat mich am Bein getroffen. Ich wollte gerade ins leere Tor schießen (grinst).
Aber mit etwas gutem Willen hätten Sie vor 25 Jahren auch standhaft bleiben können?
Wenn ich alleine auf das Tor zulaufe, ein Tor schießen kann, dabei gefoult werde und den Ball nicht mehr kontrollieren kann – muß man sich da krampfhaft auf den Beinen halten? Ein Foul bleibt ein Foul. Aber sagen wir so: Ich habe mich dann nicht mehr gegen die Erdanziehungskraft gewehrt.

Das Jahr des Hölzenbein-Fluges machte endlich auch den Frauenfußball in Deutschland salon- und meisterschaftsfähig. Am 8. September schlägt TuS Wöhrstadt im Endspiel DJK Eintracht Erle mit 4:0.

1975

Feierte der Deutsche Fußball-Bund sein 75-jähriges Bestehen. Die mahnende und dennoch visionäre Festrede durfte der Tübinger Rhetor und Schriftsteller Walter Jens (*Nein, die Welt der Angeklagten*) halten. Aus Platzgründen ist es hier leider unmöglich, Jensens schönste Sätze zu zitieren. Statt dessen zeigen wir ihn, festgehalten von **Heribert Lenz**, bei einer unglücklichen Ballabwehr:

Eine Autostunde entfernt von Walter Jens' Alterssitz in Tübingen spielt der Verein für Rasenspiele Heilbronn und fristet seit der Saison 1974/75 ein trauriges Dasein in unteren Regionen. Damals in den frühen Siebzigern galten die Käthchenstädter noch etwas und durften sogar ein Gastspiel in der Zweiten Bundesliga Süd absolvieren. Hägele, Ilic, Micic, Frey, Alber, Pfeifer, Nagel, Hagner ... so hießen die Heilbronner Helden jener Tage ... und Heiko Racky, der sich literarisch in den Stehplatzcollagen von **Ror Wolf** wiederfindet:

Wer? der Racky, daß unser Racky – *ja spielen Heiko ... und gucken Heiko ... und laufen lassen den Ball* – der Racky Heiko, der hat bei Heilbronn gespielt und ist dann über Rot-Weiß, soviel ich weiß, über Rot-Weiß, wie ich gesagt habe, zu uns gestoßen, hier an den Hang gekommen, und jetzt, wie gesagt, nach der Sperre gegen Bad Homburg, wo der Sportverein zweizueins in einem ganz wunderbaren Spiel eh verloren hat, weil sich der Racky hat hinreißen lassen, bei einem Spieler, der älter ist und erfahrener als er, das war ein Herr Waida, gell, und jetzt bin ich doch überrascht undsoweiter – *schön Heiko un gucken* – ich hab ja noch nicht viel gesehen von ihm, aber jetzt bin ich doch überrascht – *Herbert gucken ... er sieht aber nix* – ich hab mich gewundert, daß so viele Leute gekommen sind, weil ich meine, es geht doch um nix, die Kickers, die können nicht absteigen, gell, und wir ham die Meisterschaft in der Tasche – *ach Klaus, da liegt Schnee druff: Schneee! da liegt Schnee drauf ...* – *war aber schön gemacht, bravo* – sehnse, so is das, da links da, da is nich der Hammer so drin, so wie rechts, gell, das muß ich als Trainer doch wissen, da gibts bei mir nur: an die Mauer, als gegen die Mauer; da sieht man doch wieder; ein Trainer, der kein Material hat, der kann nich viel machen, un ein Trainer, das gibts auch wiederum, daß er Material hat un kann auch nicht viel machen, das is ja ganz klar – *jetzt geh doch mal, Wenzel, komm geh mal ... der kommt doch nicht ran da, der Krautkopf* – nichtwahr, das ist so: wenn man Meister wird, muß man schon bißchen was bringen, die Leute wolln Tore sehn, aber die Kickers, die stelln sich da hin und mauern, die ham doch nur hintengestanden mit acht neun Mann und ham alles nausgebläut rechts und links, was gekommen is, weil: wenn die mitspielen, kriegen sie doch nur die Hosen voll, dann geschehn auch die Dinge – *nicht flanken, Stahl, gucken … ja gucken und gehen* – ein schöner Spieler, der Zehner, gibts gar nix, ein wunderbarer – *flachhalten den Ball und stören Klaus stören und abziehen jetzt Kerl leg doch mal auf und gucken jawoll geh hin du, du Blumenkohl* – ein prima Spieler, Klaus Stahl is der Name, wie lange isses denn noch?

1976

Ging die Ehe des Rheydter Schiedsrichters **Dieter Pauly** in die Brüche, was selbiger in seiner Schrift *Abpfiff* feinfühlig kommentierte:

Meine Frau Ilse konnte meine Liebe zum Fußball nicht teilen oder auf Dauer tolerieren.
1976 wurde unsere Ehe geschieden. Schuldfragen zu erörtern, ist nicht nur gesetzlich aus der Mode gekommen, sondern war auch Ilse und mir damals zuwider.
Unser Sohn Olaf, der nach unserer Scheidung bei mir als alleinerziehendem Vater blieb, assistiert von seiner Großmutter, warf mir zwar zu Anfang vor, die Schuld an der Zerrüttung unserer Ehe zu tragen, zeigte aber nach kurzer Zeit Verzeihen und Verständnis.
Es wäre überzogen, den Appell an die Frauen zu formulieren: Heiratet keinen Schiedsrichter! Aber grundsätzlich bleibt festzuhalten, daß es äußerst schwierig ist, mit einem Mann eine Familie zu gründen, der sich einem solchen Hobby intensiv verschrieben hat. Man kann diese Berufung

Samstags-Vergnügen
für alle
BUNDESLIGA
für Ihn
ZOO-BESUCH
für die Familie
Kombinierte
FREIZEIT-KARTE
1 Sitzplatz im Stadion
2 Zoo-Karten
7.- DM
Kombinierte Karten für folgende Spiele:
22.4.72 Werder Bremen
6.5.72 MSV Duisburg
3.6.72 1.FC Köln
27. oder
30.6.72 Borussia Dortmund

mit anderen Berufen vergleichen, dem Fernfahrer oder dem Politiker zum Beispiel, die allenfalls am Wochenende für ihre Familie da sind. Und ich war dann auch noch am Wochenende unterwegs und brauchte für diese Aufgabe viel Energie.

Auch **Nick Hornby**, der Romancier, weiß, daß im Fußball nicht die gleichen Gesetze wie im Ehe- und Familienverbund walten:

Ich hatte nach dem Swindonspiel entdeckt, daß Treue, zumindest was den Fußball anging, keine moralische Wahl wie Tapferkeit oder Freundlichkeit, sondern eher eine Warze oder ein Buckel war, etwas, das dir anhaftet. Ehen sind nicht im entferntesten so streng – du wirst keinen Arsenalfan finden, der sich für ein bißchen außereheliche Fummelei zu Tottenham fortstiehlt, und obwohl Scheidung eine Möglichkeit ist (du kannst einfach aufhören hinzugehen, wenn die Dinge zu schlimm werden), ist die Wahrscheinlichkeit, erneut eingefangen zu werden, erschreckend groß. Es gab einen Haufen Momente im Verlauf der letzten dreiundzwanzig Jahre, in denen ich das Kleingedruckte meines Ehevertrages auf der Suche nach einem Ausweg eifrigst studiert habe, aber es gibt keinen. Jede erniedrigende Schlappe (Swindon, Tranmere, York, Walsall, Rotherham, Wrexham) muß mit Geduld, Fassung und Nachsicht ertragen werden, denn es gibt ganz einfach nichts, was dagegen unternommen werden kann, und das ist eine Erkenntnis, die dich dazu bringen kann, frustriert die Wand hochzugehen.
Natürlich haßte ich die Tatsache, daß Arsenal langweilig war (auch wenn ich mittlerweile akzeptiert hatte, daß der Ruf des Clubs, besonders in diesem Abschnitt seiner Geschichte, weitestgehend verdient war). Natürlich wollte ich, daß die Mannschaft Zillionen von Toren erzielte und mit dem Schwung und Nervenkitzel von elf George Bests spielte, doch das würde nicht passieren, jedenfalls nicht in absehbarer Zukunft. Ich war nicht im-

stande, die Unzulänglichkeiten meines Teams meinem Vater gegenüber zu verteidigen – ich konnte sie selbst erkennen, und ich haßte sie –, und nach jedem schwachen Torschußversuch und jedem Fehlpaß wappnete ich mich gegen die Seufzer und das Stöhnen vom Sitz neben mir. Ich war an Arsenal und mein Dad an mich gekettet, und es gab für keinen von uns einen Ausweg.

Einmal Fan, immer Fan. Und wer für Barcelona ist, sollte sich auch nicht im Scherz zu Real Madrid bekennen – sagt **Manuel Vázquez Montalbán**:

Die blauroten Vereinsfarben sind für mich wie die Klingel für den Pawlowschen Hund. Ich brauche sie nur zu sehen, und schon rufen sie mir Tomatenbrot in den Sinn und sämtliche Jungfrauen Kataloniens, Guifré el Pilós und die Lurdes-Grotte von d'Arenys, das *Suquet de rascassa* und die Ben Plantada, die unbescholtenen Wangen von Eugenio d'Ors und *El seny* von Solé Tura, die sechs Flügel von Angel Colom und die *Rauxa* von Miguel Sellarès, das Patum de Berga und das Cavall Bernat. Nicht mehr Barcelonista zu sein, das würde bedeuten, zu einem Camusschen Fremden zu werden: zu einem Wesen ohne Bindung zum Anderen-an-sich, unausweichlich der Erkenntnis ausgesetzt, daß die Hölle die anderen sind. Dieser Tage verfolgte ich am Radio die denkwürdige Rede von Präsident Nuñez vor der Versammlung der Wahlmänner des Vereins, und meine fünf Sinne empfanden nichts als Ekstase angesichts der dargebotenen Intelligenz des kollektiven organischen Intellektuellen, ein dem Herrn Präsidenten angemessener Rahmen. Wie käme ich dazu, diese Glaubensgemeinschaft barcelonatreuer Heiliger und Märtyrer gegen eine Madrider Fan-Versammlung mit ihren absoluten Mehrheiten einzutauschen? Mein Kopf, gemartert von gerade überstandenen und unbeschreiblich spannenden Szenen, köpft jedesmal nach dem Ball, wenn ein Stürmer von Barcelona zum Russisch Roulett eines Eckballs antritt, egal ob früher bei César oder Kocsis oder heute bei Roberto oder Bakero. Meine Plattfüße begleiten die Galoppaden der pegasus-gleichen Flügelstürmer meiner Mannschaft entlang der Seitenlinie und beenden sie kurz vor der Eckfahne, um die Engelskugel hineinzuflanken in den Strafraum, zu den unschuldigsten Köpfen der westlichen Welt. Wie könnte ich solchem Einsatz abschwören, den ich so lang und so ausdauernd mitgetragen habe? Ich habe der Versuchung widerstanden, Zeuge Jehovas zu werden oder Anhänger der Ceis-Sekte, denn ich bin Barcelonista und das reicht mir, das erfüllt mich. Unschuldig wie ein Walt-Disney-Junkie.

Otto Rehhagel legt, das ist bekannt, Wert darauf, daß seine Schützlinge frühzeitig im Hafen der Ehe festmachen: »Einer, der verheiratet ist und abends bei seiner Familie ist, der ist ausgeglichen und ruhig.« Wenn sich Spieler verehelichen, kommt es unweigerlich zum Phänomen der »Spielerfrauen«. Deren Rolle hat **Franz Wittmann** in einer im Selbstverlag erschienenen Schrift herausgestellt:

Frauen, die ihre Männer dauernd wegen des Fußballspiels anmeckern, können die seelische Einstimmung des Spielers derart herabsetzen, daß bald ein deutlicher Leistungsabfall zu merken ist. Boshafterweise kann auch das Mittagessen sehr spät vorgesetzt werden, und viele andere ähnliche Dinge, auf die eine Frau kommen kann, wenn sie dem Fußball abhold ist. Während z.B. das kurz vor dem Spiel eingenommene Essen, möglichst ein schwerverdaulicher, fetter Sonntagsbraten, für den Spieler sogar gesundheitliche Schäden zur Folge haben kann, sollte jeder verheiratete oder verlobte Spieler versuchen, auch seiner Frau oder Braut etwas vom sonntäglichen Spiel zu geben. Wenn die bessere zweite Hälfte schon absolut keinen Anteil am Spiel selbst nehmen will (oft ist nur die noch nicht erfolgte »frauengemäße« Regelerklärung schuld, oft aber ist die Antipathie unüberwindlich), so sollte sie doch regelmäßig bei geselligen

Veranstaltungen dabei sein, andere Spielerfrauen kennenlernen. Und sehr oft hat der Satz: »Wenn der Mann auf dem Sportplatz ist, kann er keine anderen Dummheiten machen« viele Frauen positiv für den Fußball oder den Sport allgemein gestimmt. Ein großer Teil der Frauen sieht aber sehr gerne, wenn ihr Mann gegen die überschüssigen Pfunde um die Hüften etwas unternimmt. Die Ölheizung hat das Holzspalten überflüssig gemacht. Auch auf diese Weise kamen manche zum Sport.
Das schwerwiegendere Problem ist allerdings, daß der Mann oder Bräutigam nahezu jeden Sonntag außer Haus ist, dazu noch zum Training geht. Hier muß dann jeder selbst entscheiden, ob es dem Familienleben zuträglich ist, wenn er weiter kickt oder nicht.
Durch diesese Antippen einiger Abendthemen wird schon deutlich, was man daraus machen kann. Letzten Endes wird es, packt man die Themen geschickt an, allen Spielern mehr als eine liebe Gewohnheit werden, wenn der Trainer mit dem Abendthema anrückt.

1976

Wäre Deutschland beinahe Fußball-Europameister geworden … hätte es Uli Hoeneß nur verabsäumt, beim entscheidenden Elfmeterschießen anzutreten. So tat er den Fehlschuß seines Lebens, was die Orientalistik-Professorin **Annemarie Schimmel** und den Lyriker **Reinhard Umbach** zu Gedichten inspirierte, die durch aparte Reimvarianten auffallen. Ladies first:

Inmitten gewalt'gen Gestöhnes
verschoß den Elfmeter der Hoeneß.
Das Spiel ist verloren …
Mit hängenden Ohren
betrachtet der Trainer, Herr Schön, es!

Ach, was hört man niemals Schönes
aus dem Mund von Uli Hoeneß!
Liga necken, Gegner quälen,
ihnen ihre Spieler stehlen,
und dann nachts das Daumabbürsten!
Uli lebt von Extrawürsten.
Dabei hat er sie doch dick
aus der eignen Wurstfabrik.
Aber wehe, wehe, wehe,
wenn ich auf das Ende sehe!
Wer's so treibt, wird bald allein
samstags noch im Stadion sein.
Dann muß er sich selber kaufen
und für 22 laufen.
Drum ist hier mal aufgeschrieben,
was wir an der Zukunft lieben.

1977

Und wie steht's in Simmering? Beim Spiel gegen Stockerau ging es wieder einmal hoch her: Schimpftiraden und Bierduschen schufen eine unwirtliche Atmosphäre. Unterdessen kickte Paul Breitner, der sich 1998 minutenlang als »Teamchef« fühlen durfte, ein Jahr für die Braunschweiger Eintracht (→ 1966), ehe er wieder in den Schoß der Bayern zurückfand und allmählich von seinen maoistischen Grundanschauungen abließ. **Klaus Hansen** hat den Werdegang lyrisch festgehalten:

mit
g
e
wand
e
r
tmit
d
e
mkom
m
a
aufd
e
m
kont
o
v
onwe
i
t
link
s
i
mmer
w
e
iter
n
a
chre
c
h
t
s

Während Paule seine Millionen scheffelte, verbrachte der Herausgeber dieses Buches seine Wochenenden auf Dorfangern im Unterland oder im Remstal, um als junger Unparteiischer für Recht und Ordnung zu sorgen. »Wie wird man um alles in der Welt ausgerechnet Schiedsrichter?« Diese Frage hörte und höre ich immer. *Asterix*-Autor **René Goscinny** gibt in seinen schönen Geschichten *Der kleine Nick* eine erste Erklärung:

Mit dem Schiedsrichter, das war einfach. Wir haben Adalbert genommen. Adalbert ist Klassenerster und wir können ihn nicht besonders gut leiden, aber weil er eine Brille trägt, kann man ihn nicht richtig verhauen und für den Schiedsrichter ist das vielleicht gerade das richtige. Außerdem wollte keiner den Adalbert in seiner Mannschaft haben, nämlich im Sport, da kann er nichts und er weint immer sofort. Aber es wurde schwierig, als Adalbert eine Trillerpfeife haben wollte und der einzige, der eine hatte, war Roland, nämlich sein Vater ist Polizist. Roland hat gesagt, nein, er kann seine Trillerpfeife nicht abgeben, nämlich sie ist ein Familienstück, nichts zu machen. Schließlich haben wir entschieden, daß Adalbert dem Roland Bescheid sagt und Roland pfeift für Adalbert.
»Na? Spielen wir jetzt endlich oder was? Ich krieg schon wieder Hunger!« hat Otto geschrien. Aber da ist es erst richtig schwierig geworden, nämlich weil Adalbert doch Schiedsrichter war, sind wir siebzehn Spieler gewesen und da war einer zuviel und es ging nicht auf. Aber wir haben es rausgekriegt: Einer mußte Linienrichter sein und mit einer kleinen Fahne winken, wenn der Ball aus dem Spielfeld rausrollt. Wir haben Max gewählt. Ein Linienrichter für das ganze Spielfeld ist natürlich nicht viel, aber Max kann sehr schnell laufen, er hat lange magere Beine und große schmutzige Knie. Max wollte nichts davon wissen, klar, er wollte auch lieber mit dem Ball spielen und er hat uns gesagt es geht nicht, er hat keine Fahne. Aber dann hat er gesagt, gut, er will Linienrichter sein – aber nur für die erste Halbzeit. Als Fahne hat er sein Taschentuch genommen, wel-

ches ziemlich schmutzig war, aber na ja, er konnte ja nicht wissen, als er von zu Hause weggegangen ist, daß er sein Taschentuch als Fahne braucht.

Schon daran ist zu erkennen, wie schwer es der Schiedsrichter hat. Ich hatte es auch schwer, am 6. November 1977 zum Beispiel, als ich im hohenlohischen Dimbach ein Kreisligaspiel leitete, unerschrocken einen Spieler der Heimmannschaft des Feldes verwies und deshalb auf dem Weg in die Kabine mit Problemsituationen konfrontiert wurde. Der sich anschließende Briefwechsel mit den zuständigen Instanzen des Württembergischen Fußballverbandes hat sich erhalten:

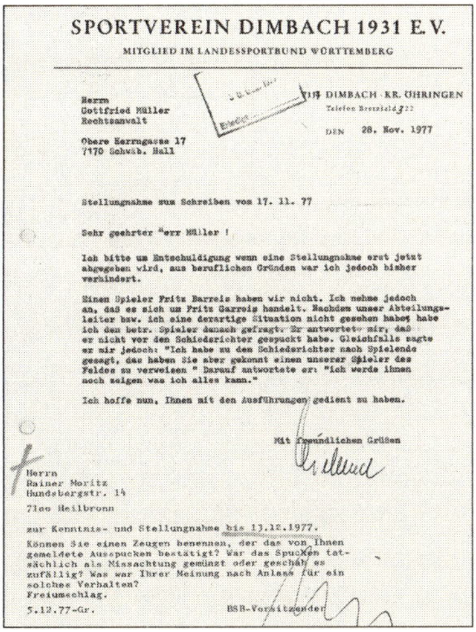

SPORTVEREIN DIMBACH 1931 E.V.

MITGLIED IM LANDESSPORTBUND WÜRTTEMBERG

Herrn
Gottfried Müller
Rechtsanwalt

Obere Herrngasse 17
7170 Schwäb. Hall

7113 DIMBACH · KR. ÖHRINGEN

DEN 28. Nov. 1977

Stellungnahme zum Schreiben vom 17. 11. 77

Sehr geehrter Herr Müller !

Ich bitte um Entschuldigung wenn eine Stellungnahme erst jetzt abgegeben wird, aus beruflichen Gründen war ich jedoch bisher verhindert.

Einen Spieler Fritz Barreis haben wir nicht. Ich nehme jedoch an, daß es sich um Fritz Garreis handelt. Nachdem unser Abteilungsleiter bzw. ich eine derartige Situation nicht gesehen habe, habe ich den betr. Spieler danach gefragt. Er antwortete mir, daß er nicht vor den Schiedsrichter gespuckt habe. Gleichfalls sagte er mir jedoch: "Ich habe zu dem Schiedsrichter nach Spielende gesagt, das haben Sie aber gekonnt einen unserer Spieler des Feldes zu verweisen " Darauf antwortete er: "ich werde ihnen noch zeigen was ich alles kann."

Ich hoffe nun, Ihnen mit den Ausführungen gedient zu haben.

Mit freundlichen Grüßen

Herrn
Rainer Moritz
Hundsbergstr. 14

7100 Heilbronn

zur Kenntnis- und Stellungnahme bis 13.12.1977.
Können Sie einen Zeugen benennen, der das von Ihnen gemeldete Ausspucken bestätigt? War das Spucken tatsächlich als Missachtung gemünzt oder geschah es zufällig? Was war Ihrer Meinung nach Anlass für ein solches Verhalten?
Freiumschlag.

5.12.77-Gr. BSB-Vorsitzender

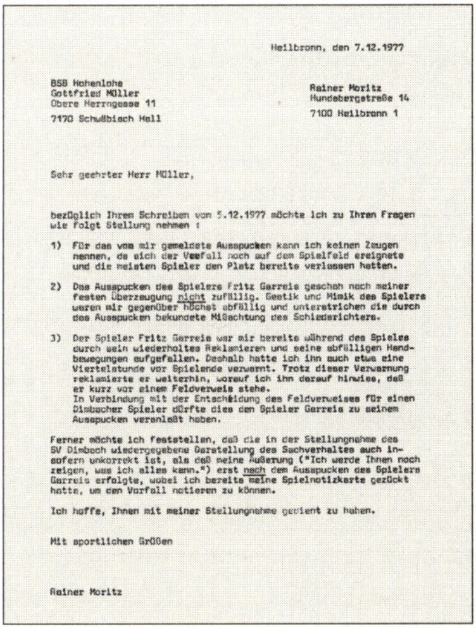

Heilbronn, den 7.12.1977

BSB Hohenlohe
Gottfried Müller
Obere Herrngasse 11

7170 Schwäbisch Hall

Rainer Moritz
Hundsbergstraße 14

7100 Heilbronn 1

Sehr geehrter Herr Müller,

bezüglich Ihrem Schreiben vom 5.12.1977 möchte ich zu Ihren Fragen wie folgt Stellung nehmen :

1) Für das vom mir gemeldete Ausspucken kann ich keinen Zeugen nennen, da sich der Vorfall noch auf dem Spielfeld ereignete und die meisten Spieler den Platz bereits verlassen hatten.

2) Das Ausspucken des Spielers Fritz Garreis geschah nach meiner festen Überzeugung nicht zufällig. Gestik und Mimik des Spielers waren mir gegenüber höchst abfällig und unterstrichen die durch das Ausspucken bekundete Mißachtung des Schiedsrichters.

3) Der Spieler Fritz Garreis war mir bereits während des Spieles durch sein wiederholtes Reklamieren und seine abfälligen Handbewegungen aufgefallen. Deshalb hatte ich ihn auch etwa eine Viertelstunde vor Spielende verwarnt. Trotz dieser Verwarnung reklamierte er weiterhin, worauf ich ihn darauf hinwies, daß er kurz vor einem Feldverweis stehe.
In Verbindung mit der Entscheidung des Feldverweises für einen Dimbacher Spieler dürfte dies den Spieler Garreis zu seinem Ausspucken veranlaßt haben.

Ferner möchte ich feststellen, daß die in der Stellungnahme des SV Dimbach wiedergegebene Darstellung des Sachverhaltes auch insofern unkorrekt ist, als daß meine Äußerung ("Ich werde Ihnen noch zeigen, was ich alles kann.") erst nach dem Ausspucken des Spielers Garreis erfolgte, wobei ich bereits meine Spielnotizkarte gezückt hatte, um den Vorfall notieren zu können.

Ich hoffe, Ihnen mit meiner Stellungnahme gedient zu haben.

Mit sportlichen Grüßen

Rainer Moritz

1978

Cordoba, damit ist alles gesagt. Österreich trat (kurzzeitig) aus dem Schatten der Weltgeschichte. Man schlug Deutschland 3:2, Vogts schoß ein Eigentor, Krankl nicht. **Edi Finger** (Österreich) und **Armin Hauffe** (Deutschland) schildern die entscheidende Spielminute unterschiedlich engagiert:

Finger: Jetzt gehts noch drei Minuten, meine Damen und Herrn, wemma diese drei Minuten schon hinter uns hätten, ja dann dann dann, ich wage es gar nicht zu sagen, da würde mir wirklich ein Fels vom Körper – jetzt aber aufpaßn! (starkes Geräusch) und jetzt kann Sara sich einen aussichtslos scheinenden Ball eh ... erho ... hereinholen, es gibt Beifall für ihn, da kommt Krankl – Toor!! Toor!! Toor! Toor!! Toor!! Toor! I werd narrisch!! Krankl schießt ein! dreizuzwei! für Österreich –
Hauffe: dreizuzwei für Österreich! – Ein katastrophaler Fehler von Rüßmann, der wieder einen Ball falsch berechnet, und davon profitiert Krankl, dem man nachsagt, er wolle nach Valencia. (Geräusch) Rolf Rüßmann im Zweikampf gegen Krankl, den verliert er schon wieder, und Krankl geht jetzt in den Strafraum hinein, was macht er? kommt er vorbei?! hat die Riesenchance – Tor! – für Maier gibt es da in der achtundachtzigsten Minute nichts mehr zu halten. Krankl heißt der Torschütze. Dreizuzwei führt Österreich.
Finger: Meine Damen und Herrn, wir falln uns um den Hals, der Kollege Rippel, der Diplom-Ingenieur Posch, wir bussln uns ab, dreizuzwei für Österreich, durch ein großartiges Tor unseres Krankl, er hat alles überspüt, meine Damen und Herrn, und wartens noch a bißl, wartens noch a bißl, dann kemma uns vielleicht a a a Viertel genehmigen, also das – das mußt miterlebt habn. Jetzt bin i aufgestandn, geh geh geh, i glaub, jetzt hammas gschlagn, aufpaßn –

Hauffe: Davon hat sicherlich im Lager der bundesdeutschen Elitekicker niemand zu träumen gewagt, man war mit den Gedanken doch fast schon im Spiel um den dritten Platz oder vielleicht doch, wie dem auch immer sei, bereits auf dem Wege nach Hause. – Österreich führt dreizuzwei, auch wenn sie mitunter etwas schlampert auf dem Rasen spielten, man führt mit dreizuzwei. Und das ist eine absolute Überraschung, das ist ein Riesenerfolg.

In der deutschen Kabine war die Stimmung danach mäßig, wie **Hansi Müller** zu berichten weiß:

Eine gewisse Leere. Rolf Rüßmann hat geweint, weil er sich vom Hans Krankl düpieren hat lassen. Die Enttäuschung war wahnsinnig groß. Wir fielen irgendwie in ein tiefes Loch. Ich kann mich noch an die Heimfahrt erinnern. Wir fuhren mit dem Bus von Cordoba zum Flughafen, und es lief die Kassette mit dem Titel *Der Mann mit der Mütze fährt nach Hause* – gemeint war Helmut Schön. Das hat so richtig gepaßt, wir hatten ja die Platte für die WM gemacht, und jetzt saß er vorne im Bus, der Helmut Schön, und wir fuhren wirklich nach Hause. Wir waren sehr frustriert.

Der Österreicher und der Fußball – ein unerschöpfliches Thema. Franz Beckenbauer führte das Mittelmaß des alpinen Gekickes auf den Kulturüberfluß in Wien und Umgebung zurück. In Wirklichkeit sieht es wohl anders aus. Die Professoren **Eduard Staudinger** und **Helmut Konrad**, beide Österreicher ihres Zeichens, analysierten in einem Gespräch die empfindsame Seele ihrer Landsleute:

Eduard Staudinger: Ich würde sagen, in Österreich sagt man: *gemma kicken*, und anderswo sagt man: *gemma arbeiten* …
Helmut Konrad: … an die Arbeit, Jungs …

Eduard Staudinger: Und die Lust am Arbeiten kann sich auch schnell ändern, wenn die Temperaturen nicht passen, wenn der Boden nicht hinhaut …
Helmut Konrad: Regen ist etwas ganz Schlimmes. Habt Ihr bei Regen gespielt?
Eduard Staudinger: Nein, wir sind sofort in die Kabine gegangen.
Helmut Konrad: Eben, deswegen sind die österreichischen Fußballer auch keinen nassen Rasen gewohnt. Wenn sie einmal im Ernstfall mit einem echten Regen konfrontiert werden, sind sie völlig hilflos.

Auch ein anderer Wiener Professor, der Germanist **Wendelin Schmidt-Dengler**, zählt zu den Kennern des Metiers und erläutert seine Liebe vor allem durch eine kategoriale Absetzung des Hanappi-Stadions vom Burgtheater:

Heribert Meisel in meiner frühen, Ing. Edi Finger sen. in meiner reiferen Jugend haben mich gelehrt, wie historische Augenblicke in Worte zu fassen sind. Es war einmal eine Zeit, da gab es kein Fernsehen, aber am Sonntag abend – ›Sport und Musik‹ hieß die Sendung – saß ich bange lauschend beim Radioapparat, um nach der aufregenden Kennmelodie die Reportagen von den letzten Minuten der A-Liga-Spiele zu hören, und viel zu schnell verging das alles.
Fußball in der Zeitung: Die seinerzeit so begehrte (stockkonservative) ›Welt am Montag‹ brachte am meisten, aber das war sehr wenig, die schwarzweißen Bilder jedoch prägten sich dem Gedächtnis ein: Schemenhaft waren die Gesten und gestreckten Beine und Arme von Ocwirk, Happel und Hanappi zu sehen. Diese frühen Kindheitserinnerungen wird man nicht los, und die detailgenauen Farbfotos im ›Spoat‹ können die Erinnerung daran nicht überdecken. Und erst die Berichte! Oft und oft habe ich sie gelesen und mein Deutsch daran geschult. Da hieß es ein-

mal über das 0:0 von Stadlau gegen Olympia, solche torlosen Spiele seien wie eine Oper ohne Musik; welch ein Vergleich! Ich brauche keine Berichte, die – wie in ›La Repubblica‹ oder ›Le Monde‹ – von den Verfassern geschmäcklerisch mit Dante- oder Proust-Zitaten garniert werden, nein, mir genügt die dralle Rhetorik unserer Reporter. Der Tormann *hechtet*; der Stürmer *netzt ein*. Der Verteidiger ist *grimmig*, der Stopper *bullig*, der Linksaußen *quirlig*, und der Torjubel *verfrüht*. Mit Leidenschaft lese ich die Berichte über Bundesligaspiele in den Blättern aus Graz, Innsbruck und Salzburg – jedes Wochenende bietet ein Lehrstück in Föderalismuskunde. »Diese Schande währt ewig!« war in dem kleinen größten Blatt aus Graz zu lesen, nachdem Rapid den GAK in einem Auswärtsspiel mit 10:0 *weggeputzt* hatte. Schande, Rache, Verzweiflung, Schicksal, Zufall, List, Tücke, Großmut, Tugend, Gemeinheit, Gewalt – aus diesem Stoff sind die Fußballspiele *und* die großen Tragödien der Weltliteratur. Aber es gibt auch Witz und Komik, gleichgültig, ob freiwillig und unfreiwillig, Pfiffigkeit und Verschlagenheit, kurzum das Spielfeld ist auch Schauplatz für echte Lustspiele, nur: Wie Shakespeares ›Hamlet‹ oder Lessings ›Minna von Barnhelm‹ ausgehen, weiß ich, wie aber das nächste Derby zwischen Rapid und Austria ausgeht, weiß ich nicht. Der ästhetische wie dramaturgische Vorsprung des Hanappi-Stadions vor dem Burgtheater ist kategorial.

Fußballspiele muß man erleben, die Aura jedes Spieles ist unverwechselbar wie die eines Originalkunstwerks. Und doch erhielt dieser Sport erst durch das Fernsehen die höheren Weihen. Der Fußball im Zeitalter seiner technischen Reproduzierbarkeit ermöglicht den Genuß des mehrfachen Replays, und zu manchem Augenblick kann man nun sagen: »Verweile doch, du warst so schön!« Wenn ich mein Gewissen erforsche und mich frage, warum ich nach lange geübter Fernseh-Askese mir erst vor kurzem ein Gerät kaufte, so kann ich den einzig triftigen Grund dafür nur in den Fußballübertragungen erblicken. In diesen scheint das Medium erst zu sich selber zu kommen, und dort glückt das, was der noblen Langeweile eines Leichtathletik-Meetings, dem monotonen Klick-Klack eines Grand-Slam-Turniers, der endlosen Hysterie eines Formel-I-Rennens und dem alpin-patriotischen Reporter-Staccato bei Weltcup-Rennen versagt ist: Nirgends kommt – vorausgesetzt, das Spiel ist gut – Leistung und Spannung so sehr ins *Bild* wie beim Fußball. Und für eine Übertragung von der Europameisterschaft opfere ich gut und gerne zehn Wissenschaftsfeatures …

1979

Mußte Torwart Sepp Maier seine Karriere widerwillig beenden. An Verehrerinnen mangelte es ihm nie; fraglich ist, ob er je von der Fernliebe erfuhr, die ihm die junge **Katrin Weber-Klüver** entgegenbrachte, einer Leidenschaft, die beim WM-Endspiel '74 ihren Anfang nahm:

Der Held trug ein himmelblaues Trikot und stand im Tor. Wenn er denn mal stand. In Wahrheit, der Wahrheit meiner Erinnerung, hat Sepp Maier während dieser zweiten fünfundvierzig Minuten nicht einen Moment lang nichts getan. Diese Halbzeit glich einem einzigen wütenden Angriff der anderen, einem orangenen Sturmlauf gegen den Mann in Himmelblau. Der hechtete nach links und nach rechts, nach oben und nach unten und verhinderte mit atemberaubenden Paraden und durch anmutige Flüge ein ums andere Mal, daß der Ball die Linie überquerte. Sepp Maier rettete den Seinen den Sieg. Den Seinen – und mir.
So errang Sepp Maier an diesem Tag für mich allein den Titel des Weltmeisters: weil er vor und in meinen Augen das Spiel ganz allein gespielt und gewonnen und weil er es nur für mich gemacht hatte. Ich habe es ihm gedankt und bin ihm treu geblieben, bis seine Karriere 1979 nach ei-

nem Autounfall abrupt zu Ende ging. Es war ein schmerzlicher Verlust. Um kein Mißverständnis aufkommen zu lassen: Ich himmelte Sepp Maier nicht an, wie Mädchen Popstars anhimmeln, mit denen sie in Tagträumen erste Küsse ausprobieren. Ich habe nie ein Maier-Poster besessen oder mir eine Maier-Autogrammkarte gewünscht, sein Spaßvogel-Gehabe war mir egal, ich fand ihn weder attraktiv noch charmant. Alles, was mich interessierte, war jener Sepp Maier, der das Tor hütete. Erst sehr viel später entdeckte ich, daß die Liebe zu Torhütern unter meinen Geschlechtsgenossinnen ein verbreitetes Phänomen ist.

Warum? Die einfachste Antwort wäre: Torhüter sind am leichtesten zu erkennen. Sie tragen andere Trikots und haben einen überschaubaren Aktionsradius. Daß man sie sofort identifizieren kann, ist für Mädchen eine Einstiegshilfe, weil sie gewöhnlich nicht selbst Fußball spielen und sich Regeln und Positionen erst beim Zuschauen aneignen.

Worum es aber wirklich und wesentlich geht, ist die Aktion. Stürmer schießen Tore. Die Mannschaft, die mehr Tore erzielt, gewinnt, und denjenigen, der die Tore schießt, kürt man zum Helden – in der männlichen Wahrnehmung. Männer identifizieren sich mit Stürmern, weil Stürmer aggressiven Tatendrang und Eroberungswillen verkörpern. Und das ist es, was Männer wollen: die Welt unterwerfen.

Der Torwart hingegen verteidigt, und zwar auf der hintersten Linie. Niemand sichert ab, er allein hütet den Kasten. Was aber mag dies anderes bedeuten, denn das eigene Heim zu schützen? Und im eigenen Heim bewegen sich, traditionalistisch betrachtet, die Frauen. Deshalb ist der Torwart, der die Gefahr eines heranflatternden und -rauschenden Balles abwendet, Retter des Heims und Beschützer der Frau. Stürmer sind Hallodris, Torhüter sind die wahren Helden. So einfach ist das. Als ich sieben Jahre alt war, hat mich Sepp Maier beschützt. Heute weiß ich: Die wenigsten Frauen sind immun gegen die romantische Sehnsucht nach solch einem phantastischen Retter.

Jahre später tauchte in der Fußball-Literatur übrigens eine »Frau Maier« auf, die mit unserem Keeper wohl nicht verwandt oder verschwägert ist. Die Schriftstellerin **Uta-Maria Heim** machte sie zur typischen TV-Zuschauerin, die dem rätselhaften Treiben kickender Männer zusieht:

Im Fußball gibt es zwei Mannschaften. Da ist zunächst mal unsere eigene Mannschaft, für die wir sind, und dann die Mannschaft des Gegners, gegen die wir sind. Beide Mannschaften haben nur einen Ball, und jede Mannschaft muß versuchen, den Ball in das Tor des Gegners zu schießen. Das ist eine ganz schöne Schießerei, ein Aufeinanderzu- und Voneinanderwegschießen, das auch den Mann im Tor nicht ausnimmt. Mit den Händen darf nicht geschossen werden, was bewirkt, daß der Mann beim Fußball sehr zarte Hände hat. Nur die Hände des Tormanns sind nicht zart, denn er soll den Ball ja halten.
Häufig gibt es bei diesen Schießereien ein ziemliches Gerangel, und nicht immer wird gegen den Ball geschossen. Da schießt einer auf den andern zu, daß dem andern Hören und Sehen vergeht. Sein Gesicht bleibt immer freundlich dabei. Nun kann es passieren, daß die bürokratischen Verordnungen des Über-Ichs einen Freistoß fordern. Dieser Freistoß ist der Kern des Fußballspiels, denn hier geht's ums Schießen an sich. Und zwar weitaus direkter als beim Elfmeter. Weil nämlich zu einem Freistoß auch die Freistoßmauer gehört, und da geht's ums Ganze. Da steht der Mann beim Fußball eng aneinandergedrückt ein Stück vorm Tor und wartet auf den Schuß. Der Gegner will nämlich schießen. Nicht immer schießt er aufs Tor. Manchmal schießt er auf das Höschen des Mannes in der Mauer. Der Mann in der Mauer muß deshalb darauf achten, daß er mit seinen zarten Händen in der Mitte vorn sein Höschen schützt. Sonst hat er nämlich ausgeschossen.
Der Mann in der Mauer ist sehr niedlich. Mit der Angst vor dem drohenden Verlust steht er nicht allein. Sein Nebenmann schützt sein Höschen

noch fester, aber es hat alles nichts genützt: Tooor!!! Tooor!!! Der Tormann flucht und beißt wütend ins Gras, in dem er sich wälzt. Der Schütze reißt die Arme hoch und rennt, rennt eine halbe Runde, bis er in einen Mann aus seiner Mannschaft hineinrennt, Toooor!!! Tooor!!! schießen sie ineinander, reißen die Arme hoch, und der hintere verkeilt sich total in den vorderen, springt an ihm hoch wie ein junger Hund, stolpert und zwingt ihn schließlich zu Boden. Dort wälzen sie sich dann kreischend und quietschend, ein Knäuel aus muskulösen Armen und Beinen. Mal liegt der eine oben, mal der andere. Der, der jeweils oben liegt, verrichtet stoßende Bewegungen gegen den unteren. Der untere versucht, möglichst schnell hochzukommen, um selbst stoßen und quietschen zu können.
Frau Maier, die das alles am Fernsehschirm empfangen hat, seufzt tief. Wenn der Mann beim Fußball ihr Schwiegersohn wäre und nicht diese Schießbudenfigur von einem Sozialarbeiter. Was gäbe das für stramme Enkel!

Maier gab seinen Abschied, um seinen Lebensabend als »Original« zu begehen, und der Koreaner Bum Kun Cha wechselte von Darmstadt 98 zur Frankfurter Eintracht, wo er die Anhänger entzückte und **Eckhard Henscheid** dazu verleitete, einen seiner famosesten Texte niederzuschreiben:

> Schön ist, Mutter Natur, deiner Erfindung Pracht,
> Die den großen Gedanken vermochte, den
> Knaben zu träumen, zu denken – und dann auch zu
> Bilden mit den schnellen, beseelten, jauchzenden
> Füßen des Jünglings: Flink, flitzend,
> Flirrend und flackernd – nicht lange fackelnd,
> Doch feuernd und feiernd; den fühlenden Herzen
> Frankfurts zur Freude.

Bum Kun Cha! Freund aus dem Osten! Fremdling bist
Du nicht länger – nicht bitt'res Los ist Exil
Dir! Heimat, die zweite, du fandst sie.

Wunderbar ist die Gunst denn des Gottes des
Fußballs. Zwar niemand weiß, wann und von wannen
Er schenkt nach Puskas und Pele und Kempes den
Neuen Erwählten – nie doch und nimmer vergißt
Er sein hoffendes Volk. Über Indien hinaus
Und den Ganges spähet sein
Forschender Blick, ins ferneste Land, da
Seit alters Männermut blühet und hoher Sinn.
Tapf'res Korea! Du schenktest uns Cha!

Festlicher klinge mein Saitenspiel! Denn lang
Lieb ich dich, Cha, schon, drei Monde –
Drei Monde schon fällt dein verjüngendes
Licht auf die scheinbar gealterte Eintracht. Wir
Sahen dich erstmals, Lieblicher, gegen Stuttgart,
– und das Herz war bezaubert, verzaubert bald
Gar. Ach! Wie du da, Förster, den Holzer,
Versetztest und Martin, den Rammler, so daß selbst
Sie dein Lob dann sangen – wie du dich
Schlängeltest durch die Abwehr – um endlich,
Endlich, kurz nach der Halbzeit, hoch in die
Lüfte dich reckend, die Flanke von Borchers
Nahmst mit der Stirn, der klugen, das
Leder versenktest im rechtesten Toreck – es war
Wie ein Herzkrampf, ein schöner, in Freude und
Ahnendem Jubel in eins.

Am Abendhimmel blühte ein Frühling auf, und
Sein Name war Cha. Die Eintracht aber, jahrlang
Von Klippe
Zu Klippe
Geworfen, glühte mit dir, o mein Trauter, zu
Neuschönem Glanze. Aus dem Schlaf des
Dornröschens erwachte die alte, die beinah
Vergeß'ne Primdonna sehr rasch. Vergessen das Alter
Grabowskis, vergessen der Streit mit dem Trainer.
O neues heilig' Herz der Mannschaft! Uns zur
Erhabenen Lust stürmst du, Schönster, so viel ich
Sah, seither, wie der Vogel des Waldes über die
Wipfel fliegt, schwingst du, Zierer, leichter und
Mühlos und sonder Gewalt dem Tore dich zu, dem
Beschützten – Östling unter Deutschen,
Und ihnen dennoch verwandt in der Seele,
Nah auch in Tordrang und Technik und
Teilung des Raumes in all seiner
Tiefe ...

Kenntnisreicher Künstler am schwarzweißen Balle!
Der Mann aus Korea allein hat die Präzision deines
Abspiels. Trocken schlägst du die Pässe, den
Kurzpaß sowie auch den raumgreifenden Vetter, den
Steilpaß. Nicht fremd ist dir der
Fallrückzieher, wir sahen's. Du zeigtest, daß
Auch in Asia, dem fernen, bekannt ist der Trick
Mit dem kunstreichen Haken – doch mehr noch
Erstaunen den Gegner die nicht-orthodoxen, die
Tricks, die im Lande noch unbekannt. Freilich,

Nie ähneln sie je doch der Tücke des Panthers,
Nie schielet Verschlagenheit Asiens durch –
Fair play ist Bum Kun Chas Religion!

Ach, abermals weiden die Augen auf dir! Hurtig
Treibst du das Leder nach links, kühner umkurvst
Du den grätschenden Stopper, zaubernden Fußes
Entläßt du den Lib'ro in Scham. Leichthin,
Euphorion erinnernd, vergleichbar auch durchaus
Der zarten Gazelle, dribbelst du torwärts und
Spannst doch den Fußnerv alljetzt schon zur Bombe –
Denn kaum hinkt die Macht deines Schusses der
Pracht nach Bernd Nickels, genannt »Dr. Hammer«:
Dem du, so liest man, längst Brücken der
Freundschaft gebaut hast, auch menschlich …
Herzschöner Mann! Flutlichtumschwärmt auf den
Flügeln der Flanke, jetzt plötzlich der rechten,
Füllhorn der Technik, Fülle des Seins!
Samtschwarzen Seraphkopf sehr schönen Scheins!
Sehr nur den Doppelpaß jetzo mit Nachtweih und
»Holz'«! Tripelpaß ewiger Klarheit!
Genius des Ostens! Sel'ges Korea!

Ein Flankengott jener Abramczik? Da lachen die
Götter des alten Olymp! Sie lachen Schorsch
Volkerts und
Lächeln ob jenem, der, unrhythmisch seltsam,
Rummenigge sich nennt! Wer kennt Okudera? Cha
Aber – ob er nun »Cha Bum Kun« heißt, so wie die
»Frankfurter Rundschau« es will; oder doch

»Bum Kun Cha«, wie die FAZ ihn besingt; oder
»Tscha Bum«, wie »Bild« ihn begrüßte – dich,
Cha, kennt Deutschland, kennt Asien, die Welt
so und so – –
Ew'ges Korea!

Im Winde klirret die Fahne zum Eckstoß. Gefahrstufe
Eins. Anläuft Cha Bum, herrlich die Flank' in die
Fluten der Zeit! Schon steht Cha Bum wieder nah
Dem Elfmeter, lauert des Zuspiels, hilft
Hinten aus. Schneisen schlägt er in Spielfeldmitte,
Schleusen öffnet sein schneller Fuß: Sammelnd der
Gegenwart hohes Vergang'nes, einend die Künste
Grabowskis mit denen des Pfaff, Kressens gedenkend
Und eingedenk Sztanis. Fußball berückend – und
Rührend selbst Toni, den treuedlen Zeugwart, der
Dir, Cha, im Air-Bus von Braunschweig nach
Frankfurt die Wange gar küßte; so stand's in der
»Rundschau« ...
Geh' unter HSV! Trunken dämmert die
Seele selbst dir (3:2)!

Ja, in den Ozean all deiner Tricks will ich mich
Stürzen, Bum, sturztrunken einfallen laut in die
Chöre des Jubels, Sohn einer fußballträumenden
Mutter. Anbeten will ich – gleich dir, der du
Betest vor Spielbeginn und auch während des
Kampfs »ständig vertieft bist im Gebet«, wie
Wieder die »Rundschau« weiß. Anbeten will ich,
Singen dein Lob all mein Lebtag und

Endlich, wenn's gut geht, warte nur balde,
Berückt in Verzückung unendlicher Schöne vergeh'n – – –
Nur, Bum, daß du, folgt man einem Bericht in
Der FAZ, nach deiner Aktiven-Laufbahn Deutsche
Predigend zu Gott bekehren willst, das, Bum,
Muß ja wohl nicht sein.

Klassische Strophenformen scheinen ohnehin geeignet, das Ballgeschehen adäquat zu erfassen. Henscheids Hymne, Ostermaiers Ode (→ 2001) … und **Martin Halters** Elegie auf Rodolfo Esteban Cardoso:

Weh! nun ist es, Ihr hansischen Krämer!, zu spät und vergebens,
da Ihr ihn haltet und fest habt den begnadeten Mann
und den Arglosen tückisch in Euerem Netz habt gefangen,
jetzt noch zu zürnen und flehn. Weg ist er. Aus und vorbei.
Nimmer kehret er wieder: Unser Rodolfo Cardoso.
Aber noch immer nicht, o meine Seele! kannst du es fassen.
Willst es nicht glauben und träumst, Gott das Schicksal, gar Geld
könnt' den verlorenen Sohn der mächtigen Pampa erlösen
aus der Nordmänner Joch. Dort aber hält man ihn fest.
Freistöße muß er nun teilen mit Basler, dem großmäulgen Raucher.
Elfer schießt jener Wurm, Ecken. Daß ich nicht lach'!
Tränen füllen die Dreisam, zum Strome schwellen die Bächle.
Nacht umdunkelt das Feld. Schweigen erfüllet die Nord-
Kurve, die länger nicht rund mehr sein will und bitterlich trauert.
Rosen verteilt' er zuletzt. Welk ist und schwarz nun ihr Flor.

Ach wer soll nun den tödlichen Paß in die Tiefe spielen?
Wer lupft künftig den Ball, füttert den hungrigen Sturm?
Heidenreich etwa? Der Leichtfuß vertändelt sich lässig im Strafraum.

Oder Borodjuk? O Gott! Müd ist die russische Seel'.
Wer soll Kohl nun bedienen, den hurtig rennenden Kanzler?
Brotlos bleibet der Paß. Grinsend grätscht Higl ins Gebein.
Spies, wo bleibt Dein Stachel, und wo dein Genius, Wassmer?
Wut ließ den Libero schnauben, sein Tritt Deine Stutzen erröten.
Aber Dein Lächeln, Du Schelm, verdoppelte nur seine Schmach.
Willig gehorchte der Ball Dir, verzaubert und sanft nur gestreichelt.
Hüpfte geschmeichelt im Kreis, wie's Deine Hacke befahl.
Feige Verteidiger fletschten ihre Zähne und wollten Dich fällen.
Achtlos sahst Du ihren Grimm: Sollen sie's wagen, das Foul.
Mauern, aus Mannsfleisch gebaut, sind Löcher für Deine Schlenzer.
Illgner, er hechtet umsonst. Immel versackt tief im Dreck.
Ohnmacht faßt an den ängstlichen Tormann. Er betet. Vergebens.
Drin und im Tor ist der Ball, klatscht selber Beifall im Netz.
So war es einst. Doch heute atmen die Manndecker freier.
Votava greift sich ans Hirn. Lacht unterm Schnauzerbart.
Frech erhebt Schuster sein Blondhaupt, der fußlahme Gatte Gabis.
Lothar sogar, Lolitas Leitwolf, schöpft wieder Hoffnung.
Wirft seine Krücken hinweg, Babys Lollo dazu.
Stutzen sieht man den schlimmen Borowka. Er fuhrwerkt nun einsam.
Denn verwaist ist der Platz, leer die Tiefe des Raums,
wo einst Cardoso geschmeidig den Tango tanzte und herrschte,
Mittelfeldkönig und mehr: Staunen der Fußballwelt.

Edel und hilfreich und gut war er, Liebling der Götter und Mädchen,
gnadenlos nur vor dem Tor. Bis der Versucher erschien
und mit leeren Versprechen ihn lockte in kältere Breiten
an der Weser Gestad, grünlicher Fischköpfe Heim.
Nicht mehr Dein heiligglühendes Herz war von nun an Dein Leitstern,
Irrlicht schien dir Dein »Verstand« (Funzel und Schatten am Weg).

Dein treues Weib und Pablito, die Frucht Deiner sterblichen Lenden,
ach, sie flehten umsonst. Papas Vertrag war Gesetz.
So ging er fort, wie sehr Karina auch schluchzte und Pablo.
Hast Argentinien verlassen, die Slums von Azul, wo der Metzger
schlachtet das reisige Vieh, Mütterchen Deiner treu harrt,
nur um ein zweites Mal zu fliehen die freundliche Heimat,
Werders Unwert zulieb, Moos oder Art de Mos?
(Nennet blind ihn und Knaben und ungezogen. Ich kenn,
schnöder Mammon, Dich wohl, ewig verderblicher Gott.)
Haben wir nicht einen milderen Himmel? Was, Rodolfo,
soll dir eine Million? Freiburg gab Dir viel mehr.
Schau Maradonna Dir an, Deinen Landsmann: Was aus ihm wurde,
als ihn die Hybris umfing. Fett und Doping und Koks.
Jetzt muß sein Weib ihm befehlen, die Tränensäcke zu liften.
Endest Du einmal so? Nein, Cardoso, halt ein!
Haben wir nicht barmherzig Dein Köpflein auf Rosen gebettet?
Fand nicht Dein Bruder Asyl, Platz zum Spielen und Brot?
Aber wer nicht blieb, war Cardoso. So hab ich von Herzen
Grünweiß immer gehaßt, Otto und Olli erst recht.
Klar freut sich jetzt die Patschhand, und Baslers weichliche Lende
schwillt so hart wie sein Kamm. Wolltest Du das, Esteban?

Bobbelebuben, sie heulen, und Mädchen raufen den Haarschopf.
Oscar, Dein Tiriac, war's. Führte hinweg ihren Schwarm.
Würdige Männer sieht man verschämt manche Zähre verdrücken.
Rührt Dich nicht Kindergeschrei? Treuloser Goucho, so geh!
Geh! Du bist Deiner Freunde nicht wehrt! Wir bergen die Schmerzen
still in unserem Herz, halten sie schmollend aus.
Finke spricht uns gut zu. Stocker verhüllet sein Haupt.
Zwar ist sein Beutel nun voller denn je. Doch was soll er kaufen?

Wer käm Dir jemals gleich? Nichts auf dem Transfermarkt.
Ihr aber, Brüder vergangenen Glücks, Ihr müßt ihn vergessen.
Schal ist sein Lächeln und arg, nun da es anderen frommt.
Schwarze Locken ringelten sich um das zierliche Näschen.
Doch Deine Zunge war falsch, Schlange: Es ging Dir ums Geld.
Nie hat, o Grausamer!, je ein Menschlicher so uns betrogen.
(Ist es so bitter und hart, Fußball, dein ehern' Gesetz?)
Ekel bleibt uns. Und Borodjuk und Maxi. Und hebet am Ende
Sich ein brokatener Rock nicht wie ein wollener auf?
Schwinden nicht alle Millionen und fährt nicht dein glitzernder Porsche
mit oder vor Dir ins Grab, Tand und eitler Genuß?

Reißt nun, o Freunde!, den Trübsinn aus Eurem verdüsterten Busen,
Daß dem schwarzen Verrat folge kein trauriges Spiel.
Melancholischer Spies, an Dir ist's, die Deinen zu trösten.
Zaudere länger nicht mehr. Gürte die Hosen nun eng,
Auf daß der Flüchtling sich wünschte, er hätte nimmer verlassen
schmählich den lieben Verein. Meistert das Schicksal und siegt.

Schlichter drückte sich, wie eigentlich in seinem ganzen Leben, Lothar Matthäus aus. In einem frühen Interview mit Günther Koch erläuterte er die Schuhreinigung bei Jungbundesligaspielern: »Die putz' ich selber oder meine Mutter.«

1980

Wollte der 35-malige DDR-Nationalspieler Gerd Weber in den Westen, genauer: zu Ajax Amsterdam, flüchten. Auf dem Berliner Flughafen Schönefeld wurde er festgenommen und zu zwei Jahren Haft verurteilt.

Auch sein Mannschaftskollege Peter Kotte mußte hinter Gittern, dazu Hans-Jürgen Dörner außer Form, Reinhard Häfner verletzt ... Grund genug für den sächsischen Dichter **Karl Mickel**, daraus eine Wehklage, seine *Nänie*, zu machen:

Die Mannschaft zersprengt und zerfledert!
Boden spielt nun wieder Nachwuchs, der kleine rundliche Torwart.
Dörner steht noch, der letzte Mann jenseits des Höhepunkts.
Helm hilft links aus zur Zeit, dem ehedem Walter Fritzsch europäische
Härte bescheinigt hat.
Schmuck, der nie krank war, der kann vermutlich auch weiterhin sehr
lange mitwirken.
Müller Matthias, o Gott; siehe Weber.
Müller Klaus wurde nichts, obwohl die Hoffnungen groß waren.
Häfner ist dreißig, fällt aus, wird am Knie operiert.
Schade lernt laufen, im besten Alter von vorn an infolge des Beinbruchs.
Weber sitzt ein, den Vertrag in der Tasche mit Ajax; weg wäre der so-
wieso, mit Müller und Kotte, der unten erwähnt wird.
Riedel ist alt und hat länger gemacht als er konnte.
Lebenslänglich gesperrt ist Kotte; vergleiche bei Weber.
Heidler, Faktotum im Sturm, ist nach wie vor unentbehrlich.
Richter, immerfort krank, ist abgegeben nach Riesa, wo jetzt er immer-
fort krank ist.
Sachse in Riesa erzielt Tor um Tor für den Absteiger, der geborene
Einwechsler.
Vanitas! vanitatum vanitas! und die Geliebten meiner Jugend sind alte
Weiber.
Lachmann, Lippmann, Trautmann und Hübschmann
Schülbe, Schlicke, Mecke, Minge und Mittag, was soll das nur werden.

1981

Fouls, die wir nie vergessen ... einen festen Platz in dieser Ahnengalerie hat eine Szene aus der Partie Bremen gegen Bielefeld. Norbert Siegmann trat zu; Ewald Lienens Oberschenkel war im Wege; Schiedsrichter **Medardus Luca** erinnert sich plastisch:

Die Bundesliga-Saison 1981/82 sollte für mich wegen Erreichen der Altersgrenze die letzte als Bundesliga-Schiedsrichter sein. Ohne nennenswerte Vorkommnisse – außer einem Platzverweis für den Spieler Weiner (Bayern München) – hatte ich bis dahin meine Spiele über die Runden gebracht.
Doch am 2. Spieltag der Saison 1981/82 – es war der 14.8.1981 – bekam ich noch einmal zu spüren, welch rauhe Luft dem Schiedsrichter um die Ohren wehen kann: In der Partei Werder Bremen – Arminia Bielefeld brachte der Bremer Spieler Norbert Siegmann seinen Gegenspieler Ewald Lienen mit gestrecktem Bein, Ball und Mann spielend, zu Fall. Solche Fouls sieht man bei jedem Spiel des öfteren. Lienen schrie auf, und ich verwarnte Siegmann wegen gefährlichen Spiels. Ich dachte bei mir: »So schlimm war es doch gar nicht.«
Erst beim Einstecken der gelben Karte bemerkte ich, daß der rechte Oberschenkel von Lienen aufgerissen war. Ein ca. 25 cm langer und sehr tiefer Riß, der gräßlich aussah. Ich erschrak. In solch einer Situation Ruhe zu bewahren, ist erste Schiedsrichter-Pflicht. Manche Arminen-Spieler wollten sich um ihren verletzten Kameraden kümmern, andere wollten dem Übeltäter an den Kragen (Bregman u. Riedl). Lienen selbst beschwerte sich heftig beim Bremer Trainer Otto Rehhagel und warf diesem vor, seinen Spieler Siegmann zu diesem Foul durch entsprechende Gesten angestachelt zu haben.
Der Bielefelder Bregman schrie: »Jetzt geht's rund.« – Ich warnte ihn: »Dann fliegen Sie raus.«

Wider Erwarten beruhigten sich die Spieler, und das Spiel lief bis zum Abpfiff in geordneten Bahnen.

Ich werde bis zum heutigen Tag ständig gefragt, warum ich keine rote Karte gezogen hätte. Die entscheidende Situation ist mir immer und immer wieder durch den Kopf gegangen. Auch aus der Distanz von nunmehr 16 Jahren bin ich jedoch immer noch der Meinung, daß eine rote Karte nicht gerechtfertigt gewesen wäre.

DFB-Chefankläger Hans Kindermann klagte Otto Rehhagel vor dem Sportgericht an, seinen Spieler Siegmann mit Worten und Gesten zum Foulspiel an Lienen angespornt zu haben, und forderte eine dreimonatige Sperre sowie eine Geldstrafe von 10.000 DM.

Das Sportgericht sprach Rehhagel frei. »Eine Unverschämtheit«, soll

Ewald Lienen in seiner ersten Empörung über das Urteil gesagt haben. Das Gericht mußte aber wohl nach dem alten Grundsatz »in dubio pro reo« so entscheiden! Es stand Aussage gegen Aussage.
Sowohl meine Linienrichter als auch ich selbst haben das Foul Siegmanns vor Gericht als Allerweltsfoul bezeichnet, das in jedem Spiel des öfteren vorkomme. Der tiefe Riß im Oberschenkel von Lienen war unseres Erachtens nicht absichtlich.

Blut floß an diesem Nachmittag. Den Ärger hatte, neben Lienen, auch der Zeugwart. Kollege **Andreas Thiem** (Hansa Rostock) hätte Rat gewußt:

Wenn ein Trainingsshirt einen Fleck hat, kann man darüber hinwegsehen, bei der Spielkleidung nicht unbedingt. Man muß sie schon wirklich sauber kriegen. Unsere Heimtrikots sind weiß, was natürlich für einen Zeugwart undankbar ist. Das Problem sind Blut- und Grasflecken. Wichtig ist, daß man die Trikots unmittelbar nach dem Spiel einweicht, so daß sich die Flecken gar nicht erst festsetzen. Bei Blutflecken reichen zehn Minuten, sind sie erst mal eingetrocknet, lasse ich die Trikots bisweilen eine ganze Nacht in kaltem Wasser.

1982

Die Weltmeisterschaft in Spanien sieht Deutschland überraschend im Endspiel. Auf dem Weg dorthin gilt es, das eine oder andere aus dem Weg zu räumen – im insgesamt großartigen Halbfinale gegen Frankreich (5:4 nach Elfmeterschießen) zum Beispiel den gegnerischen Abwehrspieler Patrick Battiston. Torwart Schumacher erledigt das; der arme Franzose verliert dabei Zähne – ein Unheil, das, wie der Sportmediziner **Muir Gray** in seiner Schrift *Verletzungen im Fußballsport* beschrieb, kurierbar ist:

Abgebrochene Zähne: Wenn du einen rosa oder roten Fleck an einem Zahn, von dem ein Stück abgebrochen ist, erkennen kannst, dann liegt der Nerv frei, und der Spieler muß *möglichst bald zu einem Zahnarzt*, um eine Infektion zu vermeiden. Wurde der Spieler k.o. geschlagen und dabei ein Zahn abgebrochen, muß er *sofort in ein Krankenhaus* gebracht werden, weil er Zahnteile verschluckt haben könnte (sammle alle Zahnstückchen zusammen und nimm sie in das Krankenhaus mit; es hilft dem Arzt bei der Entscheidung, ob ein Stückchen eventuell verschluckt worden ist).
Ausgeschlagene Zähne: Gelegentlich werden ein oder zwei Zähne sauber aus dem Kiefer getrennt. Wenn du das Vorhandensein einer Fraktur befürchtest, reinige den Zahn und schiebe ihn zwischen Backe und Zähnen wieder in den Mund und transportiere den Spieler *sofort zu einem Krankenhaus.* Ist keine Fraktur vorhanden, reinige den Zahn und versuche, ihn in die Zahnhöhle zurückzusetzen; überprüfe, ob er die richtige Stellung einnimmt. Bringe dann den Spieler *schleunigst zu einem Zahnarzt.* Die Zahnhöhle ist unmittelbar nach dem direkten Verlust eines Zahnes taub. Treten irgendwelche Schmerzen oder Komplikationen auf, bitte den Spieler, den Zahn in der Backe zu verwahren, um ihn in Speichel zu baden und bringe den Spieler sofort *zu einem Zahnarzt.*

Das hitzige Spiel gegen Frankreich und Battistons Leiden nahmen die Menschen auf unterschiedliche Weise mit. **Pierre Littbarski**, der kleine Dribbler, dachte nicht mehr lange ans vergangene Geschehen und fand Spaß und Spießgesellen bei Skat und Rührei:

Es ist ja viel darüber geredet worden, und so plaudere ich auch gar kein Geheimnis aus: Fußballspieler greifen in ihrer Freizeit auch oft zu den Karten. Es muß ja nicht immer Poker sein – Skat tut's auch. Also: Auch in Spanien haben wir häufig Skat gespielt. Zum Beispiel nach dem Frank-

reichspiel, das vielleicht eines der besten Spiele der gesamten Weltmeisterschaft war und das wir erst nach Verlängerung und Elfmeterschießen gewinnen konnten.
Ich gebe zu: Es wurde spät, sehr spät sogar. Der Grund oder die Erklärung: Wenn man so aufgekratzt ist, so aufgewühlt wie nach einer solchen Nervenschlacht, dann braucht man Ablenkung.
So mischten Kalle Rummenigge, Paul Breitner, Hansi Müller und ich die Karten. Das Spiel ging hin und her, die Zeit verstrich, ich wurde schläfrig, die anderen hungrig. Sie bestellten Rühreier. Ich war schon fast im Bett, da riefen sie mich an, ob ich nicht auch noch Hunger hätte.
Auf dem Tisch standen Rühreier aus vierzig Eiern, für jeden zehn. Wir haben sie verputzt. Morgens um halbsechs.

Deutschlands Weg ins Finale führte auch über Gijon, über das ekelerregende Stillhaltespiel gegen Österreich. Ein 1:0 für Derwalls Truppe, das reichte beiden Mannschaften, um weiterzukommen und die tapferen Algerier auszubremsen. Österreichs Reporter Manfred Payrhuber behielt recht mit seiner Prognose: »Das Match wird zweifellos in die Geschichte eingehen«; »schändlich« nannte sein Kollege Eberhard Stanjek die Verweigerung auf dem Rasen. Trainer Derwall und Präsident Neuberger fanden mal wieder nichts Anstößiges daran; **Ror Wolf** schrieb ein langes Gedicht, das das perfide Spiel verschweigt:

Neunzehnhundertzweiundachtzig

Im Juni rascheln plötzlich die Kastanien.
Der Wind ist weich gebogen: wie gemalt.
Die Männer auf dem Rasen, angestrahlt,
in Barcelona, Katalonien, Spanien.

Valencia. Es wehen die Zypressen.
In La Coruña rutscht man und zerbricht.
Vielleicht versinkt Peru, vielleicht auch nicht.
In Oviédo klatscht man angemessen.

Valladolid. Es biegen sich die Pinien.
Und die Platanen knarren in Gijón,
vom Meer umspült. Honduras schwimmt davon.
England verbrennt. Es zittert Argentinien.

Die Schotten pfeifen in Bilbáo. Leider
schleppt Borchers sich vom Feld. Das Meer ist leer.
Ein Fall für Deuser, aber nicht so sehr.
In Málaga der Himmel undsoweiter.

In Saragossa wird es dumpf und duster.
In Elche sind die Palmen abgebrochen.
Das Meer dampft dick und rot, wie aufgestochen.
Auf der Tribüne lächelt nett: Bernd Schuster.

Fern in Sevilla, in der Abendröte:
ein Tropfentritt. In Vigo mühelos:
ein Doppelpaß, der Himmel dünn und bloß,
ein Scherenschlag wie ein Gedicht von Goethe.

Horst Hrubesch fliegt vorbei. In Alicante
zerplatzt Italiens Pracht. Von rechts kommt Kaltz,
Klaus Fischer aus der Mitte: und schon knallts.
Bleich auf der Bank gestreift der elegante

Menotti. Ach - wir sitzen im Gemüse.
Paul Breitner fauchte, Briegel rauchte schwer.
Jupp Derwall nimmt nun keine Rücksicht mehr.
Es geht um Magaths Kopf und Försters Füße.

Das letzte Tor fällt schließlich in Madrid.
Bis dahin, Leser, machen wir was mit.

Auch Deutschlands Schiedsrichter Walter Eschweiler spielte übrigens keine rühmliche Rolle bei dieser WM:

Und Simmering? Dort gab Toni Polster, die Inkarnation österreichischer Ballmentalität, seinen Einstand. Ein halbes Jahr schoß der 17-jährige seine Tore für die Vorstädter.

1984

Wird Frankreich am 27. Juni in Paris Europameister nach einem 2:0-Sieg gegen Spanien. Glanzvolle Spieler stehen in den Reihen dieser großen Mannschaft ... Giresse, Tigana, Fernandez und vor allem Michel Platini, Frankreichs Jahrhundertspieler.
Die Tage von Paris erlösten Deutschland auch von Trainer **Jupp Derwall**. Was er zehn Jahre zuvor zum Wertekanon der Nationalmannschaft geäußert hatte, war in Vergessenheit geraten:

Unsere Nationalspieler aller Mannschaften des Deutschen Fußball-Bundes sind nicht nur Spieler, die sich auf das Fußballspielen verstehen, denn Herr Schön, unser Bundestrainer, und auch wir DFB-Sportlehrer, legen besonderen Wert auch darauf, daß es nicht nur Nationalspieler für eineinhalb Stunden gibt. Wir legen auch Wert darauf, daß sie charakterlich einwandfreie Kerle sind und daß sie auch nach außen hin den DFB und seine Mitgliedsverbände und damit auch ihre Vereine und Mannschaften und nicht zuletzt auch ihr Land würdig vertreten.
Deshalb darf sich unsere Aufgabe nicht nur auf das Spiel auf dem grünen Rasen beschränken, sondern sie beginnt schon mit der Auswahl der Spieler und hat erst dann ihre Fortsetzung in der Vorbereitung auf die Spiele, auf das Spiel selbst und dann auch auf die Begegnungen mit den Menschen anderer Länder.

Niemand wollte Derwall mehr, dem bereits Sepp Herberger kein rühmliches Spielerzeugnis ausgestellt hatte (»Derwall = kein Nationalspieler! fehlt jede Schnelligkeit im Handeln und im Laufen«), und so ging er in die Türkei, wurde dort Meister und Ehrendoktor der Universität Ankara.
1984 endete auch die Länderspielkarriere des Augsburgers Bernd Schuster, der im nachhinein als einzige Lichtgestalt aus den tristen deutschen acht-

ziger Jahren herausragt. Auf 21 Einsätze brachte er es, Lothar Matthäus auf 144 ... An Schuster schieden sich die Geister. Selbst Schauspieler **Bernhard Minetti** nahm Stellung:

So kann man das nicht vereinfachen. Wer war der Schuster von damals? Ich halte Schuster – in seiner Entwicklung ist er natürlich noch längst nicht fertig gewesen, wie ich ihn beobachtet habe – für eine einmalige, überragende Begabung. Die Verschiedenheit zu Breitner – das ist jetzt wie Minetti/Wildgruber – wäre zu erörtern. Aber noch nicht fertig. Die entscheidende Frage wäre, wie man ihn dahin entwickelt, daß er mal das Spiel macht. Er kann sowohl diesen jugendlichen, begeisterten – Minettis erste Epoche – Stürmer spielen, er kann inspirieren, und er kann auch Tore schießen, will Tore schießen. Sturm und Drang. Fritz Walter konnte auch Tore schießen, hauptsächlich aber machte er das Spiel, und er konnte auch bescheiden und unterordnerisch wirken. Diese Liebe Fritz Walter/Sepp Herberger – eine völlig unverdächtige – war eine Vater-Sohn-Liebe. Wenn ich mir vorstelle Herberger/Schuster, ich meine, das ist dann eine menschliche Frage, findet eine Liebesbeziehung statt oder nicht. Begegnen sich Romeo und Julia oder nicht. Romeo braucht ja nicht der Julia zu begegnen. Oder Herberger und ich. Das fand eben statt.

Als sein Lieblingsgericht bezeichnete **Bernd Schuster** überraschenderweise herkömmlichen Gurkensalat:

Davon habe ich natürlich auch gehört: Die Nationalmannschaft bekommt nach Möglichkeit keinen Gurkensalat serviert, weil der Mannschaftskoch kein Risiko eingehen und Montezumas Rache heraufbeschwören will. Ich aber esse Gurkensalat für mein Leben gern. Auch noch zwei Stunden vor dem Spiel. Und oft nehme ich mir sogar mehrere Portionen. Bekommen ist er mir immer.

Nach einem Spiel aber esse ich nichts. Schon als Junge in Augsburg habe ich das so gehalten. Und auch in der Nationalmannschaft rühre ich beim Essen nach dem Spiel kaum etwas an. Es sei denn, es steht auch Gurkensalat auf dem Tisch.

1985

Wurde der FSV Frankfurt erstmals deutscher Pokalsieger im Frauenfußball und erinnerte die männlichen Vereinsmitglieder an die Vergänglichkeit der Welt. Denn die Ruhmestaten der Herren vom Bornheimer Hang (immerhin Vizemeister 1925) lagen weit, weit zurück. Erniedrigungen und Beleidigungen gehören zum Alltag des FSV-Anhängers, woran auch ein Hoffnungsglimmern, Gastspiel in der Zweiten Bundesliga, in den Neunzigern wenig änderte. Der Schriftsteller **Jörg Fauser** hat die Qualen am »Hang« lyrisch fixiert:

> In der 81. Minute passierte es – ich stand oben
> auf der Gegengeraden an der Bude, um das letzte Bier
> zu holen, da hörte ich Geschrei, drehte mich um und
> sah den gegnerischen Linksaußen den Ball freistehend
> mit dem Innenrist in den Kasten ziehen.
> Die Schwarz-Blauen standen völlig belämmert rum.
> Null zu Eins, und das gegen den Abstiegskandidaten.
> Ich ging mit dem Bier runter zu Schotte
> und er sagte komm, nichts wie weg
> die Affen kriegen höchstens
> noch eins rein.
> Es war wirklich ein mieses Spiel gewesen
> und dazu hatte es fast unaufhörlich geregnet

so ein mieser kalter Novembernieselregen
und jetzt riefen sie Aufhören! Schiebung!
aber sie hatten keinen Schwung mehr
genau wie die auf dem Rasen, 500 von den 700 hatten
noch ihren Hangover vom Samstagabend, und nach
fast zwei Stunden in der Kälte brachten sie
keine Wut mehr zusammen, nur noch gehässigen
Ärger und Selbstmitleid. Sense, sagte jeder
beim Rausgehen, die sehn mich net mehr, aber
nächsten Sonntag latschen sie doch
wieder hin und löhnen ihren Heiermann
stehn mit der Bierdose in der Hand frustriert rum
und warten auf Tore, die sie selbst nicht schießen
können. Dann der Weg vom Hang hoch
zur Allee, im Regen, es wurde immer kälter
die Bäume waren fast kahl, in den Kleingärten
hockten die Krähen, und Schotte sagte
erst mußte sowas ansehn, und dann das hier
das geht einem unter die Haut, ich möchte am liebsten
alles hinschmeißen, und zuhaus noch die Alte
die mich nicht ranläßt wenn ich einen sitzen hab
sach doch selbst, Scheiße, nix wie Scheiße …
Wir gingen ins »Faß«, und der erste Rentner
am Tisch links fragte gleich, ei Schotte
wie habter gespielt, und Schotte wurde rot
und brüllte laß mich in Ruh, und ich sagte
Schotte, der kann doch nichts dazu, und Schotte sagte
dann soll er erst recht sein Maul halten!
Wir tranken so unsere zwanzig Schöppchen und
fütterten die Musikbox ohne hinzuhören

und die neue Bedienung hatte eine ziemlich
scharfe Figur und wollte uns zum Würfeln anmachen
wir lachten bloß und warteten auf die
Nachtausgabe – die Eintracht
hatte auch verloren …

Im Eybacher Tal zu Geislingen an der Steige durfte sich 1985 ein »Pokalschreck« auszeichnen: der SC Geislingen, der den Hamburger SV mit 2:0 niederrang. Alle Jahre wieder bietet der DFB-Pokal solche Sensationen, die mal Geislingen, mal Eppingen, mal Magdeburg und mal Vestenbergsgreuth heißen, und provoziert Reporter- und Trainersätze (»Der Pokal hat seine eigenen Gesetze«), die niemand mehr hören mag. Auf Österreichisch (»Weil natürlich Cup ist Cup«) klingt das charmanter, deswegen erzählt nun der Salzburger Krimiautor **Wolf Haas** vom Kampf David gegen Goliath oder Klöch gegen Oberwart:

Weil natürlich Cup ist Cup. Und mit Oberwart haben die Klöcher eine Mannschaft aus der 2. Division gezogen, und Klöch spielt fünf Klassen tiefer. Da ist der Cup natürlich die große Chance für die Kleinen, da glaubt jeder Kleine, heute werfen wir den Goliath aus dem Cup, praktisch biblischer Zorn.
Jetzt sind diese Spiele natürlich gern ein bißchen auf der brutaleren Seite. Weil wenn die Kleinen eine Chance wittern, dann kennen sie nichts. Das gilt nicht nur für den Fußball. Das gilt auch oft einmal für ein kleines Land. Daß es gern einmal den Blutrausch kriegt, wenn die Gelegenheit günstig ist. Aber ich meine jetzt nicht speziell die Österreicher, mehr so eine generelle Überlegung.
Und der Klöcher Fußballplatz jetzt auch ein bißchen Hexenkessel, weil schon knapp vor Schluß, wie der Brenner hingekommen ist, und immer noch null zu null. Zwei, drei Klöcher Spieler sind schon mit Krämpfen

auf dem Rasen gelegen, weil natürlich weit über ihre Verhältnisse. Auf auf, und geht schon wieder! Und die Oberwarter Stars einen Schuß nach dem anderen auf das Klöcher Tor. Aber der Tormann, das glaubst du nicht, ich sage nur: Zauber. Und das ist noch eine Untertreibung.
Dann ein Foul von einem Klöcher Verteidiger, daß du die Knochen krachen gehört hast. Wie der Schiedsrichter Klöcher Verteidiger ausschließt, will das Publikum den Schiedsrichter aufhängen. Aber unten die Polizei, Gott sei Dank, muß man da sagen. Marschieren sofort die Hundeführer auf. Das Publikum Schiß vor den Schäferhunden, hängt es den Schiedsrichter doch nicht auf.
Nach der Verlängerung ist es immer noch null zu null gestanden. Und jettz natürlich Elfmeterschießen. Bei Oberwart hat der ehemalige Nationalstürmer Bacher gespielt, der hat natürlich den ersten Elfer geschossen. Ins Kreuzeck. Herrlicher geht es nicht. Aber der Klöcher Tormann noch herrlicher, fischt der den Ball aus dem Kreuzeck heraus.
Was soll ich lange reden, die Klöcher Unterliga-Spieler verwandeln alle Elfer und werfen Oberwart aus dem Cup. Und so eine Euphorie ist natürlich ansteckend, da ist der Brenner auf dem Heimweg in einer völlig anderen Stimmung gewesen als auf dem Hinweg. Und möchte man meinen, daß du in so einer Euphorie besser verdaust. Aber wie er um sieben wieder zum Löschenkohl gekommen ist, ist ihm das Hendl immer noch so im Magen gelegen, daß er keinen Hunger gehabt hat.

Apropos **Wolf Haas**: In seinem Roman *Silentium* feiert er das Tischfußballspiel, das Klosterschüler sogar dazu verleitet, der Messe fernzubleiben … die Szene übrigens, in der schließlich aus dem Ballkasten ein Leichenteil zutage gefördert wird, muß jeder selbst nachlesen:

Jetzt was ist so schön am Tischfußball, daß ein Schüler dafür ein derartiges Risiko in Kauf nimmt? Das Schöne am Tischfußball ist der Knall, wenn

man die Kugel ins Tor pfeffert. Und wie jetzt der Franz die Kugel mit dem blauen Tormann in seiner linken Hand unter Kontrolle gebracht hat und dann die Tormannstange losgelassen und sich mit dem linken Ellbogen auf die Tischumrahmung hinter seinem Tormann gelehnt und mit der rechten nach der Tormannstange gegriffen und das rechte Aug zugekniffen und mit dem linken Maß genommen hat, ist auf einmal ein Zucken durch seinen blauen Tormann gegangen, daß die Kugel wie der Blitz zuerst an seinen blauen Verteidigern und dann an den roten Stürmern und dann an seinen blauen Mittelfeldspielern und dann an den roten Mittelfeldspielern und dann an seinen blauen Stürmern und dann an der russischen Abwehr der roten Unterhauser-Männchen vorbeigezogen ist und hinter dem Unterhauser-Tormann eingeschlagen hat mit einem Halleluja! Mit einem Halleluja! Mit einem dreifachen Hallelujascheppern! Daß die beiden Spieler einen Moment erstarrt sind vor Angst, diese Explosion könnte man eventuell auch noch vier Stockwerke höher bei der Sonntagsmesse in der Dachkirche gehört oder als Kniebretterbeben gespürt haben.
Kehrseite der Medaille leider der ewige Ärger mit den Bällen, die an manchen Tagen nicht mehr herausgekommen sind, wenn man ein Tor geschossen hat. Aber egal, es waren ja insgesamt drei Bälle, also immerhin noch zwei Bälle da.

1986

Wie furchtbar kann Fußball sein, vor allem wenn er die Münchner Bayern begünstigt! **Helmut Schümann** faßt die grauenvollen Ereignisse zusammen:

Die Bayern kamen dann aber doch wieder, wen wundert's?, mit einer ziemlichen Siegesserie an Werder heran, das am 33. Spieltag, dem 22. April

1986, trotzdem noch zwei Punkte Vorsprung und am Abend die Bayern zu Gast hatte. Ein Sieg und die Meisterschaft wäre entschieden gewesen. Werder war auch die überlegene Mannschaft, Jean-Marie Pfaff, der belgische Nationalspieler, im Tor der Bayern aber überragend. Doch dann brachte Rehhagel Rudi Völler ins Spiel, zum ersten Mal seit seiner Verletzung aus der Hinrunde. »Rache für Rudi!« hatten die Bremer ohnehin vor der Partie gefordert, die Atmosphäre war also hinreichend aufgeheizt. Drei Minuten waren noch zu spielen, Völler spurtete in den Strafraum, als der Ball an die Schulter von Sören Lerby prallte. Ob das nun ein Elfmeter war, sei dahingestellt, Schiedsrichter Volker Roth gab ihn auf jeden Fall. Was die Stimmung im Stadion nicht gerade entspannte. Bayerns Assistenztrainer Egon Coordes knallte den Ball auf die Tribüne, die Spieler rempelten einander an, der Bremer Michael Kutzop berichtete hinterher, Pflügler habe ihm am Ohr gerissen, ein anderer Münchner ihn bespuckt. Ein paar Jahre später hat Jean-Marie Pfaff erzählt, wie es dann weiterging: »Unser Trainer Lattek hatte mich gut vorbereitet auf Kutzop. ›Bleib so lange wie möglich stehen, beweg' dich nicht‹, hatte er mir geraten. Ich hab' mich nicht bewegt, als Kutzop anlief, mich erst ganz spät für die rechte Ecke entschieden. Der Ball flog nach links ... « Ja, aber zu weit, wenn auch nur ein paar Zentimeter, die jedoch reichten, um aus Kutzop den tragischsten Elfmeterschützen der Bundesligageschichte zu machen, denn »das Geräusch, das dann folgte«, so Pfaff, »höre ich noch heute: das Klatschen von Leder gegen einen Aluminiumpfosten. Herrlich.«

Erst Jahre nach Kutzops Fehlschuß erschien eine Publikation, die dem Unglücksraben bei der Spielvorbereitung sicher weitergeholfen hätte. **Manfred Hofmann** legt dar, wie man einen Elfmeter verwandelt:

Es gibt gute und schlechte Elfmeterschützen, und ein guter hat den folgenden Trick drauf: Angenommen, er will ins linke Eck schießen, dann

täuscht er natürlich an, so daß der Torwart denkt, er schießt ins rechte. Nun denkt er sich aber, daß der Torwart denkt, er würde antäuschen – also täuscht er an und schießt trotzdem ins rechte Eck. Ein wirklich guter Elfmeterschütze denkt nun aber weiter: Wenn der Torwart denkt, daß der Schütze denkt, daß der Torwart denkt, er täuscht an und schießt ins rechte Eck, dann wird er natürlich ins linke schießen. Gut, aber was, wenn der Schütze sich denkt, daß der Torwart denkt, daß der Schütze denke, daß der Torwart denkt, daß er antäuscht – dann wird er selbstverständlich ins rechte Eck schießen! Also wird der gute Elfmeterschütze weiterdenken. Wenn der Torwart vielleicht denkt, daß der Schütze denkt, daß der Torwart denkt, daß der Schütze denkt, daß der Torwart denkt, daß er antäutscht: Dann gehört der Ball ins linke Eck. Es kann natürlich auch sein, daß der Schütze denkt, daß der Torwart denkt, der Schütze habe mit dem Denken aufgehört, als er gedacht hatte, daß der Torwart denkt, daß der Schütze denkt, daß der Torwart denkt, daß der Schütze antäusche. Dann heißt das nämlich, daß das rechte Eck dran ist.
Oft klappt es allerdings auch, wenn man den Ball einfach reinhaut.

Der Ausführung eines Elfmeters gehen oft weitschweifige Debatten über dessen Berechtigung voraus. Die Sinnhaftigkeit der Spielerattacken auf den zur Tat schreitenden Schiedsrichter ist dabei gering; die Fußballweltgeschichte kennt extrem wenige Fälle, in denen sich Schiedsrichter von den plausiblen Argumenten (»… hab' ihn überhaupt nicht berührt, du Blinder!«) der Übeltäter überzeugen ließen und eine Elfmeterentscheidung zurücknahmen. Auch die Reporter-Unterscheidung »harter« und »weicher« Elfmeter hilft wenig.
Kutzops Versagen, die entgangene Meisterschaft … das sind Dinge, die einen Bremer nicht unberührt lassen. **Dietrich E. Sattler**, ausgewiesener Hölderlin-Editor, griff prompt zur Feder:

Zwar hängt unser töricht Herz an der Biegung des Flusses, doch so töricht ist es nun auch wieder nicht, daß es dort, mit all seinen Hoffnungen, begraben sein wollte. Es liebt, aber nicht unbedingt. Leicht zu enttäuschen, leicht zu besänftigen. Am liebsten ginge es immer im still verklärten Gedränge hinaus, von schöner Siegesfreude bewegt, während oben an den Masten die Lichter ausgehn, in Gedanken noch beim Ball, wie er ein übers andere Mal im Netz des Gegners zappelte. Aber es ist auch vernünftig genug, um zu wissen, daß es nicht immer so weggehn kann. Nichts ist vergänglicher als der Schaum der Welle, und verdächtig, was immer oben schwimmt. Deswegen gewann Otto Rehhagel unsre Herzen einmal mehr, als er Kutzops vergebenen Elfmeter, letztens gegen die Münchner Bayern, guthieß. Freilich verlangte uns gar sehr nach der Meisterschaft, doch nicht um jeden Preis. Uns genügte schon, zu sehen, wozu Völler (den ebenjene Bayern im Hinspiel über die Klinge springen ließen, nicht ganz absichtslos, wie uns schien), bei seinem ersten Ballkontakt quasi, schon wieder fähig war.
Nun sind wir wieder einmal Zweiter. Die Stuttgarter haben sich überflüssiger-, nebenbei gesagt auch undankbarerweise mehr ins Zeug gelegt, als eigentlich nötig war. Das aus dem Radio anzuhören, war mehr als bitter und kaum auszuhalten. Denn es ist schmerzlich, in anderthalb Stunden von den Hoffnungen einer ganzen Saison unwiderruflich Abschied nehmen zu müssen. Danach war der Himmel wie Blei und weinte sich aus über Bremen. Nicht unbemerkt von den Sonntagszeitungen tat er, was wir nicht durften, und ließ sich gehn.
Nennen wir, uns zum Trost, noch einmal die Namen, damit sie, wenigstens in der Erinnerung, noch eine Weile beieinander bleiben. Den rehgleichen Jonny Otten vor allen, dessen Laufstil die Damen zumal hinreißt. Noch einmal Yasuhikoj, dem einer der Stimmgewaltigsten einst zurief, bewundernd, daß alle es hörten: Okudera, du Türke! Sidka und Schaaf, die Zuverlässigen. Benno Möhlmann, dem alle vertrauen. Den

quirligen Meier und Pezzey, den souveränen. Den listigen Burgsmüller und Neubarth, den hochgewachsenen, welche die Tore schossen, als Völler fehlte. Wolter und Votava. Ordenewitz, Hermann, Ruländer und Funk. Das Musterbild der Torwarte schließlich: Dieter Burdenski. Sie führten die Tabelle an. Neun Monate. Vom vergangenen Sommer bis zu diesem Frühling. Den Triumph am Schluß, den allzuschnell schalen, den hatten sie nicht nötig.
Nicht immer ist Gold das Beste. Wer die schöne Porzia in Shakespeares ›Kaufmann von Venedig‹ gewinnen will, muß sich zuvor einer Probe unterziehen, muß eines von drei verschloßnen Kästchen öffnen. Eins ist aus Gold, ein zweites silbern, das Dritte aus Blei. Und jedes sagt ihm, wer er ist. Der aus falscher Bescheidenheit, im Gefühl seiner Inferiorität das bleierne wählte, greift ebenso daneben, wie jener hochmütige und eitle Fant, dem das goldene gerade gut genug ist. Wir kennen sie alle drei und haben das silberne Kästchen getroffen. Nach bremischer Meinung das Beste. Nicht zufällig diesmal, sondern sinnigerweise. Silber ist Gold. Falls Werder ein andermal wieder Meister werden sollte – warum eigentlich nicht? Wat mut, dat mut. Wer nicht die Wahl hat, muß interpretieren.

1987

Es gibt unnütze Wettbewerbe und Trophäen; zu ihnen zählt der sogenannte Supercup, bei dem sich deutscher Meister und Pokalsieger gegenüberstehen. Am 28. Juli '87 freilich bot das Spiel zwischen den Münchner Bayern und dem HSV Außergewöhnliches, als Torwart Uli Stein den Torschützen Jürgen Wegmann kurzerhand mit einem Faustschlag belohnte. Wie unterschiedlich die Sicht auf dasselbe Ereignis sein kann, zeigen die autobiographischen Schilderungen des Schuldigen **Uli Stein** und des Schiedsrichters **Dieter Pauly**:

Wir halten das 1:1 bis zur 87. Minute. Hektik, Dramatik, Kampf gehen unter die Haut. Dann hämmert Pflügler den Ball aus 20 Metern gegen die Latte. Jürgen Wegmann, der Bayern-Mittelstürmer, steht völlig unbewacht im Sechzehner, schaltet schnell und schiebt den Abpraller aus fünf Metern Entfernung an mir vorbei ins Netz. Wegmann fällt über mich. Außer sich vor Freude, stößt er einen Schrei aus, der in einem unartikulierten »Tooaua« endet. Ich drehe mich zu ihm. Er setzt sich auf, will zum Jubellauf starten. Der Zeitraffer rast. Hundertstelsekunden liegen zwischen Reiz und Reaktion. Wir sitzen uns gegenüber wie Kinder im Sandkasten. Unsere Blicke treffen sich. Ich fühle den Blackout kommen. Der Kopf bäumt sich vergebens gegen den Körper auf. Meine Hand ballt sich zur Faust. Ich ergebe mich dem Reflex. Meine Faust schnellt hoch an sein Kinn. Sofort stehe ich auf, hole den Ball aus dem Netz und trockne ihn an meinem Pulli. Ich weiß nicht, warum.
Während ich krampfhaft um Besinnung ringe, zum ersten Mal in einer solchen Situation keinerlei Erklärung finde, stürmt Schiedsrichter Dieter Pauly auf mich zu, als wolle er Wegmann rächen. »Los, Stein, komm' raus aus dem Tor. Ich schmeiße dich jetzt hochkant raus!« Der Mann ist gleichfalls von Sinnen. Der Auftritt von Pauly schafft Zusammenhalt. Die halbe HSV-Mannschaft umringt ihn, beschimpft ihn, drängt ihn ab, wie einen ruppigen Angreifer, der einen Eishockey-Torhüter umgefahren hat. Wegmann, dem armen Kerl, bleibt nur eine Hand zum Freudentaumel, mit der anderen hält er sich die Backe. Dunkle Ahnungen, daß jetzt Schluß ist mit der Naionalmannschaft, vielleicht sogar beim HSV, begleiten mich vom Platz.

Die Harmonie des Spiels, das bis zur 87. Minute 1:1 unentschieden stand, wurde dann jäh gestört. Aus dem Spaß wurde bitterer Ernst.
Jürgen Wegmann hatte soeben das Tor zum 2:1-Sieg für die Bayern erzielt, als Uli Stein im Tor des HSV offensichtlich rot sah und dem am Boden liegenden Wegmann mit der Faust ins Gesicht schlug.

Kaum jemand hatte diesen Fausthieb Steins gegen Wegmann gesehen. Beide Spieler waren nach dem erzielten Tor am Boden.
Ich hatte den Faustschlag jedoch deutlich erkannt. Ich hatte mir angewöhnt, nach einem gefallenen Tor, rückwärtslaufend, aber immer noch mit Blick auf die letzte Szene, den Ort des Geschehens zu verlassen.
Zeitlupenwiederholungen dieser Szene ließen diese Tätlichkeit dann hinterher im Fernsehen deutlich werden. Sogar der eher skeptische Fernsehreporter Heribert Faßbender stellte diese Tätlichkeit dann in den Wiederholungen nach dem Spiel heraus.
Ohne zu zögern zog ich die rote Karte und hielt sie Stein entgegen. Uli Stein folgte diesem Platzverweis kommentarlos.
Anders die HSV-Spieler, die wild auf mich einstürmten, um mich umzustimmen. Wahrscheinlich ahnten sie, welche Folgen dieser Faustschlag haben sollte.

Steins Ausraster – wieder ein Hinweis auf das besondere Wesen jedweden Torhüters. Und weil dieses nicht so leicht zu erklären ist, brauchen wir philosophischen Beistand, zum Beispiel **Jean-Paul Sartres** *Kritik der dialektischen Vernunft*:

Der *gute Tormann* wird als gemeinsames Individuum spezifiziert, insofern er sich in der Zukunft durch seine vergangenen Aktionen als fähig erwiesen hat, *mehr zu tun*, als auf dem normalen Niveau der Organisation von jedem verlangt wird. Er wird Fähigkeit. Diese *Fähigkeit* nun als Bestimmung der möglichen Zukunft ist nichts anderes als die praktische und konstituierende Freiheit des organischen Individuums, erlebt als zukünftige Besonderheit des gemeinsamen Individuums. Sie ist die vergangene und überschrittene Praxis, insofern das Mitglied der organisierten Gruppe sie als die Spezifizierung seines In-der-Gruppe-seins erlebt. Sie ist die vergangene Freiheit, insofern sie als *zukünftige Hexis* erlebt wird. Indem das

Individuum seine freie Praxis durch die gemeinsame Totalisierung absorbieren läßt, hat es sein In-der-Gruppe-sein als freie Bestimmung über die Aufgabe und den Eid hinaus zurückgewonnen.

1988

Erwachte die ungeliebte Chemietruppe Bayer Leverkusen erstmals aus ihrem Dornröschenschlaf und gewann gegen Español Barcelona den UEFA-Cup. Trainer war Erich Ribbeck, der so kurzzeitig den Eindruck erweckte, ein Könner seines Faches zu sein. Das legte sich spätestens 1998, als man ihm und Uli Stielike die Nationalelf anvertraute. Letzterer brachte überdies Modefragen ins Gespräch; der Journalist **Christian Eichler** resümiert:

Dann aber kam der Teamchef. Franz Beckenbauer brachte nicht nur die Angewohnheit mit auf die Trainerbank, nicht auf ihr zu sitzen, sondern nach Feldherrenart neben ihr zu stehen, sondern auch die neue Eleganz, die sich in gepflegten Sakko-Schlips-Kombinationen ausdrückte. Der Kaiser muß diesen Einfluß in Italien aufgenommen haben, wo Trainer seit jeher Krawattenträger sind.
Dieses Vorbild setzte sich in den 90ern auch in der Bundesliga durch, mit der Krönung durch die seidige Eleganz Giovanni Trapattonis, während sich allerdings zugleich eine speziell deutsche, recht herbe Kombination von Eleganz und Sportlichkeit durch die Modeschöpfer Klaus Toppmöller und Berti Vogts bildete: Sakko und Schlips, Bundfaltenhose, darüber die Adidas-Thermo-Trainingsjacke. Doch der Trend geht wieder zur ehrlichen Arbeiterkleidung, vermutlich auch deshalb, weil die klotzigen Taxofit-Kleber auf dem Kragen jede noch so ausgewogene Krawatten-Sakko-Abstimmung zerstören. 1998 wurde Otto Rehhagel deutscher Mei-

ster im Trainingsanzug, während der neue Bundestrainer Uli Stielike mit einer neuartigen Sakko-Schlips-Westen-Kombi die Modewelt erschütterte. Der Österreicher Hans Krankl empfahl: »Allein wegen seiner Sakkos müßte man ihn entlassen.«

1989

Weitschüsse sind etwas Herrliches, und Weitschüsse sind noch herrlicher anzusehen, wenn sie sich über den »zu weit« vor seinem Tor stehenden Keeper senken, der dann immer recht blöd aussieht. Bernd Schuster zum Beispiel überlistete Andreas Köpke 1994 aus 48 Metern. Drei Meter mehr schaffte **Klaus Augenthaler** am 19. August ’89 gegen den verdutzten Uli Stein und erklärte anschließend die entscheidenden Sekunden:

Es war ein Samstag, ein Pokalspiel in Frankfurt, und ich weiß noch, daß es sehr heiß war. Aber ich habe diesen Schuß aus fünfzig Meter Entfernung nicht nur deshalb riskiert, weil ich zu faul zum Laufen war. Es hat einfach alles zusammengepaßt: Uli Stein stand viel zu weit vor seinem Tor, und ich habe den Ball ganz genau getroffen. Von so einem Tor träumt jeder Spieler irgendwann, und dann war es auch noch der spielentscheidende Treffer, vor ausverkauftem Haus. »So was schafft nur der Augenthaler«, hat der Uli hinterher gesagt.

Nach diesem Erfolg habe ich das immer wieder im Training versucht, so zum Abschluß. Und das ist beim FC Bayern dann schon fast zu einem Ritual geworden, daß man sich an die Mittellinie stellte und ins Tor zu treffen versuchte, ohne daß der Ball vorher noch aufsprang. Später wurde das auch in den Bundesligastadien gemacht: als »goldener Schuß«, bei dem Zuschauer eine Reise gewinnen konnten.

Solche Weitschüsse kann man natürlich nicht trainieren, höchstens die

Schußtechnik. Ich habe das schon in frühester Jugend gemacht. Damals haben wir schon auf große Tore gespielt. Die Torhüter kamen meistens nicht an die Latte dran, weil sie zu klein waren. Aber ich war einer der Kräftigsten in meiner Altersklasse, und deshalb habe ich damals schon öfter aus dreißig Metern draufgehalten. Wenn der Ball hoch genug war, ging er auch fast immer rein.
Nach dem Spiel in Frankfurt kamen alle auf mich zu und sagten: »Das wird bestimmt das Tor des Monats.« Das wurde es dann auch. Und Tor des Jahres und Tor des Jahrzehnts noch dazu. Die Medaillen haben daheim einen Ehrenplatz: zwischen Weltmeisterpokal, Meisterschalen und Weltpokal. Du siehst, du hast etwas Bleibendes geschaffen.
Später habe ich das noch mal probiert, bei der Weltmeisterschaft 1990 gegen Kolumbien. Deren Torwart, René Higuita, stand auch immer so weit draußen, der hat richtig mitgespielt. Da habe ich das auf Anweisung von Franz Beckenbauer zwei-, dreimal probiert, aber der hat jedesmal den Ball mit der Brust gestoppt. Das war ziemlich bitter. Dann habe ich das auch gelassen.

1990

Wie feiert man den Gewinn einer Weltmeisterschaft? **Hans R. Erhardt** schlägt vor, eine Fußballtorte zu backen – warum nicht?

Man braucht:
eine Auflaufform, wie man sie für Lasagne verwendet

Für den Biskuitteig:
180 g Mehl, 6 Eier, 180 g Zucker, 1 Päckchen Vanillinzucker

Für die Cremefüllung:
500 g Butter, 125 g Palmin od. Pflanzenfett, 250 g Puderzucker, 3 Eier, 1 Prise Salz, 2/10 l Rum, eventuell Johannisbeeren oder Kirschen

Für den Rasen:
125 g Kokosraspeln, grüne Lebensmittelfarbe zum Einfärben (einige Tropfen)

So wird's gemacht:
Zuerst Biskuitteig bereiten. Dazu Eier schaumig schlagen. Zucker und Vanillinzucker langsam einrieseln lassen und so lange schlagen, bis eine cremige Masse entstanden ist. Mehl darüber sieben und mit dem Schneebesen vorsichtig unterheben. In die Form füllen und bei 175–195°C ca. 30 Min. backen. Sobald er fertig ist, auskühlen lassen und einmal der Länge nach durchschneiden.
Als nächstes die Creme bereiten: Die drei Eier mit dem Puderzucker aufschlagen. Die Butter mit dem flüssigen Palmin, der Prise Salz und dem Rum schaumig rühren. Etwas Creme für die Gestaltung zurücktun. Falls gewünscht, können noch Kirschen oder Beeren untergezogen werden.
Nun die Creme auf einen der beiden Biskuitböden geben, den zweiten aufsetzen und rundherum ebenfalls mit Creme einstreichen. Anschließend die grünen Kokosraspeln aufstreuen.
Die Linien des Fußballfeldes mit einer Spritztüte, gefüllt mit der restlichen Creme, auf der Torte aufbringen.
Das Spielfeld mit Fußballfiguren und Toren (erhältlich im Spielwarenladen) verzieren.

Ob sich Franz Beckenbauer auch ein Stück genommen hat, wissen wir nicht; auf jeden Fall triumphierte er als Trainer und führte die deutsche Mannschaft zum WM-Sieg in Italien. *Notti magiche* hieß der hörenswerte

WM-Song, den **Gianna Nannini** und **Eduardo Bennato** intonierten und der daran erinnerte, daß deutsche WM-Songs stumpfsinnig »Fußball ist unser Leben« oder »Bueños Dias, Argentina« hießen:

Forse non sarà una canzone
a cambiare le regole del gioco
ma voglio viverla così quest'avventura
senza frontiere e con il cuore in gola.
E il mondo in una giostra di colori
e il vento accarezza le bandiere
arriva un brivido e ti trascina via
e sciogli in un abbraccio la follia
Notti magiche
inseguendo un goal
sotto il cielo
di un'estate italiana.
E negli occhi tuoi
voglia di vincere
un'estate
un'avventura in più.
Quel sogno che comincia da bambino
e che ti porta sempre più lontano
non è una favola – e dagli spogliatoi
escono i ragazzi e siamo noi.
Notti magiche
inseguendo un goal
sotto il cielo
di un'estate italiana.
E negli occhi tuoi
voglia di vincere

un'estate
un'avventura in più.
Notti magiche
inseguendo un goal
sotto il cielo
di un'estate italiana.
E negli occhi tuoi
voglia di vincere
un'estate
un'avventura in più
Un'avventura in più
un'avventura – goal!

(Vielleicht wird nicht gerade ein Lied / die Spielregeln ändern können, / aber ich möchte dieses Abenteuer / auf diese Art erleben, / ohne Grenzen und das Herz in der / Kehle. Die Welt in einem Rausch von Farben / und der Wind streichelt die Fahnen. / Ein plötzlicher Schauder packt dich / und auf einmal läßt du deine / Verrücktheit los:
Verzauberte Nächte, / Sehnsucht nach einem Tor, / unter dem Himmel
eines italienischen Sommers.
In deinen Augen / Siegeswillen: / ein Sommer, / ein Abenteuer mehr.
Jener Traum, der im Kindesalter / beginnt / und dich immer weiter trägt, / ist kein Märchen – aus den / Umkleidekabinen/ kommen die Spieler, es sind wir.

Verzauberte Nächte, / Sehnsucht nach einem Tor, /unter dem Himmel / eines italienischen Sommers.
In deinen Augen/ Siegeswillen: / ein Sommer, / ein Abenteuer mehr.
Verzauberte Nächte, / Sehnsucht nach einem Tor, / unter dem Himmel / eines italienischen Sommers.
In deinen Augen/ Siegeswillen: / ein Sommer, / ein Abenteuer mehr.
Ein Abenteuer mehr, / ein Abenteuer – Tor!

zum Official Song of FIFA World Cup Italy 1990

Wie es sich für einen WM-Sieg gehört, galt es, Mannschaften mit vergleichbarer Ambition aus dem Feld zu schlagen, etwa die Niederlande am 24. Juni, als es zum gemeinen »Spuckattentat« Frank Rijkaards auf unseren Rudi Völler kam. Schiedsrichter Loustau aus Argentinien sah das anders und schickte beide Spieler in die Kabine, worauf wiederum Heribert Faßbender und Karl-Heinz Rummenigge einen Herzinfarkt erlitten (»Das ist ein Skandal!«) und dazu aufriefen, Herrn Loustau in die »Pampas« zurückzuschicken. Trotz dieser Initiative nahm der Speichelfluß auf dem Rasen seitdem nicht ab. Das Ausrotzen, Auskotzen, Auswerfen, Schleimen und Spucken ist nicht auszurotten und brachte den Sportpsychologen **Heinz-Georg Rupp** auf allerhand Gedanken:

In der Bundesliga wird ständig gespuckt. Wahre Fontänen ergießen sich über die Plätze. Warum halten die Spieler nicht an sich?
Fußball ist ein sehr expressiver Sport, bei dem es darum geht, sich auszuleben. Wenn ich an mich halte oder es im Wortsinne in mir halte, würde das bedeuten, daß ich eine Chance verpasse, mich zu befreien.
Ausspucken als Befreiungsakt?
Durchaus. Wir haben es zu tun mit einer symbolischen Befreiung von Blockaden. In einer Situation, in der sich der Spieler als Versager fühlt, etwa nachdem er eine Torchance vergeben hat. Er spuckt, um zu zeigen: Es geht weiter, ich hab mein Rohr wieder freigelegt, beim nächsten Mal klappt es besser. Und das wird nicht heimlich gemacht, sondern richtig offen ausgelebt, damit die Galerie das auch merkt.
Zuschauer sollen das sehen?
Ja, auch wenn die Spieler das wohl unbewußt machen. Mit dem Rausrotzen soll eine Botschaft vermittelt werden, eine Selbstermutigung: Ich bin nicht blockiert! Ich mach mir den Weg frei! Mit Freud könnte man die Frustrations- und Aggressionshypothese anführen. Das heißt: Wenn ein Mensch sein Ziel nicht erreicht – hier: Stürmers Grundbedürfnis, ein

Tor zu schießen –, dann führt dieses Versagenserlebnis zur Aggression. Ausspucken ist das Ventil dagegen.

Eine Ersatzbefriedigung, weil man lieber den Pfosten kleintreten würde?

Ich weiß nicht, ob das Spucken Befriedigung gibt. Es ist eine symbolische Handlung. Aber Ersatz durchaus: Manche Spieler würden vielleicht gern gegen den Pfosten treten, wenn der dem Ball im Weg stand.

Sind sich die Spieler des Rotzens denn bewußt?

Ich glaube kaum. Das hat ja eine Entwicklungsgeschichte. Beim ersten Mal nimmt man es vielleicht noch wahr. Dann wird es Gewohnheit. Und mit der Zeit hat es sich ritualisiert. Und je häufiger das einer macht, je mehr das machen, desto unbewußter wird es. Heute ist es automatisiert.

Herumspucken gilt sensiblen Gemütern als ekelhaft. Sagt den Kickern denn keiner: »Laß das!«

Sicher ist das wenig imagefördernd für den Spieler. Öffentliches Ausspucken ist ja tabu in unserer Gesellschaft – unsere Körpersäfte haben wir bei uns zu behalten, das ist was Intimes. Aber wichtiger als Konventionen ist beim Fußballer die Botschaft, sozialpsychologisch gesagt: Wenn ich dumm gefoult oder danebengeschossen habe, bin ich nicht der passive Vorwurfsempfänger, sondern ich agiere gleich wieder und nehme den Tadeln damit den Wind aus den Segeln. Ich bin aktiv! Wer nichts zeigt, gilt leicht als Lahmarsch, der ist nicht motiviert, strengt sich nicht an. Dann lieber spucken.

Wurde denn schon immer so viel gespuckt, oder kriegen wir es durchs Dauerfernsehen nur mehr mit?

Ich glaube schon, daß es immer mehr wird. Das Spiel ist intensiver geworden, härter, aggressiver und schneller. Das schnelle Rotzen, zack raus, liegt auch im Tempo der Zeit.

Gern wird bei Einwechslungen gespuckt. Ein Initiationsritus?

Das ist durchaus ein Denkansatz.

Auch wer vom Platz fliegt, spuckt gerne nochmal aus. Was ist dann die Botschaft? Revier abstecken?
Auch das ist ein Mosaikstein zur Erklärung: Ich gehe nicht ganz, etwas von mir bleibt. Spucken wird ja nicht sanktioniert. Nur treffen darf man niemanden: Das ist ja eine der gröbsten Beleidigungen in unserer Gesellschaft. Deshalb gab es um Völler/Rijkaard damals eine solche Aufregung.
Warum spuckt keiner beim Hallenfußball?
Tja, gute Frage ... Aber Zuhause spuckt ja auch keiner aufs Parkett oder den Teppich. In der Halle bleiben dann nur andere Kompensationstechniken: Haare raufen, vor den Kopf schlagen ... Spucken würde man ja sehen auf dem Boden. Das würde sicher nicht mehr toleriert. Spätestens dann gäbe es die erste Gelbe Karte fürs Gelbe.

Auch unter kriminalistischer Hinsicht wurde das Spucken gewürdigt. Der Jurist **Bertram Schmitt** faßt, unter Hinzuziehung weiterer anschaulicher Beispiele, zusammen. Augenmerk verdient vor allem sein Resümee:

Das Anspucken ist eine typische Primitivreaktion, die vielfach eine Folge vorausgegangener Beleidigungen durch das Opfer ist.
Selbst Bundesligaspieler sind hiervor nicht gefeit, obgleich dieser Verstoß unweigerlich zu einem Feldverweis führt. So verlor der Hamburger Wuttke im Spiel gegen Düsseldorf nach einer verbalen Auseinandersetzung mit seinem Gegenspieler die Nerven und spuckte ihn an.
Auch das Anspucken ist somit gewöhnlich die Reaktion auf eine vermeintliche oder wirkliche Provokation des Gegners, wobei regelmäßig verbale Auseinandersetzungen der Beteiligten vorangehen.
Umgekehrt kommt es aber auch vor, daß der Gegner durch das Anspucken zu einer Tätlichkeit veranlaßt werden soll. Der Täter bezweckt insoweit einen Platzverweis für den Provozierten durch den Schiedsrichter. Omar Sivori zum Beispiel, einer der größten Stars des italienischen Fuß-

balls der sechziger Jahre, hatte es sich zur Gewohnheit gemacht, seinen Rivalen anzuspucken – mit harmlosem Gesicht. Der frühere Bundestrainer Herberger schärfte seinen Spielern also vor Begegnungen mit den Italienern ein: »Wenn der Sivori ein freundliches Gesicht macht, wird es gefährlich.« Sivori wurde wegen dieses Delikts nie des Feldes verwiesen. Wie dieses Beispiel zeigt, bleibt es meistens beim Spucken durch den Täter, ein gleichzeitiges Treten oder Schlagen kommt praktisch kaum vor.

Ungeachtet aller Speichelattentate: Deutschland wurde, wie gesagt, Weltmeister, nachdem der mexikanische Unparteiische Codesal Mendez kurz vor Schluß freundlicherweise ein Einsehen hatte: »Er gibt Elfmeter!« (Gerd Rubenbauer). Andreas Brehme verwandelte; Fotos der entscheidenden Szene wurden schon oft gezeigt, deshalb hier ein Jugendbildnis des Schützen (klein, mittig):

Viele begeisterte dieser Moment, manche aber ließ er kalt. Autor **Thomas Rosenlöcher** zum Beispiel wußte mit den römischen Ereignissen wenig anzufangen:

So kam ich zu Goslar an. Ein violettes Abendlicht hatte sich über das Fachwerk und die Rathaustreppe gebreitet. Zu den Kneipen ringsum waren die Türen offen und die Kneipen selbst voller Menschen, die aber alle schwiegen. Wie die Häuser in den Gassen mit ihren vielfachen Giebeln und buntbemalten Balken: sämtlich sehr alt und doch neu, doch eher neu als alt. Auch die Geranien blühten herab, als hätte ich vierzig Jahre gebraucht, um bis nach Deutschland zu kommen. Und im fremd changierenden Licht eines Fensters kurz eine Gestalt, die, in die Gasse huschend, im weißen Kleid vor mir her durch die Dämmerungsstille ging.
Da aber ein Aufschrei, stadtweit. Ein unglaubliches Brüllen. Von kurzem Stimmengewirr untersetzt und endend in dumpfem Gestöhn. Als würde ausgerechnet hier der Mensch ganz besonders gequält. Dann wieder nur noch hinter den Fenstern der übliche Fernsehansager. Oder ein einzelner, schmerzlicher Ruf.
Bis daß ich wieder diesen Kastrationsschrei hörte.
»Was ist denn hier los?« fragte ich.
Ein Mann mit treuer Hundenase, wie ich ihn vom Osten her kannte, erklärte mir, daß Deutschland doch im Endspiel wäre.
»Um Himmels willen«, sagte ich. »Was ist denn da passiert?«
Aus welchem Wald ich käme, fragte mich Hundenase verblüfft. Und ich bemühte mich, weit nach hinten, hinaus in den Abend zu deuten, noch über die dunklen Harzberge hinweg.
»Ach so«, sagte er.
Dann nahm er mich mit in die Kneipe und kaufte mir ein Bier, weil ich aus dem Osten kam. Doch auch in der Kneipe war Fußball, und jeder hielt nach Möglichkeit sein Glas in der linken Hand. Während die rechte

die Vergeblichkeitsgesten ausführen mußte und dem aufstöhnenden Besitzer an seinen Hinterkopf schlug.
Jetzt aber nahm einer Anlauf und schoß den Ball ins Tor. Und abermals schrie die Stadt auf, bis auf den letzten Mann. Und die Spieler stolperten übereinander und häuften sich selber auf. Und jemand schlug mir auf die Schulter, als wäre ich es gewesen, der eben dasTor hier schoß.
Dann wurden sie alle wieder sehr ernst. Denn wieder spielten sie, und einer nannte den Namen des Mannes, der hier der gefährlichste war. Doch dann kam ein Pfiff, und die Stadt war erlöst. Und alle sprangen auf, und viele umarmten einander und liefen in Massen aufs Spielfeld und griffen sich einen Spieler und warfen ihn hoch empor. Wogegen der Spieler, der hier der gefährlichste war, eine Perle im Ohr trug und bitterlich weinen mußte. Doch da kam die Wirtin und brachte das Freibiertablett. Und wieder umarmten alle einander, und jemand erwischte auch mich und sagte andauernd »Deutschland« zu mir und daß ich nun Weltmeister wäre. Worauf die Spieler einen goldenen Phallus nahmen und den Phallus in die Höhe hoben und gelegentlich küßten. Gleichzeitig fuhr draußen ein Auto vorbei; und neuer Jubel entstand.

Nur wenige Monate nach dem Triumph in Italien kehrte der Alltag wieder ein. In der fränkischen Gemeinde Obernbreit taten sich Abgründe des Verwerflichen auf, die Schiedsrichter **Hermann Knoblauch** (Randersacker) erbarmungslos ahndete:

In der 66. Minute stellte ich den Spieler Nr. 3 Heimann von Gelchsheim wegen heftigen Reklamierens für 10 Minuten vom Platz. Im gleichen Augenblick kam die Nr. 6 Pellet von Gelchsheim auf mich zu und schrie mich an, »das ist doch eine Frechheit«. Ihn schickte ich auch gleich für 10 Min. mit vom Platz. Der Spieler Nr. 4 Weißkopf von Gelchsheim kam auch zu mir und sagte »Du kannst mich auch gleich vom Platz stellen«, was ich auch ausführte. Zirka in der 70. Minute, während des laufenden Spieles, bekam plötzlich ein Zuschauer einen Tobsuchtsanfall und rief laut und unmißverständlich: »Du Drecksau, gehörst erschlagen, Du schwarze Sau gehörst geschlachtet. Du Drecksack kriegst drei Fuhr, Du Idiot, wo hast Du Deine Prüfung gemacht, wir müssen uns immer mit solchen Deppen abgeben.« Das sind nur einige Ausdrücke, die ich noticrte.

Bei der nächsten Spielunterbrechung rief ich den Spielführer Nr. 5 Ortwein von Gelchsheim und bat ihn, er möge mir den Namen dieses Zuschauers geben, denn dieser Zuschauer war vorm Spiel in der Kabine von Gelchsheim und hatte auch in einer Plastiktüte die Wertsachen der Mannschaft. Auch in der Halbzeit war diese Person bei der Mannschaft, somit muß er den Spielern bekannt sein. Spielführer Nr. 5 gab mir zur Antwort, er kenne den Zuschauer nicht, worauf ich ihn nach Bedenkzeit und Drohen mit roter Karte vom Platz stellen würde. Nach der Bedenkzeit von ca. 2 Minuten stellte ich ihn vom Platz. Dieses Spiel wiederholte sich mit:

Nr. 1 Müller Klaus, Nr. 2 Berger Andreas, Nr. 9 Hochfeld Frank, Nr. 13 Schiek Jan, Nr. 8 Fach Stefan, Nr. 10 Hammer Armin und Nr. 7 Hahn Jürgen (Paß fehlt).

Diese Aktion dauerte ungefähr 8 Minuten, da alle Spieler sich einig waren und zueinander sagten, »Wir sagen den Namen nicht«. Der Zuschauer verließ in der Zwischenzeit das Sportgelände.

Da kein Spieler mehr von Gelchsheim auf dem Spielfeld war, war das Spiel zu Ende.

Beim Umziehen in der Baracke hörte ich, wie die Spieler untereinander in der Kabine diskutierten, »hätten wir doch den Namen nach der 1. roten Karte gesagt«. Beim Auszahlen der Spesen erfuhr ich, daß der Zuschauer der Torwart von Gelchsheim wäre.

Auf dem Wege zur Baracke drohte mir der Spieler Hochgeld Nr. 9 »den

hau ich aufs Maul, den erwisch ich noch«. Als ich das Sportgelände verließ und zum Auto ging, bedrohte mich derselbe Spieler »wenn keine Platzordner mehr hier sind und das Sportgelände verlassen haben, kann er mir aufs Maul schlagen«. Ich sagte zu ihm, ich fahr zur nächsten Polizeistation und erstatte Anzeige, worauf mich dieser Spieler in Ruhe ließ. (Zeugen sind die Platzordner von Obernbreit.)
In der Hektik unterlief mir ein Fehler beim Entnehmen der Pässe aus der Paßmappe. Statt Nr. 7 Hahn Jürgen 0063, nahm ich den Paß Heimann Axel 0091 mit.

Fast zur gleichen Zeit erreichte Österreichs Fußball seine Talsohle, als man gegen die Färöer-Inseln mit 0:1 den Kürzeren zog. Diese wiederum erstarkten daraufhin, was sich, wie **Harald Martenstein** in seinem Buch *Wachsen Ananas auf Bäumen?* ausführte, selbst in Computerspielen niederschlug:

Am liebsten spielen das Kind und ich »FIFA«. In diesem Videospiel sind sämtliche Bundesligamannschaften und fast alle Fußballnationen mit den Original-Spielern gespeichert. Die Spiele sehen fast so echt aus wie im echten Fernsehen, mit verschiedenen Kameraeinstellungen mit Wiederholung der Torszenen in Zeitlupe, mit Werbung auf den Banden, für die von den Firmen an die Hersteller des Videospiels echtes Geld bezahlt worden ist. Man selber ist einer der Spieler. Die Sportreporter Wolf-Dieter Poschmann und Werner Hansch kommentieren.
Natürlich wiederholen sie sich oft, denn ihre Sätze sind gespeichert. Zu Beginn jeder Partie sagt Wolf-Dieter Poschmann zum Beispiel: »Wir freuen uns auf eine temporeiche Partie.« Immer, wenn ein toller Trick gelungen ist, ruft Werner Hansch verblüfft: »Das war nicht leicht.« Dann, nach einer kleinen Pause: »Aber er läßt es leicht aussehen.«
Am Anfang deklinierten wir die Klassiker durch. Deutschland gegen Eng-

land endete 16:2. Das Kind war Deutschland. Niederlande gegen Italien ging 7:0 aus, das Kind war die Niederlande. Dies kam uns bald unrealistisch und fad vor, obwohl Wolf-Dieter Poschmann unermüdlich versicherte: »Wir freuen uns auf eine temporeiche Partie«. Dann fanden wir heraus, daß die Spielstärke der Mannschaften im Computer ungefähr ihrer Spielstärke im echten Leben entspricht. Die Gurkentruppen haben das Gurkenartige in sich eingespeichert bekommen, sie besitzen sozusagen ein Gurken-Gen.

Das Kind spielte also die Färöer-Inseln, deren Spielstärke in der Play-Station gegen Null tendiert. Es erreichte ein sensationalles 2:2 gegen Brasilien. Und dies war nur eine Zwischenphase. Inzwischen siegt das Kind mit den kümmerlichsten Zwergstaaten. San Marino deklassiert Frankreich. Die Vereinigten Arabischen Emirate überrollen Deutschland. Das muntere, laufstarke Malta macht ohnehin alle platt. Mit Interesse haben wir registriert, daß die echten Färöer-Inseln bei den echten Länderspielen der letzten Zeit eine ganz gute Figur machen. Da ist aus unserer Play-Station ein Virus übergesprungen.

Wir haben nachgeschaut, die Hauptstadt der Färöer-Inseln heißt Tórshavn. Die größten Inseln heißen Streymoy, Suduroy, Sandoy, Vagoy und Bordoy. Zu den wichtigsten Ausfuhrgütern gehören eine Gelatine, die aus den Schwimmblasen von Fischen gemacht wird, sowie die Federn des Papageientauchers.

Das Kind hat sich leider an seine Siege gewöhnt und findet sie keineswegs langweilig. Am schlimmsten ist freilich Werner Hansch. Während der Mittelstürmer der Färöer-Inseln, ein gewisser Eliasen, an Scholl, Deisler und Oliver Kahn vorbeidribbelt und den Ball zum 9:0 einschiebt, färöisch: nøn zu nøl, ruft Werner Hansch ein um das andere Mal fröhlich: »Das war nicht leicht. Aber er läßt es leicht aussehen.«

1992

Wandte sich das Schicksal für den TSV 1860 München wieder zum Guten. Werner Lorant übernahm das Traineramt und führte die Mannschaft aus den Niederungen der Bayernliga zurück in die Bundesliga. Der schon in seiner aktiven Zeit durch eine rustikale Gangart auffällig Gewordene galt bei Nicht-Löwen-Fans als untragbar, ja als Zumutung (und diese wurden im Oktober 2001 dann auch erhört). Wer als Hamburger oder Lemgoer verstehen will, wie Lorant und sein Präsident Wildmoser auszuhalten waren, sollte den Montagabend dazu nutzen, »Blickpunkt Sport« zu sehen, jene Sportsendung auf Bayern 3, in der sich der Lokalpatriotismus ungeniert austoben darf – vor allem wenn das dritte »Urviech« Waldemar »Waldi« Hartmann als Moderator hinzutritt. **Albert Hefele** hat einen gemeinsamen Auftritt des Trio infernale nachempfunden:

WALDY (*wie bescheiden*): 'N Abend, 'n Abend. Ja um Gotteswillen … was habts denn ihr vor?
Der Moderator trägt wie immer ein bonbonfarbenes Jackett, fesch gewellte Haare und ein wissendes Schmunzeln.
Das Publikum trampelt.
WALDY: Au, au. Des kann ja nett werden.
Alles lacht wie wild.
WALDY: So jetzt. Gott sei Dank … ihr seid ja ein super Publikum, das ist ja wirklich nix Neues hier in München …
Publikum trampelt.
WALDY: Und weils ihr so ein super Publikum seids, hab ich euch heut auch zwei super Studiogäste mitgebracht. Da werdets staunen.
Publikum staunt.
WALDY: Zum einen hammer nämlich den super Sechzger-Trainer, den Werner …

Publikum donnernd: LORANT!

WALDY: Jawoll, und da isser auch schon! Werner, geh her!

Werner Lorant, im Trainingsanzug, tritt mit geballten Fäusten ein und stellt die Haare zu Berge.

LORANT *(mit zusammengebissenen Zähnen)*: Ammd. Ammd. Hä, hä.

WALDY: Der Werner ist eigentlich *(beiseite gesprochen)* gar kein Bayer. Darf man des sagen, Werner?

LORANT *(bissig)*: Mir doch egal. Mir doch völlig wurscht.

WALDY *(begütigend)*: Sowieso. *(zwinkernd)* Hauptsache in Ordnung. Und das ist er ohne Zweifel, unser Werner. Oder?

Das Publikum trampelt und winkt in die Kamera.

WALDY: Und dann hammer noch jemand, der als Bayer über jeden Zweifel erhaben ist. Es ist der Karl-Heinz …

Publikum (donnernd): RUMMENIGGE!

WALDY *(schmunzelnd mit dem Finger ermahnend)*: Ooh, ooh, ganz falsch, ganz daneben.

Publikum (enttäuscht): Ooooch!

WALDY: Ja, ja. Wir begrüßen den Karl-Heinz Wildmoser!

Publikum aus dem Häuschen. Wildmoser stapft in einer Art Loden-Designer-Anzug herein. Breit und fett wie eh und je. Er streicht an seinem Bart herum, dann begrüßen sich alle mit männlich-energischem Handschlag.

WALDY: Servuss Karl-Heinz. Super … setz di her!

WILDMOSER: Servuss Waldy … super Publikum …

Publikum rast nach wie vor.

WALDY: Au, au, au. Die sind heut super drauf, die warn wohl schon im Löwenbräu auf ein Weizenbier?

WILDMOSER: … und Weißwürscht?

Im Publikum haut man sich auf die Schenkel und vollführt pantomimische Trinkbewegungen.

LORANT, WILDMOSER UND WALDY: Hä, hä, hä. Löwenbräu, genau. Super.

WALDY *(plötzlich ernst)*: Jetzt amal Spaß beiseite und zur Sache. Zu des Pudels Kern … wie läuft's denn bei euch?

Publikum ebenso ernst und wie gebannt.

LORANT *(sofort aufbrausend)*: Warum? Super! Warum?

WILDMOSER *(jovial)*: Des zweite Jahr ist immer, *(eindringlich)* immer das schwerste, des weiß der größte Depp.

Publikum nicht beeindruckt.

WALDY *(tut kritisch)*: Ja schon, Karl-Heinz. Du weißt das, und ich weiß das … aber … die Spieler …

LORANT: Die sollen rennen und das Maul halten.

WALDY: Der Werner. Das ist ein Mann nach unserem Geschmack. Karl-Heinz – oder?

WILDMOSER: Der ist schon recht.

WALDY: Der greift durch.

WILDMOSER: Bei dem hamms nix zum lachn.

WALDY: Obwohl, eine Gaudi muß auch sein … Werner?

LORANT: Gaudi? Wieso Gaudi? Die sollen rennen!

Publikum patscht enthemmt. Alle stieren und grinsen in die Kamera.

WILDMOSER *(predigt)*: Der Zuschauer, der kommt, weil er Burschen sehen will, die richtig arbeiten für ihr Geld.

WALDY *(besinnlich)*: Wir müssen schließlich alle arbeiten. Wir kriegen alle nichts geschenkt. *(zum Publikum)* Oder?

Publikum nickt nachdenklich.

LORANT *(aggressiv nickend)*: Genau. War's das dann?

WALDY: Noch eine wichtige Frage, Werner *(zwinkernd)*: Tust du eigentlich auch gern ein Weizenbier trinken?

LORANT *(verständnislos)*: Was ist? Warumm?

WALDY: Sonst hätt ich dich gleich auf eines eingeladen, nach der Sendung!!!

Publikum tobt.

Alle schlagen sich gegenseitig auf die Schultern und verabschieden sich augenzwinkernd mit kräftigem Handschlag.

Hartmann, Lorant, Wildmoser – das ist die Dreierkette; irgendwann in dieser Zeit (oder war es früher?) tauchte dann das Wort »Viererkette« auf, ein Abwehrverhalten, das Erich Ribbeck zeitlebens Verständnisprobleme bereitete. Klaus Augenthaler zog in einsamen Stunden als Club-Trainer gar die »Schneekette« als Alternative in Betracht. **Christoph Biermann** erklärt es ein für allemal:

Immer noch geht die Mär, bei der Viererkette (in der Abwehr) würden sich die zwei Außen- und die zwei Innenverteidiger im Idealfall stets auf gleicher Höhe befinden. Aber diese (defensive) Variante des Kettenspiels ist nur eine Variation. Bei Spitzenmannschaften wie Brasilien oder Frankreich spielen die Außenverteidiger in der Kette eine Mischung aus Stürmer und Verteidiger – und damit wie Außenbahnspieler in 3-5-2-Systemen. Beim Klassiker, wo auf einer Linie gespielt wird, haben die Außenpositionen dagegen noch reine Defensivrollen.

Auch irgendwann in dieser Zeit entdeckten die Intellektuellen den Fußball und schrieben mehr oder minder kurzweilige Bücher darüber. Ihre Sympathie galt meist dem SC Freiburg, FC St. Pauli, Kamerun und allen Vereinen der »Bunten Liga«, wo Spielwitz und Anarchie sich austoben durften. **Christian Eichler** erklärt uns das:

Der Alternativfußball-Szene verdankt die Fußballwelt die hübschesten Mannschaftsnamen. Ein Auszug aus der Teilnehmerliste der Bolz-Weltmeisterschaft in Kassel: Juventus Urin, Hinter Mailand, Juventus Senile, Athletico Schaun mer mal, SpVgg Socken in Sandalen, Vibrator Moskovskaya Bremen, Begnadete Körper Alhambra Oldenburg, Hoeneß

Nein Danke. Während die bildreiche amerikanische Namensgebung (dort heißen Profiteams Cowboys, Bulls, Giants oder Panthers) in Deutschland nur im Eishockey Nachahmer fand, tragen die Fußball-Profiklubs immer noch die Namensrelikte des 19. Jahrhunderts vor sich her: Sie heißen VfL, VfB, FC oder SV, Eintracht, Werder, Alemannia oder Borussia. Klubs mit den letzteren beiden Vornamen sind häufig gegründet worden als Polizeisportvereine der preußischen »Besatzer« in den Rheinprovinzen.

Auch der Papst fand Gefallen an diesem bunten Treiben und ließ einen Mittelsmann, **Assessor Sepe**, das Ganze absegnen:

SECRETARIA STATVS

SECTIO DE GENERALIBUS NEGOTIIS

EX AEDIBVS VATICANIS V Februarii MCMXCII

Egregie Domine,

Pervenerunt sane litterae tuae Summo Pontifici, per quas nuntiavisti eum sodalem factum esse consociationis versicoloris, cuius est munus ludum harpatum humaniorem reddere honestioremque atque amicitiam inter homines fovere.

Beatissimus Pater, Ipse amicus atque sectator artis exercitatricis, probe novit momentum huius incepti eique benedicit. Quapropter dum tui tuorumque sociorum libens in precibus suis memoriam facit, Benedictionem Apstolicam amanti animo impertit.

Interea ea, qua par est, observantia me tibi addictissimum in Domino profiteor.

C. Sepe

(C. Sepe, Assessor)

Egregio Domino
D.no KLAUS MACKOWIAK
AACHEN, Germania

Christoph Daum, Stuttgarts Trainer in diesen Tagen, unterlief gegen Leeds United ein schwerer Wechselfehler: Hohn, Häme, Drogenkonsum und Pokalaus waren die Folgen.

1993

Der Hotelbesitzer Manfred Schmidt aus Bad Hersfeld brach am 1. September den bis dahin von Jan Redelfs und Horst Herden gehaltenen Bundesliga-Platzverweisrekord. Im Spiel Borussia Dortmund gegen Dynamo Dresden zückte Schmidt dreimal Gelb-Rot und zweimal Rot. Offenkundig hatte es Schmidt versäumt, sich auf Konfliktsituationen auf dem Spielfeld angemessen vorzubereiten. Anders sein Berliner Kollege **Lutz-Michael Fröhlich**, der mit modernen Mitteln versucht, das Aggressionspotential zu mindern und in gepflegtem Stil mit Spielern spricht. Hier Herr Fröhlich im Interview:

Wie bereiten Sie sich auf konfrontative Situationen vor?
Wir sprechen zum Beispiel auf dem jährlichen Schiedsrichter-Lehrgang darüber, der immer kurz vor Saisonbeginn stattfindet. Im letzten Trainingslager haben wir über zwei Fälle in der vergangenen Saison diskutiert, in denen Schiedsrichter von Spielern körperlich attackiert wurden. Sie wurden geschubst und festgehalten, so daß sie sich losreißen mußten. Die Schiedsrichter haben in diesen Fällen ein Fluchtverhalten gezeigt. Sie sind zurückgewichen, und das darf natürlich nicht sein. Wir haben die Anweisung, stehenzubleiben. Man darf sich nicht jagen lassen, sondern muß massiv Protestierenden sofort mit Sanktionen begegnen. Es mag paradox scheinen: Aber wer aggressiv reagiert, auf der gleichen Emotionsebene, bringt den Spieler zurück zur Kommunikation; der Spieler nimmt sich zurück. Fluchtverhalten macht alles noch schlimmer.

Schimpfen Sie auch zurück?
Nein, nie. Ich mache eben gestisch und mimisch deutlich, daß auch ich bereit bin, eine aggressive Vortragsform zu wählen. Ich baue mich vor dem Spieler auf. Dann sage ich jedoch Sätze wie: »Das ist kein Umgang!«, oder »Das ist wahrhaftig keine Kommunikationsbasis!« Ich bin bestimmt, aber ich schreie niemals.

Die Karriere des Hoteliers Schmidt endete rasch, die von Lutz-Michael Fröhlich führte ihn auf die FIFA-Liste, nicht zuletzt auch dank der überragenden Dienste seines Assistenten Olaf Blumenstein. Nicht alle Bundesligaschiedsrichter befleißigen sich einer ähnlich geschliffenen Ausdrucksweise, wie sie Herr Fröhlich in Schlichtungsgesprächen einsetzt. Sein Kollege Ahlenfelder (→ 1941) agierte kumpelhafter: »Der Woelk, der früher bei Bochum gespielt hat, mistete mich generell die letzten 15 Minuten an, pausenlos. Statt ihn rauszuschmeißen, sagte ich: Mensch, Lothar, reiß dich zusammen. In 20 Minuten stehen wir oben an der Theke und trinken unser Pils.«
Und Simmering? Beim Spiel gegen Eßling brechen alle Dämme; der arme Unparteiische wird mit Bier getauft und muß von der Gendarmerie geschützt werden.

1995

Wäre Jürgen Klinsmann, der Sympathieträger vom Fuße der Schwäbischen Alb, fast Weltfußballer geworden. Neben seinen vielen Verdiensten, die er sich um den Ballsport erworben hat, darf nicht vergessen werden, daß er es war, der die erotische Komponente des Spiels heraus- und dem geglückten Torschuß ein dem Orgasmus vergleichbares Wahnsinnsfeeling unterstellte. Ob die Ausübung des Geschlechtsverkehrs der fußballerischen Leistung zugute kommt oder nicht, ist ein unerschöpfliches Thema. Die Meinungen gehen auseinander. Der Italiener **Paolo Sollier** hat seine:

Und wie ist es mit dem Sex – wenn man ernsthaft darüber redet? Ist Sex schädlich, ist Sex gesund, ist Sex wirklich dieser Kreuzbrecher, wie manche sagen? Ich weiß nicht.
Klar, wenn einer seine Nächte durchfickt, dann ist er ein Ficker und kein Athlet. Aber wenn einer im rechten Maß ejakuliert und nachts schläft, gibt's keine Probleme.
Das rechte Maß ist von Körper zu Körper verschieden; es hängt von der Gewohnheit, von der Zeit ab: ich zum Beispiel muß einmal in der Woche vögeln, zweimal nur in echt glücklichen Zeiten. Es geht nicht um das Problem der körperlichen Erschöpfung, sondern um die Angriffslust; das Spiel, das ich spiele, hat sie nötig: ich muß immer Übertempo spielen, bei einer ruhigen Begegnung bin ich nicht an der richtigen Stelle. Und das Herumbumsen macht mich friedlich, nimmt mir die Lust, auf den Ball loszugehen.

Andere haben andere. Sepp Herberger riet früh dazu, sexuelle Bedürfnisse am Kopfball-Pendel abzureagieren, und verbannte Ehefrauen aus dem Trainingslager. Kickergattin Antje Linke sieht das ähnlich: »Auf Sex kurz vor dem Spiel verzichten wir. Thomas soll schließlich Kraft sammeln und gewinnen.« Spielerfrau Natascha Jancker hält dagegen: »Sex vor dem Spiel? Kein Problem: Das letzte Mal hat er danach ein Tor geschossen«, und weiß Silke und Thorsten Fink auf ihrer Seite: »Sex-Pause vor wichtigen Spielen gibt's nicht.«
Nicht alle Spieler greifen zum Hormonausgleich auf ihre Ehefrauen zurück, wie die australische Schriftstellerin **Kathy Lette** in ihrer Erzählung *Freistoß* en détail festhält:

Wie ich gehört hab, biste gleich mit der ganzen Mannschaft ins Geschäft gekommen? Also gut, wenn es schon sein muß, dann machs aber bitte richtig. Im Bett gips nämlich auch so ne Art Etikette, verstehste mich? Also zuerst möchten sie einen geblasen kriegen. Und dann hamses eilig, weilse nach Hause müssen zu ihren Frauen, also kurz einmal drüber, und das war's dann schon. Trotzdem mußte ihr Selbstvertrauen aufbaun. Das iss gut für ihre Leistung aufm Spielfeld und so. Also gibst du denen das Gefühl, sie tun dir nen Gefallen. Jacko zum Beispiel. Jacko iss na ja, der iss im Bett ganz erträglich. Nichts Besondres, verstehste? Bloß, wenn der abspritzt, tut der so, als iss nichts gewesen. Steckt seinen Schwanz rein, bumst eine Minute drauflos und ... Also, der will immer, daß die andern Jungs zuschaun, weißte. Und Jacko kommt natürlich immer als erster dran, weil er der Käpten iss. Also sagt er: »Guckt euch das an, wie ich das mache!« Und wenn er dann nach einer Minute abspritzt, macht er trotzdem weiter ... »So, und jetzt leg mir deine Beine auf die Schulter.« Das kann ne Viertelstunde so gehn, obwohl der schon längst fertig iss. Da mußte stöhnen: »Oh! Oh! Jacko!« Verstehste, da mußte en Mordstheater machen. Iss eben nich gut für die Mannschaftsmoral, wenn die Jungs erfahren, daß ihr Käpten en Blindgänger iss. Und die Mannschaft ist das allerwichtigste!

Vom »Blindgänger« zum »Schwalbenkönig« ist es nur ein kleiner Schritt. Andreas Möller wurde im Bundesligaspiel gegen Karlsruhe für einen Faller fern aller Feindberührung mit Elfmeter belohnt. Schiedsrichter Habermann wird diesen Fehlpfiff zeitlebens nicht vergessen. Möllers Frevel konnte nur geschehen, weil Trainerpensionär **Jenö Csaknady** seine Betrachtungen zum Wesen des Täuschungsmanövers erst zwei Jahre später publizierte:

Der *Spielcharakter* des Berufsfußballs birgt aber ein kompliziertes Hindernis in sich: Auf der Rasenbühne existiert nur eine *hauchdünne* Grenze zwi-

schen dem Fair Play und Falschspielertrick. Denn eine *simulierte* Aktion im Spiel glaubwürdig vorzutäuschen, ist legitim. Täuschungsmanöver gelten generell als »Spielwitz«; die sind in jeder Wettkampfsituation durchaus erlaubt. Auf die Differenzierung kommt es bloß an: »Wem gegenüber?« Den Gegner muß man mit Ball- und Körpertäuschung, mit allerlei List irreführen, um ihn zum Fehler zu zwingen. Ohne dies ist ein gleichstarker Liga-Gegner kaum zu besiegen; ohne Erfolg aber verhungert der Profi im Berufsfußball.
Andererseits gilt der Versuch arglistiger Täuschung dem Schiedsrichter sowie den Linienrichtern gegenüber als grob unsportliches Verhalten. Beispielsweise, nach einer Regelwidrigkeit »Unschuld« vorzugaukeln, gleicht den gezinkten Karten eines Falschspielers.
Zwischen den Schiedsrichtern und Berufsspielern muß also die Einsicht eines korrekten Gegenseitigkeitsverhältnisses und die folgerichtige öffentliche Handlung während des Fußball-Matchs dominieren. Dies scheint auf Anhieb logisch zu sein.

Belege für das Unsportliche bietet leider jeder Spieltag. Mancher Akteur tut sich dabei im Lauf der Jahre besonders hervor. Der Schwede Martin Dahlin etwa, der 1995 mit Borussia Mönchengladbach deutscher Pokalsieger wurde, fiel immer wieder durch kleine Gemeinheiten auf, die er gerne hinter dem Rücken des Schiedsrichters ausübte. Sein Landsmann **Per Olov Enquist** sah dies ein wenig großzügiger und verteidigte seinen Helden:

Dahlin sprang mit einem Doppelarmschwung hoch. Er war damit, wahrscheinlich, der einzige auf einem Fußballplatz. Aber es war ganz offensichtlich, wenn man an Technik interessiert war und nicht an Moral, was ungewöhnlich war. Der Doppelarmschwung war ein technischer Begriff, den jeder Springer kannte. Am deutlichsten konnte man ihn beim Dreisprung sehen, beim Ansatz zum zweiten Schritt, wo ihn praktisch alle machten; im Hochsprung gab es verschiedene Möglichkeiten, aber zirka dreißig Prozent hatten Doppelarm. Das Prinzip bestand darin, eine natürliche Pendelbewegung abzubrechen und statt dessen sozusagen im Paßgang mit den Armen durch den Absprung zu gehen, beide Arme parallel, zurückgenommen, und dann parallel hoch nach oben. Es war unnatürlich, aber effektiv, wie das Unnatürliche zuweilen große Wirkung hat.

Theoretisch bedeutete dies, mit sehr niedrigem Schwerpunkt in den Absprung hineinzugehen und diesen, eine tausendste Sekunde, bevor der Fuß den Boden verläßt, mit maximal hohem Schwerpunkt abzuschließen. Senkte man dann während der folgenden Bewegung, in der Luft, die Teile des Körpers im Verhältnis zum Schwerpunkt, bedeutet dies, für Dahlin, daß sein Kopf zirka zwanzig Zentimeter höher segelte als der seines Gegners. Das letztere bedeutete unbestreitbar, daß zwei bewegliche Teile, die Arme, einschließlich der Ellenbogen, bewegt werden mußten.

Dies alles hatte, auf dem Gebiet der Moral, zweierlei Folgen. Einerseits, daß er hoch segelte und das Hängen hatte, wie es hieß, und deshalb Kopfballduelle gewann und als ein feiner und allgemein beliebter Typ beschrieben wurde und anschließend hysterisch jubeln konnte auf die vorgeschriebene Weise, die das sozial vorgegebene Verhaltensmuster feiner Typen waren, wenn sie den gewünschten Erfolg gehabt, also ein Tor erzielt hatten. Andererseits, daß sein Doppelarmschwung mit sich führte, daß die Arme hoch wedelten und nicht nur seine Ellenbogen unangenehm machten, sondern auch ihn selbst bei Spielen gegen einheimische Mannschaften zu einem miesen Typ machten.

Das Ganze war so gesehen einfach. Die Technik, die dieselbe war, führte ihn in zwei moralische Situationen, eine gute und eine böse. Das waren die Konsequenzen, obwohl alle die Frage auf die ethische Ebene rückten, nicht auf die technische.

1996

Das ist das Jahr der Europameisterschaft in London, als es Berti Vogts verblüffenderweise gelingt, einen Titel einzuheimsen. Überraschungsstar der deutschen Mannschaft wird der Ostfriese Dieter Eilts, der rackert und ackert und den Begriff des »Staubsaugers« salonfähig macht. **Johannes John** erklärt, worum es sich dabei handelt:

Das ist – um zunächst die Kalauer abzufeiern – kein unter der Woche liegengebliebenes Requisit des Platzwarts und nur im übertragenen Sinn ein Fall für die Stiftung Warentest. Er ist, ganz offen und unter uns gesagt, der dumme Bruno par excellence, l'idiot de la famille. An einem hat sich seit den Kick- und Bolztagen unserer Kindheit nämlich nichts geändert: Die einen dürfen spielen, die anderen müssen das Spiel verhindern. Wobei auch die Reduktionsformel zutrifft: die einen dürfen, die anderen müssen. Wie im richtigen Leben. Nur darf man das heute nicht mehr sagen.

Vor zwanzig Jahren wäre der Staubsauger noch als ›Wasserträger‹ durchgegangen, der seinem Chef (!) den Rücken freigehalten hat. Diese Chefs hießen entweder Günter Netzer, Franz Beckenbauer oder Wolfgang Overath und hielten sich als Hausknechte Hacki Wimmer, Rainer Zobel oder Heinz Simmet. Die Hierarchien waren geklärt, die Arbeitsteilung eindeutig: Der Chef serviert, der Domestike trägt ab und darf spülen. Schon damals wurde er dafür gelobt, dabei in erster Linie für seine Sekundärtugenden: Zuverlässig mußte er sein, bescheiden und arbeitsam, unermüdlich und hartnäckig, aufopferungsvoll, ergeben und vor allem unauffällig. Ein Halbbruder des Vorstoppers also, dem damals wie heute ähnliche Beschränktheiten den sicheren Weg zu Ruhm und Ehre ebnen.

Nur ist das alles heute eben nicht mehr möglich. In Zeiten, in denen jeder (s)ein Chef sein kann, zumindest für eine Viertelstunde, in denen ein

Möbelpacker zum Staff-Manager (mit Bindestrich) avanciert, ein Kartoffelschäler sich Assistent de la cuisine nennen darf und ein Zeitungsausträger sein Viertel als Distriktsdistributor versorgt, mußte auch der Wasserträger zunächst einmal zum Designer: Heraus kam er zwar als der alte Adam, allerdings verbal aufgemörtelt. Derartig gestylt, wirkte er fortan also als der »Staubsauger« im Mittelfeld (wahlweise auch »vor der Abwehr«, was im Prinzip dasselbe ist, sich aber noch toller, weil differenzierter anhört) und durfte sich auch so nennen. Die Bezeichnung war – wie erwartet werden durfte – mit Bedacht gewählt, wenn auch nicht immer schmeichelhaft. Vor allem war der Staubsauger ab jetzt aber eines: nämlich ungeheuer wichtig! Natürlich folgte eine solche Promotion der uralten Faustregel: Bleibt die Arbeit auch die gleiche Scheiße, so sorgen wir wenigstens für ein bißchen Ramba-Zamba im Überbau. Aber das muß man ja nicht jedem gleich verraten.

»Wasserträger«, »Staubsauger« ... unschöne Wörter, die schöne ersetzten. Wie den »Läufer« zum Beispiel ... damals zu Zeiten von **Nerz** und **Koppehel**:

Eine Mannschaft enthält drei Läufer, zwei Flügel- und einen Mittelläufer. Sie sind in einer Reihe nebeneinander aufgebaut und bilden die Verbindung zwischen Stürmerlinie und Verteidigung. Ihre Aufgabe ist zwiespältig.
Mit den Stürmern zusammen greifen sie den Gegner an, mit der Verteidigung bilden sie die Abwehr.
Dieser Wechsel bedingt einen großen Aktionsraum für die Läufer. Praktisch müssen sie fast das ganze Feld nach Länge und Breite beherrschen, und selbst in den Gefechtspausen können sie nicht müßig stehen, da sie entweder nach vorn oder nach hinten Anschluß zu nehmen haben. So ist der Name »Läufer« verständlich.

Ob der EM-Sieg übrigens am »Staubsauger« Eilts lag oder anderem Beistand zu verdanken war, ist nicht geklärt. Wie DFB-Präsident Egidius Braun dem Zürcher »Tages-Anzeiger« erläuterte, konnte die Mannschaft und insbesondere ihr Trainer auf die Fürbitten einer ungenannt gebliebenen Kloster-Oberin setzen. »Ich bete besonders für Berti«, so die Geistliche zu Braun.
Das nützte, obgleich die Deutschen schwere Gegner auszuschalten hatten: den Russen, den Kroaten, den Engländer. Und schon in der Vorrunde genügte ein torloses Remis, um dem alten Rivalen Italien den Garaus zu machen. Aufregend war das Spiel nicht, doch der Philologe **Jürgen Roth** ließ es sich nicht nehmen, die packende Reportage **Heribert Faßbenders** zu transkribieren und mit erläuternden Kommentaren zu versehen. Das Italien-Spiel machte so den Auftakt der verdienstvollen Faßbender-Gesamtausgabe; ein kurzer Eindruck dieser editorischen Kärrnerarbeit sei vermittelt:

Das Spiel, 1. Halbzeit
Sicherheitshalber zwei Uhren.[22]
Andy Köpke.
Und das spektakuläre Spiel läuft.

22 In ihrer Ausgabe vom 25. Juni 1997 ruft die *Sport-Bild* zur Wahl des »besten Sportreporters« von ganz Deutschland auf. Melden unter http://www.sportbild.de. Preise: 2 mal »TH 21 CB 24 F«. Neben Heribert Faßbender zur Auswahl stehen: Dieter Adler, Hagen Boßdorf, Gerhard Delling, Jürgen Emig, Sabine Hartelt, Peter Jensen, Volker Kottkamp, Gerhard Meier-Röhn, Wilfried Mohren, Helmut G. Müller, Axel Müller, Hans-Jürgen Pohmann, Karl-Heinz Roland, Gerd Rubenbauer, Hans-Reinhard Scheu, Jochen Sprentzel, Herbert Watterott, Rudi Brückner, Carsten Fuß, Herbert Gogel, Hansi Küpper, Dieter Nickles, Toni Polster, Hans-Joachim Rauschenbach, Wolfgang Wild, Oliver Fassnacht, Siegfried Heinrich, Wolfgang Hempel, Bettina Schneider, Dirk Thiele, Gottfried Weise, René Hiepen, Ernst Huberty, Michael Pfad, Günter-Peter Ploog, Harry Valérien, Patrick Wasserzieher, Kai Ebel, Florian König, Ulli Potofski, Marcel Reif, Werner Schneyder, Heiko Waßer, Reinhold Beckmann, Jörg Dahlmann, Werner Hansch, Thomas Herrmann, Johannes B. Kerner, Thomas Klementz, Uli Köhler, Erich Laaser, Jörg Wontorra, Klaus Angermann, Rudi Cerne, Aris Donzelli, Eberhard Figgemeier,

Helmer, neben ihm Sammer.
Möller.
Die Italiener bauen sofort ihr Pressing-System auf, das auf dreißig Metern ihre eigene Mannschaft nach vorne drückt, um dadurch den Gegnern[23] zu Fehler[24] zu zwingen.
Und hier gibt's den ersten Fehlpaß von Helmer.
Mussi.
Und erster Ballkontakt für Thomas Strunz.[25]
Zola. Freund bei ihm.
Maldini, letzte Woche Vater geworden.[26]
Costacurta. Er ist der Mann, der die Abseitskommandos ruft, Maldini aber der eigentliche Chef dieser Hintermannschaft in der Viererabwehrkette der Italiener.
Costacurta, jahrelang hat er gelernt bei Franco Baresi, beim AC Milan.
Di Matteo.[27]
Carboni.[28]
Fuser, gut geklärt von Eilts, nicht gut[29], sondern Foul, sagt der Schiedsrichter. Freistoß Italien. Der Ball ruhte noch nicht, das hat er nicht gesehen. Wenn er schon kleinlich ist ... [30]

Norbert Galeske, Christa Haas, Nils Kaben, Norbert König, Peter Leissl, Rüdiger Luding, Hermann Ohletz, Markus Othmer, Kristin Otto, Michael Palme, Wolf-Dieter Poschmann, Béla Réthy, Gerd Szepanski, Rolf Töpperwien, Thomas Wark.

23 Und nicht etwa: »Gegner«.
24 Nicht: »Fehlern«.
25 Von dem man noch hören wird.
26 Teleologische Stimmführung hier. Stimmungsvoll. Vielverheißend.
27 Roberto Di Matteo. Marcel Reif berichtet in: *England – '96 – Fußball-EM-Buch*, Berlin: Sport und Gesundheit Verlag 1996, p. 76: »Die Italiener hatten zuerst nur als eitle Tröpfe von sich reden gemacht. Am Alsager Campus, einer Sportanlage der Manchester Metropolitan University, wo sie ihr Training absolvierten, hatten sie die Umkleideräume für 50.000 Mark aufgerüstet, vor allem mit Spiegeln und Föns. Beim Blick auf den Trainer allerdings erschien das als Fehlinvestition.«
28 [Carbon]
29 [geklärt] [Ergänzung in Gedanken]
30 Dann sollte er auch »pfeifen« und nicht mit zweierlei Maß »messen«.

Überhaupt dieser Faßbender! Wie viele Künstler inspirierte er nicht! Den Zeichner **Wolfgang Herrndorf** auch, der seine Faßbender-Hommage *Konzentration auf dem Weg zur Arbeit* nannte.

Die geschliffene Wortwahl des bärtigen Reporters machte aus ihm eine Ikone für nachrückende Generationen. Thomas Gsella und wieder der bienenfleißige Jürgen Roth erarbeiteten deshalb das Handbuch *So werde ich Heribert Faßbender*. Wir drucken eine Impression daraus:

A

Alle Mann bis auf den Torwart in der gegnerischen Hälfte
Alle Spieler gut markiert
Alles Einzelaktionen
Alles ist drin
Alles ist möglich im Pokal ohnehin
Alles läuft über links
Alles offen, alles drin
Alles richtig gemacht, und dann!
Als sei der Ball eine heiße Kartoffel
Also alles andere als eine leichte Aufgabe heute abend
Am Boden: einer der Eckpfeiler über Jahre hinweg
Am Ende verdient
An den Spielanteilen gemessen ist das Ergebnis mehr als schmeichelhaft
An ihm läuft das Spiel vorbei
Auch der Gegner wird bald auswechseln
Auch ohne Matthias Sammer hat die deutsche Mannschaft bewiesen, daß sie durchaus in der Lage ist, ihn zu ersetzen
Auch wir bekommen hier ein warmes Getränk gereicht, was sehr anständig ist
Auf dem sie jetzt einen Turm von Mannschaftskameraden aufbauen
Auf dem tiefen Boden tut er sich besonders schwer
Aufstellung wie erwartet
Aus dem Stand
Aus satter Entfernung

Aus, Schluß, vorbei
Ausgerechnet Möller!

Zurück auf den Platz: 2:1 endete das EM-Endspiel gegen Tschechien. **Carola Rönneburg** hielt aus weiblicher Perspektive die entscheidenden Phasen fest:

Nichts nimmt meinen Lebensgefährten so mit wie ein Fußballspiel – wie irgendein Fußballspiel. Wo andere kurz mit den Fingern schnipsen, weil Thon seinen Gegenspieler ausgetrickst hat, trommelt er mit den Fäusten jegliches verfügbare Mobiliar in ganz neue Form; wo eine Schrecksekunde wg. gefährlichen Kopfballs gefragt ist, stöhnt er, als sei er ein letztes Mal auf der Intensivstation erwacht. Das alles muß wohl so sein – und wie man hört, soll es ja schon einzelnen Fernsehzuschauern gelungen sein, durch persönliches Mitleiden eine Partie zu beeinflussen.
Den bislang anstrengendsten Einsatz hatte der Liebste am 30. Juni 1996, als Deutschland bei der Europameisterschaft gegen die Tschechische Republik antrat.
(1. Minute, Häßler tritt den Ball etwas schlapp Richtung Kuntz): Der Heimtrainer liegt auf einem extra für diesen Anlaß hergerichteten Lotterlager, zwei dicke Kissen im Rücken und das erste kühle Bier in Reichweite. »Das kann ja nicht gutgehen«, murmelte er, scheinbar auf das Schlimmste gefaßt.
(13. Minute, Babbel versagt, Poborsky steht bereit und schießt nur knapp daneben): Das Opfer greift sich mit einer dramatischen Geste ans Herz und japst nach Luft. »Was machen die denn da?« wiederholt es röchelnd ein ums andere Mal; bzw.: »Auch das noch!«
(28. Minute, Zieges Kopfball verfehlt um Haaresbreite das Tor): Ich habe mich schon immer gefragt, wie er das macht: Der Getriebene schnellt aus seiner bequemen Lage hoch und ist innerhalb von einer Zehntelsekunde

auf den Beinen. Er trampelt mit affenartiger Geschwindigkeit auf der Stelle und fuchtelt wild mit den Armen: »Oooooooh! Ich halt's nicht aus!« kreischt er. »Ooooh!«
(41. Minute, fast hätte Kuntz den Ball über den tschechischen Torwart gehoben): So kann Begeisterung sich auch äußern: Minutenlang (2.14) patscht der Fanatiker die Hände gegeneinander. »So muß es sein! Man muß auch etwas wagen!« Am nächsten Tag wird er sich über die seltsamen roten Flecken auf den Handinnenflächen beschweren und kopfschüttelnd etwas über eine Allergie erzählen, die immer schlimmer wird.
(58. Minute, Sammer foult Poborsky): »Gott! Das gibt ELF-METER!«
(59. Minute, es gibt Elfmeter. Der Märtyrer hat sich, ohne es zu bemerken, das rechte Bein um den Hals geschlungen. Er verharrt in dieser Position, bis das Unvermeidliche passiert ist): »Neiiiiiin! Oooooooh!«
(73. Minute, Zieges Freistoß ermöglicht Bierhoff seinen Kopfball): »JAAA! JAAA! JAAA!« Der Beeinflusser dreht durch. Er rast aus dem Raum, knallt einer Flipperkugel gleich quer durch den Flur, ist schon zurück und wirft sich vor dem Fernseher auf die Knie. »TOR! UNGLAUBLICH! JAAAA!«
(75. Minute, neunte Wiederholung des Treffers in Zeitlupe unter Zuhilfenahme einer im Schuh des Torwarts installierten Kamera): »JAAA! JAAA! JAAA!«
(89. Minute, Köpke läßt Smicer nicht zum Zug kommen): »Hoouuuuuuuu!« Ungehemmtes Heulen der telepathischen Hilfskraft. Die ersten Hunde in der Nachbarschaft erklären sich solidarisch.
Und dann kam die Verlängerung. In der kurzen Pause holte sich der Gepeinigte zitternd mehr Bier. Währenddessen tönte ein Schwall von Worten, die die »spannende Situation« beschworen, aus dem Fernsehgerät. »Was für ein SCHWACHSINN!« ärgert er sich. »Der redet nur Schwachsinn! So ein ungeheurer SCHWACHSINN! Man sollte ihn erschießen«, findet er. »Gleich!«

(91. Minute, nun geht's um das Golden Goal): Erneutes, durchdringendes Heulen: »Hou-houuuuuuuuuuuuuuuu!«
(95. Minute, Bierhoff beendet die Partie): Jetzt hält ihn nichts mehr. Der Sieger, der sonst übrigens einen eher lethargischen Eindruck macht, schlägt einen Purzelbaum auf dem Lotterlager, macht einen Handstand, hühnert auf und ab, wirft die Fernsehzeitung in hohem Bogen aus dem Fenster, küßt den Stofffrosch, bekommt einen Hustenanfall und tobt: »JAAAAA! JAAAA! Wun-der-bar! JAAAA! Haaaaach! Un-glaub-lich! JAAA!« Er rüttelt am Bücherregal, die ersten Bände gehen zu Boden.
Ein weiterer früher Samstagabend in meiner Küche, Frau G. ist zu Gast und öffnet uns eine Flasche Sekt. »Was war das?« fragt sie. »Fußball«, erkläre ich. »Himmel – klingt schwer nach Endspiel« analysiert sie den langgezogenen Heulton. Ich erhebe mein Glas. »Jedes Spiel ist ein Endspiel«, sage ich ernst.

Kaum war die Europameisterschaft vorbei, ging es in Oer-Erkenschwick hoch her: Vom 9. bis 11. August fand dort – unter dem Motto »Wir holen uns das Spiel zurück« – das »1. Bundesweite Fußball-Fanzine-Festival« statt, »gegen Rassismus, gegen Versitzplatzung und Kommerzialisierung«. Den Interessierten standen 100 Schlafplätze sowie Zeltmöglichkeiten zur Verfügung. Das nahegelegene Salvador-Allende-Haus bot Grill- und Bolzplatz, Sauna und eigene Kneipe, Kicker und Billard, Fernsehen und Video an. Die Stimmung soll, dem Vernehmen nach, ausgelassen gewesen sein.
Eine Woche zuvor hatte **Lothar Matthäus** ein kulturelles Erlebnis. Er hielt es in seinem Tagebuch fest:

Die drei Tenöre sind in München, José Carreras, Placido Domingo und Luciano Pavarotti. Klar, daß ich mir so einen Leckerbissen nicht entgehen lasse. Mit Freunden habe ich Karten gekauft, sitze im Olympia-

stadion dort, wo sonst die Pressetribüne ist. Uli Hoeneß und Kalle Rummenigge sind auch da. Aber ganz ehrlich: Über Bayern haben wir kein Wort geredet.
Ich liebe klassische Musik. Schon morgens, wenn ich zum Training fahre, schiebe ich manchmal eine CD rein. Das beruhigt. Ich bin ein Fan von Pavarotti.
Diese Leistung ist wirklich bewundernswert. Wie sie es schaffen, nur mit ihren drei Stimmen ein so großes Publikum zu begeistern, das ist unglaublich. Noch faszinierender: Sie bringen diese Leistung über Jahre.
Das Drum und Dran dieser Veranstaltung im Olympiastadion hat mich nicht interessiert. Die VIP-Zelte, Champagner, Canapés – ich bin nach dem Konzert gleich nach Hause. Sitze im Auto, greife zum Telefon, rufe Lolita an. »Schade, daß du dieses einmalige Erlebnis verpaßt hast.«

Gattin Lolita folgte dem Rat und erklärte fünf Tage später telefonisch: »Lothar, du hast recht. Die drei waren wirklich gut. Schade, daß ich nicht dabei sein konnte.« Weihnachten verbrachten die beiden wieder zusammen, bei chinesischem Fondue. Auch das vertraute **Lothar** seinem Tagebuch an:

Heiligabend. Wir feiern wie Millionen andere Familien auch. Lolitas Eltern sind da, in der Küche wird gebrutzelt, und für Loris verzaubert sich alles. Nachmittags gehen wir beiden Männer spazieren, während Lolita den Christbaum schmückt. Die schönen, strahlenden Kinderaugen von Loris, als er den Christbaum und die vielen eingepackten Geschenke sieht – da muß man sich einfach mitfreuen. Er stürzt sich auf die neuen Skier, die Brille, die Stöcke und die Schuhe. Und auf den Pullover mit der Mickey-Mouse, den wir vor zwei Monaten in Paris erstanden haben.
Lolita und ich – wir schenken uns nur Kleinigkeiten. So hatten wir es abgemacht. Ich denke aber, meine Überraschung ist mir gelungen: ein Drei-Tages-Trip nach Mailand.

Wir feiern ein harmonisches Fest, ganz für uns. Es gibt chinesisches Fondue, wir sitzen noch bis Mitternacht zusammen bei einem guten Wein und lassen den Abend in aller Ruhe ausklingen.

1997

Lange bevor sich die Auseinandersetzungen um Pay- und Free-TV und um Leo Kirch im besonderen zuspitzten, lagen wissenschaftlich fundierte Studien vor, die die gesellschaftlichen Folgen zunehmender Fußballübertragungen untersuchten. Dem Journalisten **Bernd Müllender** zufolge hatte das Frankfurter Berié-Institut bereits 1997 auf den Zusammenhang zwischen TV-Übertragungs- und Scheidungsrate hingewiesen – wie das folgende Schaubild zeigt:

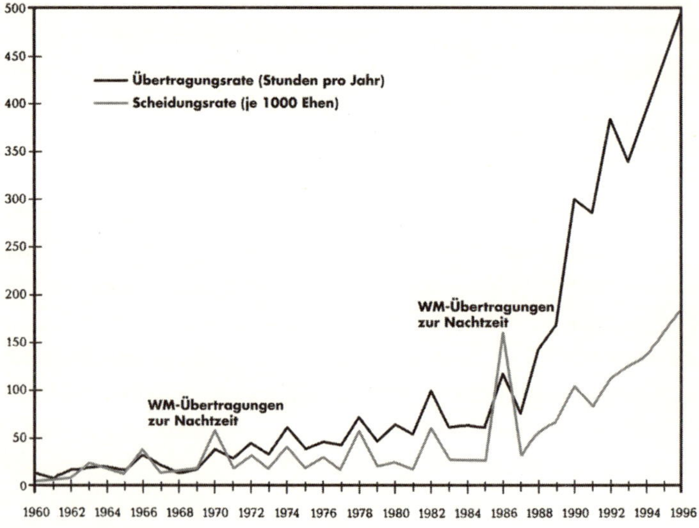

Im September des Jahres klärte das niederländische Parlament in Den Haag eine Frage, die die Cruyff-Nation seit langem erschüttert hatte. Einer dpa-Meldung zufolge darf die Asche von toten Fußballfans in den Niederlanden künftig auf Fußballfeldern ausgestreut werden. Auf diese Weise sei es eingefleischten Anhängern möglich, ihrem Verein auch über den Tod hinaus die Treue zu halten. Annette Dijkstra, Sprecherin des Innenministeriums, wies darauf hin, daß es freilich der Zustimmung des betroffenen Vereins bedürfe. Wie die Rechtslage hierzu in Deutschland ist, ließ sich vor Redaktionsschluß dieses Buches leider nicht mehr ermitteln.

1998

Passierte viel. **Giovanni Trapattoni**, der elegante Trainer, ärgerte sich über seine Münchner Bayern und ließ am 10. März in einer Pressekonferenz alle Scheu vor der deutschen Grammatik fahren. Eine Hörprobe:

Ein Trainer sehen, was passieren in Platz. In diese Spiel es waren zwei, drei oder vier Spieler, die waren schwach wie eine Flasche leer!
Haben Sie gesehen Mittwoch, welche Mannschaft hat gespielt Mittwoch? Hat gespielt Mehmet, oder gespielt Basler, oder gespielt Trapattoni? Diese Spieler beklagen mehr als spielen! Wissen Sie, warum die Italien-Mannschaften kaufen nicht diese Spieler? Weil wir haben gesehen viele Male solche Spiel. Haben gesagt, sind nicht Spieler für die italienischen Meisters.
Strunz! Strunz ist zwei Jahre hier, hat gespielt zehn Spiele, ist immer verletzt. Was erlauben Strunz? Letzte Jahre Meister geworden mit Hamann eh … Nerlingerr. Diese Spieler waren Spieler und waren Meister geworden. Ist immer verletzt! Hat gespielt 25 Spiele in diese Mannschaft, in diese Verein! Muß respektieren die andere Kollegen! Haben viel nette

Kollegen, stellen sie die Kollegen in Frage! Haben keinen Mut an Worten, aber ich weiß, was denken über diese Spieler!
Mussen zeigen jetzt, ich will, Samstag, diese Spieler mussen zeigen mich e seine Fans, mussen alleine die Spiel gewinnen. Muß allein die Spiel gewinnen. Ich bin müde jetzt Vater diese Spieler; eh, verteidige immer diese Spieler!! Ich habe immer die Schulde über diese Spieler. Einer ist Mario, einer, cin anderer ist Mehmet. Strunz dagegen, egal, hat nur gespielt 25 Prozent dieses Spiel!
(Pause)
Ich habe fertig.

Mittlerweile darf »Trap« die italienische Nationalelf trainieren und für Creme-Yoghurt werben. An einem bayerischen Gymnasium wurde Trapattoni, wie die Zeitschrift »Der tödliche Paß« nachwies, gar zum Gegenstand einer Latein-Klassenarbeit.

Giovanni Trapattoni und der FC Bayern

1. Quis est, quin sciat manum, quae »FC Bayern« nominatur, postremis ludis[1] saepe victam esse?
2. Quare praefectus[2], qui quantopere antea iram oppresserit scimus, nonnullos lusores[3] reprehendit, cum haec dixit:
3. »Iam unus annus est, cum tam diligentes adulescentes vidi, qui omnia officia praestarent.«
4. At cum postremo non animadverterim lusores[3] velut Basler, Scholl, Strunz pilam[4] lusisse atque cucurisse, mihi vehementer in eos animadvertendum est, nisi forte ii magis contendent »rubros diabolos«[5] de principatu depellendi causa.
5. Paene dixi: Oderint, dum metuant! Nunc habeo finitam.[6]«
6. Etiam is vir, quem imperatorem appellari audivimus, hac oratione audita praefecto[2] assensus est, cum primum e Tirolo Monacum[7] revertit.

1) Anmerkung: Stimmt momentan nicht mehr, aber eigentlich sollte die Schulaufgabe ja vor Ostern geschrieben werden.
2) praefectus, -i – der Trainer
3) lusor, -oris – der Spieler
4) pila, -ae – der Ball
5) Bezeichnung für den 1. FC Kaiserslautern
6) Wer Trapattoni nicht wörtlich zitieren will, ergänzt: hanc orationem.
7) Monacum, -i – München

(94 latein. Wörter)
Arbeitszeit: 45 Minuten Stoff: Roma IV 6–8, 11–12, 19, 26–28, 30, 32

Am 1. April fällt im Bernabeu-Stadion zu Madrid ein Tor um. Die Funktionäre des königlichen Vereins haben große Mühe, ein Ersatzgestänge aufzutreiben, Marcel Reif und Günther Jauch geben im Fernsehen ihr Bestes, um die Zeit zu überbrücken. Der erstere tut den Satz seines Reporterlebens: »Ein Tor würde dem Spiel guttun.«
Wenige Monate später ist die Ära Berti Vogts endlich vorüber. Über seinen Nachfolger Erich Ribbeck (→ 1988), den der Deutsche Fußball-Bund vom Rentnerdasein erlöste, muß kein Wort verloren werden. Der Trainer Vogts (Lebensmotto: »Heute ist der schönste Tag der Woche«) hinterließ vieles, was in die Annalen des Fußballs eingehen wird. Unvergessen etwa, wie sich Berti auf einer Pressekonferenz als Lyriker ausgab und den Journalisten Erbauliches ins Poesiealbum schrieb, das der Österreicher **Peter Rosegger** (*Als ich noch der Waldbauernbub war*) schon im 19. Jahrhundert niederschrieb und das auch Niko Schulz, Vorsitzender des CDU-Ortsverbands Osterburg, auf seiner Homepage als sein Lieblingsgedicht bezeichnet:

Von Berti Vogts

Ein bißchen mehr Friede und weniger Streit,
ein bißchen mehr Güte und weniger Neid,
ein bißchen mehr Liebe und weniger Haß,
ein bißchen mehr Wahrheit, das wäre was!

Statt soviel Unrast ein bißchen mehr Ruh',
Statt immer nur Ich bißchen mehr Du,
statt Angst und Hemmung ein bißchen mehr Mut
und Kraft zum Handeln, das wäre gut!

In Trübsal und Dunkel, ein bißchen mehr Licht,
kein quälend Verlangen, ein froher Verzicht,
und viel mehr Blumen, solange es geht.
nicht erst auf Gräbern, da blüh'n sie zu spät.

Überhaupt, die CDU: Berti Vogts' Abgang und der seines Freundes Helmut Kohl auf politischer Ebene fügten sich harmonisch zusammen. Kohl, ein Freund des runden Leders, hatte eisern zu »Hausmeier« (Jürgen Flimm) Vogts gestanden und gleichzeitig versucht, seine Familie balltechnisch auf dem laufenden zu halten. **Albert Hefele** schrieb darüber einen Einakter:

HELMUT: Asso: Itzt sagg ich's euch zum all'rlezzd'n Mal! Itzt paßt entlich amal richtig aff!
HANNELORE: Du mußt schon entschuldigen, Helmut, aber …
HELMUT: Nix app'r. D'ss muß sitz'n.
WALTER *(hüstelnd)*: Ich bin schließlich krank.
PETER *(bohrt mit dem Zeigefinger an der Schläfe)*: Das kann man wohl sagen.
HELMUT: Ruheitzt! Tor? Walt'r Bubb!
WALTER *(hüstelnd)*: Sepp Maier?
HELMUT *(verzweifelt)*: Oder pfillaicht d'Stuhlfautt. Hann'lore!

HANNELORE: Im Tor? Warte mal, gleich hab' ich's. Der Dinge, der mit den kurzen Hosen.
HELMUT: Bodd'nlos. Peter Bubb – sagamal du.
PETER: Im Tor wird wahrscheinlich Bodo Illgner beginnen, aber bei der geringsten Schwäche wird ihn Oliver Kahn ablösen. Libero hinter der Abwehr wird Lothar Matthäus sein. Davor die Manndecker Buchwald und Kohler. Im erweiterten Mittelfeld werden Möller, Sammer und Effenberg erste Wahl sein, während den defensiven Bereich Andy Brehme und …
HELMUT: Gutt. Langt. Braff. Sturm? Hann'lore!
HANNELORE: Schau bitte nicht so streng. Das bringt einen ganz durcheinander.
HELMUT: Ich schau nit streng, ich will itzt wiss'n, wer im Sturm spielt. D'Jürk'n Klinzmann …
WALTER: Der ist süß.
HELMUT: … Ruheitzt … Klinzmann und d'Karl Heinz …
HANNELORE: Karl Heinz … Böhm?
HELMUT: Wie bitte? D'ss ist doch d'Gipf'l.
HANNELORE: Entschuldige, Helmut, ich hab's doch nur gut gemeint.
HELMUT: Riddle! Riddle! Riddle!
HANNELORE: Ach so. Riddle. Mir lag's auf der Zunge.
Langsam ausblenden.
HELMUT: Bis tzum näkst'n Mal schraipst Du mir hundertmal die Affstellunk von unzerer Manntschafft!
HANNELORE: Aber Helmut.
WALTER: Aber Papa.
HELMUT: Und du auch.

Nach Kohl kamen Gerhard Schröder und seine Gattin Doris. Letztere machte wenig später die Deutschen darauf aufmerksam, daß es allenthalben und vor allem den Kindern gegenüber an »Erziehung« mangele. Im

Anschluß daran ergab sich eine »Erziehungsdebatte« mit vielen Büchern. Uns am liebsten bleiben die Ausführungen der Altvorderen **Otto Nerz** und **Carl Koppehel**:

Die Erziehung durch die Kampfspiele erfolgt unbewußt. Die unbewußten Erzieher haben aber die größte Bedeutung! Der bewußten, absichtlichen Erziehungsarbeit setzt die Jugend in einem gewissen Alter sehr starke Widerstände entgegen und mindert daher das Ergebnis sehr wesentlich. So nimmt es uns nicht wunder, daß einsichtige Pädagogen von jeher Wert darauf gelegt haben, das Spiel als Erziehungsfaktor zu werten. Die Jugend aber kümmert sich zwar nicht um Wert oder Unwert: sie freut sich beim Spiel, sie wird begeistert, und so erklärt sich die ungeheure Verbreitung des Fußballspiels auf der ganzen Welt.

Zurück noch einmal zur Fußball-Weltmeisterschaft: Vogts' Mannschaft verabschiedete sich im Viertelfinale nach einer jämmerlichen 0:3-Niederlage gegen Kroatien. Geebnet worden war den Kroaten der Weg zum Sieg durch ein kreuzdämliches Foul Christian Wörns', der dafür die Rote Karte bekam. Eine gerechtfertigte Entscheidung, wie alle sahen, außer Trainer Vogts, der Verschwörungstheorien aufwärmte und die Schuld am Debakel schnell von sich wies: »Das haben andere zu verantworten.«
Bereits im WM-Vorfeld hatte ich in einem Zeitungsartikel, der unter dem Titel *Kein Pokal für Berti* im »Rheinischen Merkur« erschien, neun, unterschiedlich ernst zu nehmende Gründe aufgelistet, warum ein Ausscheiden der deutschen Mannschaft nicht zu vermeiden sei. Grund 8 brachte beispielsweise Linguistisches ins Spiel:

Fußball ist, von höherer Warte aus betrachtet, ein Zusammenspiel ästhetischer Phänomene. Die – so der Gießener Philosoph Martin Seel – »Zelebration des Unvermögens« gebiert bisweilen Momente der Kunst, und was sich dann auf dem Spielfeld als geglückte Ballstafetten, abenteuerliche Doppelpässe oder waghalsige Fallrückzieher ereignet, hat auf klanglicher Seite seine Entsprechung. Einfacher ausgedrückt: Spielernamen wie Ramon Ramirez (Mexiko), Leonardo Astrada (Argentinien), Christian Karembeu (Frankreich), Alessandro Del Piero (Italien) oder Romario (Brasilien) betören das menschliche Ohr, wohingegen die rauhe Dissonanz der Buchstabenfolgen Ziege, Babbel oder Bierhoff auf Dauer nicht zu ertragen ist. Diese ungelenken, unschönen Silbenfolgen permanent in- und ausländischen Reportern abzuverlangen, das ist unzumutbar; allein deshalb muß Deutschland frühzeitig ausscheiden.

Die Verbitterung in der Leserschaft war immens. Leserin Margret R. aus Waaskirchen schrieb: »Ich bin kein Fußballfan! Wenn ich mir überhaupt ein Spiel ansehe, dann ein Länderspiel und zwar allein wegen des Bundestrainers Hans Hubert Vogts«; Dr. Erich B. aus Würzburg war auch empört: »Man faßt sich an den Kopf, wenn man den Artikel liest!«; Anton U. aus Düsseldorf drohte: »Wenn man mir (Jahrg. 1916!) einen solchen Artikel vorgelegt und mich gefragt hätte, ob eine Zeitung wie der ›Rheinische Merkur‹ diesen veröffentlichen würde, hätte ich das allein schon mit dem Hinweis, der RM sei eine christliche Zeitung, prompt verneint. Noch eine solche Entgleisung, meine Damen und Herren vom RM, und der begeisterte Abonnent seit über 50 Jahren (ich meine mich) wird Ihre Zeitung abbestellen«, und Dipl.-Kfm. Ingo S. aus Holzwickede sah »schieren, abgrundtiefen Haß, der jeden Fakt zur Halbwahrheit verbiegt«. Als eine der besten Mannschaften des WM-Turniers entpuppte sich überraschenderweise England. Doch dann lagen David Beckhams Nerven blank; er sah gegen Argentinien nach einer Tätlichkeit völlig zu Recht Rot und brachte seine Mannschaft auf die unverdiente Verliererstraße. Das schmerzte und führte zu ungerechtfertigten Wehklagen, selbst bei renommierten Autoren wie **Javier Marías**:

Es ist ein himmelschreiendes Unrecht, daß so viele Spieler vom Platz gestellt werden. Das Spiel England gegen Argentinien war in der ersten Halbzeit so aufregend, daß es in einer anderen Weltmeisterschaft stattzufinden schien, spielfreudig ambitioniert, mit Mut zum Risiko, so wie alle Spiele sein sollten. Der Schiedsrichter jedoch konnte einen solchen Überfluß, der die anderen fünfundfünfzig Begegnungen in schlechtem Licht erscheinen ließ, nicht zulassen. Und so nutzte er ein winziges Foul Beckhams dazu, Englands Mannschaft auf zehn Spieler zu reduzieren und damit die zweite Halbzeit und die Verlängerung typisch für diese Weltmeisterschaft werden zu lassen – nämlich ruppig und spröde. Hätte er Beckham etwa nicht vom Platz stellen sollen, als er sah, wie dieser die Wade des wirklich nicht zimperlichen Simeone streifte? Genau das meine ich, und ebenso hätte der Holländer Kluivert, der einem Gegner gegenüber nichts weiter als eine nachlässige Handbewegung gemacht hatte, bei seinem ersten Weltmeisterschaftsspiel auf dem Platz bleiben müssen. Heutzutage nennen Leute, die niemals Fußball gespielt haben und bloß darüber reden, so gut wie alles eine »aggressive Handlung«.

1999

Nein, keine Häme sei über die Münchner Bayern ausgeschüttet, die am 26. Mai den Champions-League-Triumph gegen Manchester United schon sicher wähnten ... als die Nachspielzeit anbrach, die Sekunden nicht verstrichen und die ManU-Spieler Sheringham und Solskjaer ein 0:1 in einen Sieg umwandelten. Die einzelnen Szenen, die das Spiel »umbogen«, mögen hier nicht interessieren. Statt dessen sei mit psychologischem Verstand und **H. Schmidhauser** über die »Zeit« schlechthin reflektiert:

Der Stern eines erfahrenen Spielers geht unter, wenn der *Glaube* an ihn stirbt. So wie der fanatische Kultus Roms unterging, als der Glaube an ihn starb! Alles ist eine Frage der *Zeit*. Der Trainer hat seine Amtszeit, der Spieler seine Glanzzeit und der Vereinspräsident opfert meist seine Freizeit. Überhaupt: das Leben eines Menschen dauert, das ist für viele ein Trost, nur eine bestimmte Zeit. Im seelischen Leben macht letztlich die Zeit die Konflikte. Der Fußballer kennt das Spielen auf Zeit, der Zuschauer erlebt das »große Zittern« kurz vor Ablauf der regulären Spielzeit, wenn die eigene Mannschaft, zurückgedrängt in die eigene Platzhälfte, den Vorsprung über die Distanz bringen will. Ließe man einem normalen Spieler genügend Zeit, den Ball ins Tor zu schießen, in der Tat, er würde es nie verfehlen. Das Wesentliche beim richtigen Fußballspiel ist aber, daß man dem gegnerischen Spieler keine Zeit läßt, ihn *sofort* in der Ballabnahme stört, ihn hindert, ihm keine Zeit läßt, auf das Tor zu schießen. Gute Stürmer aber verlieren keine Zeit und verwerten kaltblütig jede Chance. Wer schnell und genau Fußball spielt, gehört immer zu den Besten. Wer schnell, aber ungenau spielt, wird sich an die Buh-Rufe der Zuschauer gewöhnen müssen. Wer langsam, aber genau spielt, verzögert das Spiel, spannt Trainer und Zuschauer auf die »Folter«. Spieler, die langsam und dazu noch ungenau spielen, sind niemals richtige Fußballspieler und hängen ihre Fußballschuhe am besten an den Nagel. Der Ball hat eine Flugzeit; er fliegt schneller als Spieler laufen können; wo also der Ball gespielt und nicht von Mann zu Mann geschoben wird, sehen wir ein schnelles Spiel! Jeder Spieler kennt die Zeit vor dem Spiel, wo man scherzt und witzelt oder, ohne ein Wort zu sagen, die Spannung erträgt. Jeder Spieler braucht seine gewisse Zeit, bis er die Startnervosität verloren hat, und gute Spieler leben oft lange, lange Zeit in den Gedanken und Vorstellungen der Spieler, Zuschauer, Zuhörer weiter. Andererseits dauert es lange Zeit, bis über eine schlechte Leistung etwas Gras gewachsen ist. Nun, das Leben bewegt sich, wie an anderer

Stelle erwähnt, zwischen den beiden Polen Spannung und Entspannung und die Zeit nimmt es auf sich, das Gleichgewicht immer wieder herzustellen. Eine typische *Übergangszeit* ist die Spielzeit. Beim Anpfiff herrscht Spannung, und die Spannung, mit der man auf dieses Spiel gewartet hat, ist endgültig vorbei mit dem Schlußpfiff, dem Schlußresultat. Je länger der Ausgang eines Spieles ungewiß bleibt, desto länger dauert die Übergangszeit, und in dieser Übergangszeit werden Zuschauer, Zuhörer und Trainer oft wahrlich auf die Folter gespannt. Ein Spiel, das über die Flügel läuft, verlängert ebenfalls eine Übergangszeit (die direkte Ballflugzeit von Torraum zu Torraum). Jede Verlängerung der Übergangszeit aber macht ein Spiel spannender und daher gefährlicher für eine Verteidigung.
Den *Raum* ausnützen heißt mit der Zeit spielen. Mit anderen Worten gesagt: wer den Raum (Spielraum) ausnützt, nimmt sich mehr Zeit. Eine Schlußfolgerung wäre, daß derjenige am längsten lebt (überlebt), der sich am meisten Zeit *nehmen* kann!, und es wird immer die Mannschaft siegen, die sich am meisten Zeit genommen hat und die schließlich noch am meisten Zeit zu ihrer Verfügung hat. Hat Sie diese *Behauptung*, lieber Leser, wachgerüttelt und zum Nachdenken angeregt? – Nun, die Dinge liegen etwas komplizierter, als hier dargestellt! Es würde den Umfang dieses Büchleins sprengen, näher auf solche Überlegungen einzugehen.
Wir können das Rad der Zeit zurückdrehen und beispielsweise in Gedanken eine Halbzeit eines Spiels nacherleben. Wir tun dies z.B. in der Teamsitzung, wenn wir das letzte Spiel unter die Lupe nehmen. In Wirklichkeit aber können wir eine bestimmte *Zeit nur einmal erleben*; die Zeit bewegt uns unaufhaltsam in Richtung Zukunft.

Die Bayern scheiterten, und in Simmering ging es wieder aufwärts. Man wurde Meister in der Wiener Liga und stieg wieder in die Regionalliga Ost auf, womit wir diesen tapferen Verein verlassen und ins Berliner Hotel Adlon einkehren wollen, das in diesem Jahr seine »Executive

Lounge« für die Blasiertheitsschwadroneure **Joachim Bessing, Christian Kracht, Eckhart Nickel, Alexander von Schönburg** und **Benjamin von Stuckrad-Barre** öffnete, die sich stundenlang wichtig vorkamen und sich über alles Mögliche bescheidene Gedanken machten, so auch über den Fußball:

BENJAMIN V. STUCKRAD-BARRE: Interessiert sich jemand von euch für Sport?
ALEXANDER V. SCHÖNBURG: Sport? Selbstredend – Ich bin ein Fußballfan. Morgen spielt Bayern München gegen 1860.
BENJAMIN V. STUCKRAD-BARRE: Was ist das Kruder-und-Dorfmeister-Phänomen des Sports? Ich möchte die Antwort gleich mitliefern: Es ist der FC St. Pauli.
ECKHART NICKEL: Ich hätte jetzt auf den SC Freiburg getippt.
BENJAMIN V. STUCKRAD-BARRE: Auch das.
CHRISTIAN KRACHT: Nein, das stimmt nicht. Ich kenne mich im Fußball gar nicht aus, aber ihr wählt jetzt bloß einen Underdog, der –
BENJAMIN V. STUCKRAD-BARRE: Ich freue mich, daß du meiner Erklärung vorgreifst, obwohl du dich nicht auskennst, aber aufgeputscht durch Sekt und deine Aufputschmittel – nein, was ich meine, ist dieser Zustand in Hamburg, wo sich niemand wirklich für Fußball interessiert, aber mit dem Fan-Sein beim FC St. Pauli eine spezifische Geisteshaltung demonstriert, die Werbern und ihren Infotainment-Muschis eigen ist. Man geht ins Millerntorstadion.
CHRISTIAN KRACHT: Du meinst FC St. Pauli und SC Freiburg sind Simulationen von Fußball?
BENJAMIN V. STUCKRAD-BARRE: Beide Vereine sind dasselbe wie Massive Attack und Kruder und Dorfmeister.
ECKHART NICKEL: Aha, also Sympathie-Fußball.
BENJAMIN V. STUCKRAD-BARRE: Ja, und daß es einem so schwerfällt, Meinung wirklich frei zu äußern – man muß so vieles dabei bedenken.

Das finde ich so anstrengend. Daß es überhaupt nichts mehr damit zu tun hat, welche Mannschaft sympathischer ist, welche den schöneren Fußball spielt, sondern welche Fans einem gefallen.

CHRISTIAN KRACHT: Aber jetzt bist doch du der Revisionist, der Nostalgist, der sagt: Es geht um ehrlichen Fußball und nicht um das ironisch gebrochene Spiel des FC St. Pauli. Eigentlich geht es dir also um den Fußball der Borussenfront.

BENJAMIN V. STUCKRAD-BARRE: Nein, ich interessiere mich überhaupt gar nicht für Fußball. Ich habe nur beobachtet, wie es am Beispiel Fußball passiert ist, daß die Menschen in diese Meinungslosigkeit gestürzt sind. Und daß die Fußballfans plötzlich das Gefühl hatten, es würde ihnen alles kaputtgemacht werden von Halbintellektuellen, die sich nun auf einmal aus seltsamen Gründen für ihren ehemaligen Sport interessieren.

CHRISTIAN KRACHT: Was schätzt also Alexander von Schönburg an Bayern München?

Alexander von Schönburg entnimmt seinem zweireihigen Tweed-Jackett von Hacketts eine kurzstielige violett schillernde Pfeife. Benjamin von Stuckrad-Barre balanciert ein Wasserglas auf seiner Stirn.

ECKHART NICKEL: Was für eine Form hat die Idee Fußball? Die Form entspricht dem Enddarm. Denn im Fußball zählt allein das Ergebnis; was beim Spiel hinten herauskommt.

JOACHIM BESSING: Ich möchte aber wissen, warum irgendwann in den neunziger Jahren jeder anfing, über Fußball zu reden?

CHRISTIAN KRACHT: Das kann ich dir sagen, es fing in dem gleichen Moment an, in dem –

BENJAMIN V. STUCKRAD-BARRE: Es ist ja gerade diese kranke und dumme Idee von Kult, daß etwas sich von seiner äußeren Form her gegen die Leidenschaft stemmt, wie zum Beispiel – entschuldigt bitte – Guildo Horn, der häßlich ist und schlechte Musik macht, also entgegen allen ästhetischen Prinzipien von Pop existiert, der aber genau deshalb emporgehoben wird, um sich – selbstironisch – über die Auswahlkriterien von Pop hinwegzusetzen.

JOACHIM BESSING: Aber warum ist dann die Fanflagge der Fans des FC St. Pauli ein Totenkopf mit darunter gekreuzten Knochen?

CHRISTIAN KRACHT: Paß auf: FC St. Pauli ist gleichbedeutend mit Hafenstraße, und wenn der FC St. Pauli gegen Galatasaray Istanbul spielt, kommen die Fans in sehr große Bedrängnis –

ALEXANDER V. SCHÖNBURG: Weil sie dann gar nicht wissen, bei welchem Tor sie zuerst schreien sollen.

CHRISTIAN KRACHT: Dieser Totenkopf ist die ironische Appropriation. Mit dem TSV 1860 ist es dasselbe in München. Die Menschen sitzen dort im Baader-Café und beschwören den Underdog wie heidnische Stämme ein kleines, braunes, sich selbst immer wieder verdauendes und wieder ausspeiendes Egel-Totem –

BENJAMIN V. STUCKRAD-BARRE: Wahr ist doch, daß der Totenkopf der Smiley der siebziger Jahre war.

ECKHART NICKEL: So etwas kostet mich ein kleines, wirklich herzhaft erpreßtes Bäuerchen.

CHRISTIAN KRACHT: Ich möchte weiter über Fußball sprechen. Es interessiert mich aus dem gleichen Grund wie Joachim Bessing, denn viele meiner Freunde schauten plötzlich Fußball. Es passiert dann, daß ich anrufe und sage:« Hallo«, und die sagen dann: »Nein, ich kann jetzt nicht, ich muß das Spiel schauen.« Es ist bestimmt kein richtiges Rätsel, aber ich weiß eben nicht wirklich, was es bedeuten soll. Ist das jetzt ironisch, dieses neue, zwanghafte Fußballschauen?

BENJAMIN V. STUCKRAD-BARRE: Offenbar kann man als Kind Dinge erlernen, die sich später nicht mehr erlernen lassen. Ich kann aus den achtziger Jahren nahezu die Spielernamen jeder Erst- und Zweitligamannschaft herbeten, bis hin zum Ersatztorwart. Ich hatte also damals die Fähigkeit, diese Namen auswendig zu lernen und zu stapeln.

Christian Kracht betrachtet mit hochgezogener Augenbraue das irisierende Muster auf dem Hals von Alexander von Schönburgs Pfeifchen.

CHRISTIAN KRACHT: Fußball ist eben street. Es ist das gleiche wie bei dem G-Funk des Negers: Es ist das gleiche street-Gefühl, das Fußball hier auslöst. Fußball ist street, FC St. Pauli ist illegal –

ECKHART NICKEL: Vor allem setzte die Faszination auf der schmaleren Front ja gerade in dem Moment ein, als Fußball in den VIP-Lounges braunsakkoig und gelbkrawattig und beckenbauerig daherkam, daß es von außen betrachtet gar nichts mehr mit street zu tun hatte.

CHRISTIAN KRACHT: Nein, nein, nein, Eckhart Nickel. Du bist auf dem völlig falschen Dampfer. Dem Fußball wohnt doch folgender Gedanke inne: Das Handwerk des Fußballspielens selbst ist eine Legitimation dafür, so darüber sprechen zu dürfen, wie wir jetzt darüber sprechen, so, als würde Fußball mit Heideggers klobigen Holzpantinen gespielt.

JOACHIM BESSING: Aber ist ein Grund für die plötzliche Beliebtheit von Fußball an der schmalen Front nicht auch, daß es einfach komisch ist, Fußballspieler reden zu lassen. Jeder kann ein Interview mit, zum Beispiel, Franz Beckenbauer führen, und es wird automatisch zum Brüller.

2000

In diesem Jahr weist der Weg für Tennis Borussia Berlin nach unten. Alles Geld dieser Welt nützte nichts; der Aufstieg in die Erste Bundesliga wurde verfehlt; die Lizenz für die Zweite wurde verweigert, und so dürfte sich TeBe auf lange Sicht aus unserer Wahrnehmung verabschieden. Richtig traurig sind wir darüber nicht, wiewohl Sepp Herberger dort einst gegen den Ball trat und die Mannschaft als Trainer 1931 zur Berliner Meisterschaft führte. Dennoch: Auch ein Verein wie Tennis Borussia

(Rudi Gutendorf hatte vergeblich versucht, den uncoolen Clubnamen zu ändern ...) hat Fans, Menschen, die mit Leib und Seele an den »Veilchen« hängen. Den Philosophen **Wilhelm Schmid** zum Beispiel, einen Kenner der Lebenskunst:

Wie reinigen Sie Ihre Seele?
Selbstverständlich beim Fußball, wie sich das für einen Intellektuellen gehört. Wenn ich im Stadion bin, kenne ich mich selbst nicht mehr. Ich juble und schreie, und ehrlich gesagt beschimpfe ich auch den Schiedsrichter. Wenn meine Mannschaft verliert, leide ich sehr.
Welche Mannschaft?
Die von Tennis Borussia Berlin.
Tennis Borussia? Das ist nicht Ihr Ernst.
Doch. Ich gehe immer mit meinen Kindern hin. Tennis Borussia ist mein Lieblingsklub, weil er der familienfreundlichste Verein ist. Da gibt es nicht so viele Menschen, und vor den Spielen tritt ein Clown auf.

Wo wir gerade in der Provinz sind: Die mediale Macht hat dazu geführt, daß die Berichterstattung oft vergißt, wo noch »ehrlicher« Fußball gespielt wird und wo man noch richtig zur Sache geht, auf den Dorfplätzen nämlich. Die Spielberichte über diese Auseinandersetzungen in den unteren Spielklassen lassen mitunter jedoch Objektivität vermissen – das zumindest behauptete **Friedhelm Erlach**, Trainer des OSC Bremerhaven, in einem Leserbrief, der am 27. April im »Weser-Kurier« veröffentlicht wurde. Erlach nahm Bezug auf die offenkundig unfein geführte Partie zwischen Weyhe und Bremerhaven:

Zum Artikel »SC Weyhe schafft gerade noch den Ausgleich« vom 16. April:
Der Bericht erweckt den Eindruck, daß der Mitarbeiter Carsten Lepand Augenzeuge des Spiels war. Herr Lepand war überhaupt nicht anwesend, er

hat seine Informationen einseitig aus dem Lager des SC Weyhe bezogen. Es wurde auch nicht versucht, eine Stellungnahme des OSC einzuholen.
Falsch ist, daß »die OSC-Akteure versuchten, dem Tabellenführer mit überhartem Einsatz den Schneid abzukaufen«. Beide Mannschaften haben eine harte Gangart an den Tag gelegt. Beweis: zwei gelb-rote und mehrere gelbe Karten gegen Weyhe und zusätzlich zwei Foulelfmeter für den OSC, zwei rote und vier gelbe Karten, allerdings wegen Meckerns, gegen den OSC.
Falsch ist, daß »Wittenberg gegen Witt ein Foulspiel beging und Witt im Nachschuß das 1:0 erzielte«. Richtig ist, daß Witt überhaupt nicht mitspielte, das Foul gegen Ewert verübt und das 1:0 durch Ehlers erzielt wurde. Falsch ist, daß »Pinkert zwischen der 20. und 26. Minute drei glasklare Kopfballchancen besaß«. Es handelte sich allenfalls um eine Chance, die noch nicht einmal als »glasklar« zu bezeichnen ist. Dem Spielverlauf völlig sinnentstellend ist es, drei hochkarätige Chancen des OSC zwischen der 30. und 45. Minute zu verschweigen.
Falsch ist, daß der OSC-Spieler »Hünken den Weyher Thiel grob gefoult hat«. Richtig ist – und Vertreter des Kreisfußballverbandes Bremerhaven haben dies bestätigt – daß der Schiedsrichter auf eine schauspielerische Glanzleistung von Thiel hereinfiel. Falsch ist, daß »Opalka in der 78. Minute von Göcer Weyhe »gelegt wurde« und »Schmonsees den Elfmeter verwandelte«. Richtig ist, daß der OSC-Spieler Gahn gefoult wurde und Ahlert den Elfmeter verwandelte.

Friedhelm Erlach,
Trainer OSC Bremerhaven

Bleiben wir gleich in der Provinz: Zwei Wochen zuvor sorgte das Kreisklassenspiel 1960 (sic!) München gegen Moosach für Aufruhr. Die erregenden Ereignisse faßte Clubchef **Hans Sitzberger** gegenüber der »Süddeutschen Zeitung« zusammen:

… als Vorsitzender des Kreisklassevereins 1960 München haben Sie auch am Sonntag zugeguckt, gegen Moosach. Kein schöner Nachmittag, wie man hört. Mit einem Spielabbruch?

Es war kein richtiger Spielabbruch, es war so, daß wir nicht mehr weitergespielt haben. Wir waren zu wenig, es hatte keinen Sinn mehr, Fußball zu spielen.

Was war passiert?

Zunächst mal hat der Schiedsrichter, nun ja, nicht seinen besten Tag gehabt. Wir waren nicht ganz einverstanden mit ihm. Richtig los ging's dann Mitte der ersten Halbzeit. Wir haben 2:0 geführt. Dann gab es eine gelbe Karte gegen unseren Mittelfeldspieler, obwohl doch der Gegner gefoult hatte.

Obwohl der Gegner gefoult hatte?

Naja, unserer hatte wohl ein bißchen gemeckert. Jedenfalls hatte er danach noch ein blödes Handspiel gemacht – ganz klar – ein *blödes* Handspiel. Da gab's für den Schiedsrichter nur eins: gelbrot, wir waren nur noch zu zehnt.

Sie haben sich geärgert.

Und wie, aber du mußt ja weitermachen. Die Spieler wurden hektisch, in der 35. Minute passierte es, einer von uns foult. Grob, aber nicht übermäßig grob. Rote Karte. Wir waren zu neunt. Haben aber immer noch 2:1 geführt.

Das gibt's auch in der Bundesliga.

Dann kam die zweite Halbzeit und die entscheidende Szene. Unser Verteidiger fälscht einen Schuß ab, unser Torwart läßt ihn abklatschen, kann ihn aber halten. Abklatschen! Das ist doch der Beweis, daß das niemals ein Rückpaß war! Der Schiedsrichter pfeift aber Rückpaß und Freistoß an der Fünfmeterlinie. Wir standen – zu neunt – auf der Torlinie und haben den Ball abgefangen. Doch was macht der Schiri? Läßt den Freistoß wiederholen. Keiner wußte warum. Wir haben wild protestiert.

Hat nichts gebracht. Wiederholung. Tor. Sie können sich vorstellen, was bei unseren Fans los war.

Dann gab es aber noch eine rote Karte …

… einer von uns hat einem Gegenspieler was gesagt.

Was denn?

Sollte man hier nicht sagen, wir waren also nur noch zu acht. Aber es stand immerhin noch 2:2.

Aber sie waren weiter nicht einverstanden mit der Leistung des Schiedsrichters?

Nein, etwa in der 60. Minute ist einer von uns noch mal zu ihm hingegangen. Wollte ihm klarmachen, daß es seltsam sei, immer dann abseits zu pfeifen, wenn kein abseits ist, und umgekehrt. Dann hat er die gelbrote Karte gesehen.

Sie waren nur noch zu siebt.

Ja. Und dann fiel das 3:2. Wir waren bis dahin immer noch gut drauf. Aber dann ist sogar unser Spielertrainer zornig geworden, sonst ein ruhiger Typ. Hat gemeckert, rote Karte. Wir waren nur noch zu sechst.

Und dann?

Dann haben wir uns gedacht: Das bringt jetzt nichts mehr.

Sie haben die weiße Fahne gehißt.

Wir haben mit dem Schiri geredet und sind alle vom Platz gegangen. Das war aber noch nicht das Schlimmste.

Sondern?

Unsere Spieler haben sich ja geärgert, als sie zu früh in die Kabine mußten. Nun, einer von uns hat die Wut 'rausgelassen und gegen den Türstock geschlagen, als drei Moosacher kamen. Was vorgefallen ist, kann keiner beweisen. Auf jeden Fall hat unser Spieler hinterher eine dicke Backe gehabt.

Sie sind seit zehn Jahren Vorsitzender bei 1960. Schon mal so etwas erlebt?

Nein, nie. Kurios ist nur eines.

Was?

Wir haben in der Vorrunde ja schon mal gegen Moosach gespielt. Wir haben schon da neun gelbe Karten bekommen. Es war aber ein anderer Schiedsrichter.

Die folgende Tafel findet sich folglich weder in Moosach noch bei 1960 München; sie wurde in Nettersheim/Eifel aufgenommen:

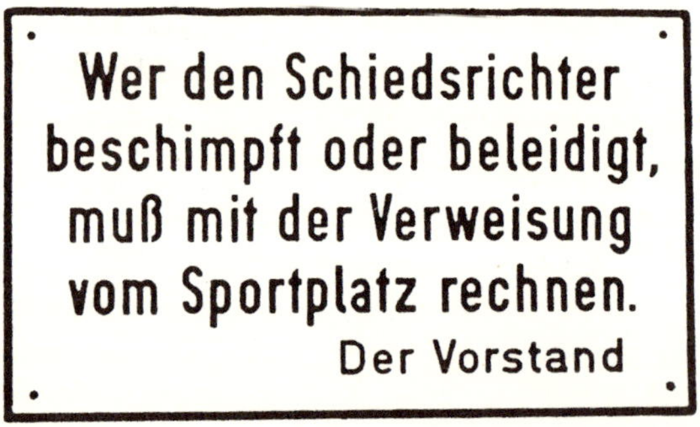

Während in der Provinz rüde Auseinandersetzungen ausgetragen wurden, mußte sich die deutsche Bevölkerung mit dem Hin und Her um Fast-Bundestrainer Christoph Daum befassen. Der Faktensammler **Stefan Erhardt** hat Zeitungsüberschriften zu dieser unsäglichen »Affäre« gehortet; ein paar Auszüge genügen:

Schwere Vorwürfe gegen Daum – Daum und Hoeneß: Zank um Nutten und Kokain – Daum: Hoeneß' Vorwürfe »Rufmord« – Daum: Nichts davon ist wahr! – Kann Daum noch Bundestrainer werden? – Daum: »Da war nichts« – Rummenigge steht hinter Hoeneß – Calmund: »Jetzt ist Feierabend« – Umfrage: 79 Prozent glauben Daum

Daum soll zum Drogentest – Daum von Privatperson angezeigt – Hoeneß hat noch Freunde – Umfrage: Hoeneß klarer Verlierer – Klartext in der Öffentlichkeit? – Daum: Es gibt keine Haaranalyse – MV und Beckenbauer für Daum – Task-Force erzielt Einigkeit

Daum nun zu Haaranalyse bereit? – Daum: »Absolut reines Gewissen« – Beckenbauer nun gegen Daum? – Daum unterzieht sich Haar-Analyse – Hoeneß gibt Dienstag Pressekonferenz – Daum läßt Haarprobe entnehmen – Daum nimmt Haaranalyse vor – Daum ließ Haaranalyse vornehmen – Daum unterzog sich Haaranalyse

Hintergrund Haaranalyse – TED: 49,7 Prozent für Daum – Daum: Probe der Haare als Gegenbeweis – Daum legt Karten auf den Tisch – Däubler-Gmelin stellt sich vor Daum – Hoeneß: »Daum nie beschuldigt!« – Calmund will eine harte Gangart

Kaiser: Konflikt entschärft – Calmund kündigt Freundschaft – Hoeneß weist Vorwürfe zurück – Hoeneß fühlt sich unschuldig – Anwalt Prinz: »Anzeige bleibt!«

Lemke: Hoeneß redet sich heraus – Halbherziger Rückzug von Hoeneß – Politischer Beistand für Daum – Hoeneß erklärt Medien zu Initiatoren – *AZ* entschuldigt sich bei Daum – Hoeneß wehrt sich: »Ich bin kein Schwein« – Krein: Hoeneß unflätiger Mensch – Völler-Wetten: Das lohnt nicht

Task-Force-Treffen wohl Sonntag – Hoeneß weiter unter Druck – Nationale Presse: »Hoeneß begabtestes Schlitzohr« – Strafanzeige von Daum bleibt – Kein Friedensgipfel in Sicht – Netzer: Völler soll's weiter machen – Handschlagvertrag mit Daum zählt

Daum will wieder Normalität – »Friedensgipfel« am Sonntag – DFB: Es gab den Handschlag – Lienen: Beckenbauer ist zynisch – Daum: Rückkehr zur Normalität – Daum: Endlich wieder Fußball

2001

Brachte den Münchner Bayern nicht nur den Sieg im Champions-League-Finale gegen Valencia, sondern am 18. Mai neuerlich die unverdiente Meisterschaft, nachdem Patrick Andersson einen strittigen indirekten Freistoß in der 94. (oder war's die 98.?) gegen Hamburg zum Ausgleich nutzte. Kommentieren wollen wir diese Ungerechtigkeit des Fußballgotts nicht. Zu verdanken hatten die Hitzfeldschen Glückskinder alles ihrem Torsteher Oliver Kahn, der den Dramatiker und Lyriker **Albert Ostermaier** bereits zwei Jahre zuvor zu einer Ode inspiriert hatte:

wenn er beim eckball
wie eine blonde katze aus dem
tor stürmt auf einer welle
der begeisterung durch die
blauen lüfte fliegt – jetzt
müßte man eigentlich die
beach boys einspielen – &
im sprung er hört gar nicht
mehr auf zu fliegen seinen
teleskoparm über den
rotierenden rasurköpfen &
dauerwellen ausfährt dann
ist es für einen moment ach
könnte er doch verweilen als

wollte er die sonne aus ihrer
laufbahn fausten & die flügel
stürmer in einem schwarzen
loch zurücklassen als wäre die
welt nur zwischen seinen zwei
handschuhen zu fassen &
kein planet der halbaffen der
auf der gegengeraden hinter
seinem schon wieder zum
sprung gekrümmten rücken
durchdrehte & sich die brust
haare raufte wenn er der flash
gordon der strafräume in die
neue angriffslust hechtet
abtaucht in ein meer von
strudelnden schienbeinen &
sich mit bloßen händen die
kugel fischt niemand schifft
sie an ihm vorbei ohne in das
haupt der medusa zu schauen
seine arme sind wie skylla &
charybdis & wer könnte diese
enge passieren ohne um sein
leben zu fürchten selbst seine
mannen macht er rund &
schreit sie an als hätten sie
wachs in den ohren & könnten
ihn nicht hören den rauhen
aufbrausenden sirenengesang
ihres felsen in der brandung

Sein lyrischer Kollege **Umberto Saba** hingegen scheint bei seinen Versen eher Kahns unglückseligen Gegenüber Mathias Schober gemeint zu haben:

Der Tormann, hingestürzt bei der letzten
vergeblichen Abwehr, verbirgt an der Erde
sein Gesicht, um nicht zu sehen das bittre Licht.
Bei ihm kniend mahnt ihn zum Aufstehn
der Freund mit Worten und mit Händen,
und hat doch selbst die Augen voller Tränen.

Die Menge – einig in der Trunkenheit – scheint
aufs Feld hinauszuquellen. Den Sieger umstehen,
um den Hals fallen ihm die Brüder.
Wenig Augenblicke, so schön wie diese
unter allen, die Haß verzehrt und Liebe,
will uns der Himmel schenken.

Beim unversehrten Netz hält sich der Torwart
– der andre – auf. Allein ist nicht die Seele,
nur die Person geblieben.
Einen Purzelbaum schlägt seine Freude,
sie wird zu Küssen, die er in die Ferne sendet.
Vom Feste – sagt er – bin doch auch ich ein Teil.

Am 28. Juli wurde einmal mehr eine Bundesligasaison eingeläutet, und einmal mehr brachte der TSV 1860 München seine Anhänger mit einer peinlichen Heimniederlage zur Verzweiflung. Einer davon, der Schriftsteller **Matthias Politycki**, schrieb umgehend ein nostalgisch angehauchtes Gelegenheitsgedicht:

Einmal Löwe, immer Löwe

Nach dem 0:4 zum Saisonauftakt am 28.7.2001
Meine Gefühle setzten, heftig, rasch und ohne Maß,
nicht etwa beim Gewinn der Meisterschale ein
(gelobt sei Grosser, Küppers, Perusic, gesegnet Radi),
sondern – ein Wink des Schicksals ganz gewiß! – das Jahr darauf:
als wir, war-wohl-am-Ende-der-Saison,
in Dortmund alle beiden Punkte, also unsre letzte Chance
auf die Verteidigung der Meisterschaft,
verspielten.
Wie mir jedoch der Radiomann das kundtat,
krank lag ich ohnehin und seinen knappen Sätzen ausgeliefert,
da mußte ich tatsächlich feststellen, daß mir
hellauf die Tränen in die Augen traten.
Seither bin ich verdammt dazu,
mit unglücklichen Niederlagen zu leben
und glücklosen Unentschieden, ja, weit mehr als das: ich bin
verdammt, diesen phantastischen Verein,
mit dem ich ungezählt Blamagen und Bankrotterklärungen erlitten und
bis in die dritte Liga abgestiegen bin,
mag auch der Präsident ein schlimmes Schlitzohr,
mag auch der Trainer, bundesligaweit und -breit berüchtigt,
ein rüder rüpelhafter Eisenbeißer,
mag auch die Mannschaft eine Gurkentruppe sein: ich bin
verdammt dazu, diesen ganz & gar großartigen Verein
aus tiefstem Seelengrund zu lieben.
Nun allerdings,
nach dreieinhalb Jahrzehnten permanenter Punktverluste,
nun reicht's mir wirklich, ja, ihr Pfeifen,

ihr hochbezahlten Vollidioten, Pflaumen, faulen Säcke,
jetzt schwör ich ab, ihr tölpeligen Trottel, ihr Versager,
ihr Stümper vor dem Herrn, ihr Blindgänger und Penner,
macht euren Scheiß doch jetzt alleine, ja, mir reicht's.
Es sei denn, daß ihr euch zusammenreißt
am nächsten Spieltag und mit einem 4:0 zumindest
das alles wieder wettmacht, bis auf weiteres.

In diesen Tagen findet auch Unglücksrabe Berti Vogts wieder eine Anstellung, als Nationaltrainer im fernen Kuwait. Sein Kollege Rudi Gutendorf hielt davon, in einem »Spiegel«-Interview, wenig: »Da unten gibt es eine beschissene trockene Wüstenhitze. Mit der habe ich meine eigenen Erfahrungen gemacht; in der Sahara wäre ich einmal fast verdurstet. Wenn ich Berti gedanklich krebsrot am Spielfeld stehen sehe, tut er mir richtig leid.« Das nahm sich Vogts alsbald zu Herzen und wechselte ins merklich kühlere Schottland. Ja, ja, **Rudi Gutendorf**, das war noch einer, der das »schöne Trainerleben« auszukosten wußte:

Ich alter Esel habe mich mal wieder bis über beide Ohren verknallt. Sie ist die Tochter eines Turkana-Negers aus dem Süden des Landes und einer Inderin. Welch eine Mischung! In Gaberones ist sie Kindermädchen in einer ungewöhnlichen Familie. Khanis Boß ist eine feiste indische Matrone. Über der Hüfte drängen sich Fettpolster aus dem Sari, so dick und geteilt wie querliegende Arschbacken, Blickfang für alle indischen Männer, die das lieben. Sie schikaniert Khani, ist eifersüchtig und giftig, das merke ich schon, während ich sie kennenlerne. Der Vater der Kinder ist ein würdiger Sahib mit grauem Haar, der pausenlos mit seiner fetten Frau Kinder produziert, die mit abgöttischer Liebe an Khani hängen.
Aber auch ich hänge an Khani und beschließe, sie dort rauszuholen. Schon einige Tage nach meiner Ankunft in Botswana lerne ich sie ken-

nen. Alles war so selbstverständlich. Sie ist da, wenn ich Sehnsucht habe, ist fort, wenn ich mich auf meine Arbeit konzentrieren muß. Da steht sie wieder wie immer im Zimmer. In ihrem Kleidchen, eigentlich nur ein Minifähnchen, völlig aus der Mode, zersägt mich mit klaren, gezielten Blicken so lange, bis ich irritiert zur Seite schaue. Ich bin nicht entspannt, meine Nacktheit ist mir lästig. Sie würgt das enge Rohseidene über den Kopf und strampelt den Slip über die Knie. Das tut sie, um zu duschen, nichts sonst, kein Striptease, keine herausfordernde Geste, keine James-Bond-Szene. Dabei sieht sie mich durchdringend an, bis ich fühle, wie meine Haut brennt. Hartes Haar sitzt an ihrem Kopf wie eine Kappe. Eine winzige Hundebiß-ähnliche Unebenheit hat sie auf der linken Wange – eine Stammeskerbe, ein Rattenbiß? Feste Brüste mit schwarzen Höfen sind schwer von einer Bluse zu bändigen.

Wenn Khani nicht gerade duscht, rekelt und dreht sie sich auf meinem neuerstandenen Leopardenfell, das auf dem Sofa liegt und noch nach Gerbstoffen stinkt. Khani hat eine natürliche Art, sich darauf faul zu drehen und zu strecken, mühsam und schwer, so wie ein schweres Tor sich in geölten Angeln dreht. Unschuld und Neugier vereinen sich in tierisch verspielter Trägheit. Sie hat ja soviel Zeit! Sie ist eine schwarze Raubkatze, nur von der kann sie diese geschmeidigen Bewegungen haben. Ihre – wie gemalten – weißen Zähne blitzen ständig durch ihre Lippen. Die volle Unterlippe ist nie naß, aber immer etwas feucht.

Ihre großen dunklen Augen verfolgen mich. Ich komme mir wie eine Beute vor, die sie jetzt nicht mehr aus den Augen läßt. Ihr Mund lächelt nie das blöde Blankoversprechen weißer Pipimädchen in Pucci-Kleidern. Keine schwüle, keine erotische Nacktheit, trotz des Kleiderhäufchens, das vor ihr hingetrampelt liegt. Ob sie mich überhaupt noch wahrnimmt? Ich brenne, ohne direkte Begierde. Ihr schwarzer Körper bleibt mir fremd. Dieser Körper lehrt mich, wie weit wir Europäer uns von unseren Leibern entfernt haben. Zuviel wird nur noch vorgetäuscht, Imponiergehabe der Halbmürben.

Das Wasser der Dusche prasselt auf ihre Haut. Ihre ungenierten Freudenschreie füllen den Raum. Duschen ist ein ungeheurer Luxus für sie. Dann fliegt sie, erfrischt und ganz aufgekratztes Kind, im Hechtsprung auf mein Bett, ein feuchtschwarzes forderndes Mädchen auf weißem Leinen. Ihr Körper und ihr Mund kennt alle Gesten und Gebärden, die Eva schon kannte. Sie liebt leidenschaftlich, mit dem auf Zeugung bedachten Können, das die schwarzen Mütter weiterreichten durch die Dunkelheit der afrikanischen Jahrhunderte. Das ist das schöne Trainerleben!

Davon träumte wohl auch Lothar Matthäus, als ihn die Verantwortlichen von Rapid Wien zum Teamchef, Sportdirektor o.ä. machten. (Das währte nicht lang; dann kamen Belgrad und Ungarn) Die Prater-Atmosphäre scheint dankenswerterweise den bekannten rhetorischen Qualitäten des Herzogenaurachers keinen Abbruch getan zu haben. Sein Bemühen, die »tote Mannschaft« von Rapid zu aktivieren, erläuterte er so: »Nur so kann ich die Mannschaft aus ihrer Ekstase holen.«

2002

Fußball ist kein Wunschkonzert, und Träume gehen selten in Erfüllung … wie **Johannes Dräxlers** Traum aus dem Jahre 1998 zeigt:

Ich habe einen Traum: Berti Vogts wird zugleich Bundes- und Nachwuchstrainer und würde für die WM 2002 eine Truppe zusammenstellen, die genau so einen Fußball spielt, kreativ, ästhetisch, intelligent. Vielleicht würde diese deutsche Mannschaft gegen eine Truppe von Kampffußballern, sagen wir aus Schottland, rausfliegen. Aber sie würden schön gespielt haben und man würde stolz auf sie sein. Und es würde ihnen die Zukunft gehören. Klar, das wird nicht passieren, aber man wird ja noch träumen dürfen.

Es gibt Weltmeisterschaften, die selbst hartgesottene Skeptiker überraschen. Um ein Haar, genauer: um einen Fehlgriff des ansonsten formidabel haltenden Oliver Kahn wäre Rudi Völlers Behelfstruppe Weltmeister geworden – was dem gesamten Lauf der gesamten Weltgeschichte hohngesprochen hätte. Ein 8:0-Vorrundensieg gegen das erbärmlich schwache Saudi-Arabien genügte, um einen kaum zu bremsenden Siegeswillen zu entfachen und Miroslav Klose als Weltklassetorjäger erscheinen zu lassen. Und man glaubte es nicht: Vom Paarungsglück begünstigt, hangelte sich die deutsche Mannschaft bis ins Finale und zeigte dort sogar eine respektable Leistung, die fast gereicht hätte, um Brasilien in die Knie zu zwingen. Schiedsrichter der Partie war Italiens barhäuptige Respektsperson **Pierluigi Collina**, der bald darauf seine Erinnerungen zu Papier brachte. In *Meine Regeln des Spiels* macht er darauf aufmerksam, daß ein Endspiel nicht nur aus Torschüssen und packenden Strafraumszenen besteht, sondern auch aus unscheinbaren Momenten, die wir längst vergessen haben:

Mein WM-Finale in Japan. Ich habe schon einiges darüber erzählt, aber selbstverständlich gibt es da eine Fülle von Details und viele weitere Bilder, die die Erinnerung an jenen magischen Abend ausmachen, der mit Sicherheit einzigartig in meiner Karriere bleiben wird.
Da ist zum Beispiel eine Episode, die mir, wenn auch sportlich unbedeutend, bezeichnend für die Atmosphäre scheint. Und sie erhellt vielleicht etwas von der Art und Weise, wie ich meine Rolle als Schiedsrichter zu interpretieren versuche.
Ich meine die hübsche Szene mit Edmilsons Trikot.
Also, wir sind mitten im Endspiel. Ich bemerke einen brasilianischen Spieler mit zerrissenem Trikot und bitte ihn, es zu wechseln. Vom Spielfeldrand wird ihm ein neues gereicht, er zieht das zerrissene aus, und nun beginnt ein merkwürdiger »Armtanz« in dem Versuch, dieses Trikot über-

zuziehen. Denn es »verknotet« sich, und aus dem Trikotwechsel wird mehr und mehr ein lustig anzusehender Kampf. Ein Versuch, zwei Versuche, nichts zu machen. Das Trikot denkt gar nicht daran, sich zähmen zu lassen, trotz der helfenden Hände einiger Mitspieler. Dann endlich schlüpft der Kopf des Spielers triumphierend durch den Kragen. Ein erleichtertes »Oh« geht durch das Publikum, das sogleich in allgemeines Gelächter umschlägt; Edmilson hat das Trikot an, aber links herum. Wieder einige unsichere Momente, dann endlich steht der Spieler korrekt gekleidet auf dem Feld. Wohlwollender Applaus von den Rängen belohnt ihn, als habe er gerade einen spektakulären Fallrückzieher in den Maschen versenkt. Das Finale kann weitergehen.

2003

Eine Schwalbe macht noch keinen Sommer, und so entpuppte sich die Vizeweltmeisterschaft als Strohfeuer. Die Qualifikationsrunde zur Europameisterschaft 2004 erwies sich als Abfolge von Schreckensnummern. Nichts Neues: Siege über mittelmäßige Gegner werden hochgelobt, und sobald man gegen bessere Teams anzutreten hat, sind die Grenzen in Nullkommanix aufgezeigt. Der 6. September schließlich wurde zum besonders schrecklichen Samstagabend: Die deutsche Mannschaft mühte sich auf Island ab und erreichte mit Hängen und Würgen ein torloses Unentschieden. Dass man einen Horrorkick nicht immer einen Horrorkick nennen darf, erfahren die TV-Kommentatoren Gerhard Delling und Günter Netzer noch am gleichen Abend. Teamchef **Rudi Völler**, immer bereit, seine Kompanie des Mittelmaßes zu verteidigen, holte im Dialog mit **Waldemar Hartmann** (→ 1992) zu seiner binnen Stunden klassisch gewordenen Weißbier-Rede aus:

GERHARD DELLING: Spätestens jetzt ist klar: Die Samstagabendunterhaltung steckt in der Krise.
RUDI VÖLLER (am Ende der zweiten Antwort im Interview mit Waldemar Hartmann plötzlich in Rage): Das was der Delling da gesagt hat, das ist schon 'ne Sauerei! Samstagabendunterhaltung? Da soll der Delling doch zu »Wetten dass« gehen und den Gottschalk ablösen!
HARTMANN: Was meinen Sie genau damit?
VÖLLER: Das mit dem Tiefpunkt, was der Delling gesagt hat. Wenn ich das schon höre! Tiefpunkt, niedriger Tiefpunkt und noch 'n niedrigerer Tiefpunkt! Das ist eine Sauerei!
HARTMANN: Was er sagen wollte...
VÖLLER: So ein Käse, ich lass mir das nicht mehr bieten. Solche Sachen wie die vom Delling.
HARTMANN: Nun, Rudi, ich bin doch nicht der Rechtsbeistand vom Kollegen Delling, ich bin Journalist. Ich stand mit dem Sepp Maier hinterm Tor die erste Halbzeit, und wir waren uns einig, dass das ein statisches Spiel war.
VÖLLER: Käse. So einen Käse will ich nicht mehr hören. So 'n Scheiß! Das ist das Allerletzte, da wechsle ich doch den Beruf! (...) Ich brauch das ja nicht: ›Rudi, du bist der Beste. Rudi, du bist der Schönste‹ – das brauch ich nicht!
HARTMANN: Für die Kritik ist doch Ihre Mannschaft der eigentliche Ansprechpartner!
VÖLLER: Wir waren hier beim Tabellenführer! Da sollen wir hierher kommen und die einfach mal wegputzen, oder? So ein Mist. Klar ist, dass vom Vizeweltmeister ein Tick mehr kommen muss. Aber so ein Käse. Ich halte das nicht mehr aus, ich bin keiner, der hier an seinem Sessel festklebt wie der Ribbeck oder Vogts früher (...) Ihr müsst doch endlich mal vom hohen Ross runterkommen, früher... Was hat denn der Günter [Günter Netzer, d. Red.] früher für einen Scheiß gespielt? Standfußball

war das doch früher. Alles in den Dreck zu ziehen ist für mich unterste Schublade.

HARTMANN: Ich verstehe die Schärfe nicht...

VÖLLER: Ja, du bist auch gemeint. Du sitzt hier locker und in aller Ruhe und hast schon drei Weizenbier getrunken...

HARTMANN: In Island gibt es gar kein Weizenbier, ich weiß nicht, ob wir jetzt in diesem Stil weitermachen sollen... Wir können aber nachher auch gern zur Dopingprobe gehen.

NETZER (wird zugeschaltet): Es stimmt, dass wir früher auch schlecht gespielt haben. Wir haben dann auch zehn Klassespiele nacheinander abgeliefert. Aber so eine Anhäufung, wie sie jetzt Rudi Völlers Mannschaft abliefert, gab's bei uns nicht. Er kann froh sein, wie er im letzten Jahr bei uns noch weggekommen ist.

VÖLLER: Die zehn überragenden Spiele hintereinander will ich aber gesehen haben. Das muß vor dem Zweiten Weltkrieg gewesen sein! (...) Das mit dem Weizenbier nehme ich zurück, sonst nichts. (...) Wenn ich mich jetzt nicht wehre, bin ich untragbar. Was sich Ribbeck und Vogts früher haben gefallen lassen, kann man mit mir nicht machen. Das ist mir die Sache nicht wert.

Es ist überhaupt ein unschönes Jahr. Bayern München wird mit sechzehn Punkten Vorsprung deutscher Meister und gewinnt im Mai auch das Pokalendspiel gegen Kaiserslautern. Als Schiedsrichter darf der Berliner Fröhlich amtieren, assistiert von seinen bewährten Kräften Gräfe und Blumenstein – eine Ehrung, die sich früh (→ 1993) abzeichnete.

Friede in diesem trostlosen Jahr kehrte erst im Oktober ein, als die deutschen Frauen den Männern zeigten, was eine Harke ist. Die Ballkünstlerinnen um Birgit Prinz wurden durch einen 2:1-Endspielsieg – Nia Künzel machte das Golden Goal! – über Schweden Weltmeister. Frauenfußball erfuhr eine ungeahnte Hausse und zwingt nun auch männliche Wissenschaftler dazu, ihre Forschungsgebiete neu auszurichten. Die von **Ansbert Kneip** referierte Studie des belgischen Sportmediziners **Chris Goossens** über den Zusammenhang von vor dem Match praktizierten Sex und anschließender Leistungsfähigkeit läßt sich ja nicht ohne weiteres auf den weiblichen Körper übertragen:

Goossens beschloß, selbst eine Studie durchzuführen. Er wollte Blutproben nehmen, Testosteron-Werte messen und Belastungstests machen, pro Testteilnehmer würde das etwa 1000 Euro kosten. Goossens rief bei Durex an, einem Kondomhersteller. Die Durex-Leute waren sofort bereit, sie Studie zu sponsern – selbst auf die Gefahr hin, daß am Ende Sex als schädlich gelten könnte, was für einen Kondomhersteller natürlich kontraproduktiv ist.
Acht Freiwillige fand Goossens in der Kabine von Germinal Beerschot Antwerpen, seinem Heimatverein. Vier weitere kamen von anderen belgischen Clubs. Allesamt Anfang zwanzig, gesund und in einer festen Beziehung. Jeder von ihnen mußte ein striktes Programm einhalten: Am ersten Tag, 14:00 Uhr, Blutabnahme. Abends kein Sex. Am nächsten Tag wieder Blutabnahme, anschließend Belastungstest auf dem Laufband. Abends wieder kein Sex. Und so weiter, die ganze Woche lang. Nur für den vierten Abend gab Goossens die Anweisung: »Laß es krachen, Junge.« Am nächsten Morgen meldete der Spieler Vollzug, Goossens nahm wieder Blutproben.
Die Suche nach dem männlichen Geschlechtshormon Testosteron brachte allerdings kein eindeutiges Ergebnis. Etliche Stunden nach dem Akt war bei einigen Probanden der Testosteron-Spiegel erhöht, bei anderen nahezu gleich und bei einigen sogar gesunken. Es gab keinen erkennbaren Zusammenhang. Anders fiel der Belastungstest aus. Die Spieler mußten aufs Laufband, die Anfangsgeschwindigkeit lag bei acht Kilometern in der Stunde. Alle drei Minuten wurde das Band um zwei

Stundenkilometer schneller. Das läßt den Puls steigen, von lässigen 110 bis auf rund 180 Schläge die Minute. Kurz bevor der Körper seine maximale Leistung erreicht, steigt die Milchsäureproduktion an – ein Zeichen dafür, daß es an die Reserven geht. Die Leistung läßt bald nach.
Goossens Ergebnis: Spieler, die Sex gehabt hatten, erreichten ihre Leistungsgrenze schneller, ohne Sex hielten sie länger durch. Es waren nur zwei, drei Minuten, »aber das könnte entscheidend sein«, meint Goossens.

2004

Was soll aus diesem Jahr bloß werden? Der Fußball krankt und darbt; Borussia Dortmund hat kein Geld mehr, und die Bundesligatrainer gelten schon nach drei Niederlagen in Folge als Fallobst. Der gewiefte Lyriker **Fritz Eckenga** machte sich darüber so seine Gedanken und schrieb die zeitlosen Verse *Trainerherbst*:

Die Wolken regenschwanger, schwer
und aschegrau wie all die Mienen.
Die erste Trainerbank schon leer,
noch lau vom Po des Ewald Lienen.

Der Wind schon Sturm, das Blatt schon Laub
und alle Tage nachtgleich dunkel.
Wie bald liegt schon der erste Staub
am Trainerplatz von Friedhelm Funkel?

Ein Netz am Pfosten festgezurrt,
ein Leder im Gestrüpp,

es fliegt kein Ball, nur Jaras Kurt,
gefolgt von Stevens Huub.

Und auch ihr andren werdet ziehn,
wie's Vögelvolk verweht,
wie alles, was so golden schien,
im Herbste blaß vergeht.

Platanen und Kastanien kahl
und erste Schneegestöber
Nebel fällt ins Augenthal
und in Wolfsburg Röber.

Flieh doch, Trainer, troll Dich, geh,
bald lockt der Winterschlaf
Reimanns Willi, Armin Veh,
Bremens Thomas Schaaf.

Rangnick, Gerets, Heynckes, Finke,
Neururer und ach,
kaum kriegt er in Gladbach Pinke,
geht auch Holger Fach.

Herbst, Du treibst die Trainer weiter,
wie der Wind die Jammer,
bist der Feind der Übungsleiter,
selbst Matthias Sammer,

wird nicht bleiben, sondern gehn,
und auch Felix Magath

kann dem Sturm nicht widerstehn,
wenn er noch so baggert,

muß er selbst wie Hitzfeld weichen
dem Naturgesetz:
Trainer gehn, sogar die reichen,
wie der Ball ins Netz.

Die Konten klamm, Vereine platt
und alle Kassen leer.
Wer jetzt nicht bald 'n Trainer hat,
der kauft sich keinen mehr.

Wer die Zeit bis zu den großen EM-Wettkämpfen sinnvoll nutzen will und wer erkannt hat, daß Weiterbildung in unserer Gesellschaft eine immens wichtige Rolle einnimmt, der sollte seine Fremdsprachenkenntnisse vertiefen – auch um auf dem internationalen Parkett bestehen zu können. Große Verdienste gebühren deshalb dem Linguisten **Dieter Seelbach**, der an einem multilingualen Fußball-Lexikon arbeitet. Welche Schwierigkeiten sich dabei im Detail auftun, mögen die folgenden Beispiele zeigen, die sich mit den harmlosen Verben »marquer« und »halten« befassen:

1 Kohler va marquer van Basten
(Kohler wird van Basten decken)
2 Platini a marqué le dernier but de la tête
(Platini hat das letzte Tor mit dem Kopf erzielt)
2a Tigana a marqué sur un corner de Platini
(Tigana hat ein Tor im Anschluß an einen Eckball von Platini [geschossen + erzielt])

2b Papin a marqué d'une reprise de volée de la limite des 18 métres
(Papin hat mit einem Ball aus der Luft von der Strafraumgrenze aus [getroffen + ein Tor erzielt])

3 Le match catasrophe contre le Bayern va marquer le jeune gardien parisien
(Das katastrophale Spiel gegen Bayern wird dem jungen Torhüter von Paris unter die Haut gehen)

4 Beckenbauer a souvent marqué contre son camp
(Beckenbauer hat oft Eigentore (gemacht + geschossen))

1 Der Keeper hält einen Volleyschuß von Zidane
Der Verteidiger kann seinen Gegenspieler nicht halten

2 Barcelona hält das Unentschieden
Der Trainer hält den Spielern (eine Standpauke + Gardinenpredigt)
Bayern hält das (Tempo + hohe Spielniveau)
Der Trainer hält die Spieler (in Form + fit)

3 Der Tormann hat (im Nachfassen + gut) gehalten

4 Blanc hat (am Trikot) gehalten
Real hält den Ball (in den eigenen Reihen)
Kohler hält (die Sohle + den Fuß) drauf

5 Der Trainer hält große Stücke auf seine Abwehr
Er hält (seinem Spieler die Stange + seine Spieler kurz)
Madrid hält Bayern in Schach
Eintracht Frankfurt hält dagegen
Der Torwart hält diesen Ball fest

Auch vor einer Europameisterschaft muß der Schweiß der Arbeit fließen.

2005

Noch sitzt der Schock tief. Deutschlands blamables Aus bei der Europameisterschaft ließ sich nicht binnen weniger Monate verkraften. Während die Nation auf die Taten des Heilsbringers Jürgen Klinsmann wartet, machen sich deutsche Schriftsteller unerschrocken ans Werk und beginnen, die EM-Ereignisse lyrisch zu verarbeiten. Wie der Saarländer **Ludwig Harig** etwa, der den Spielen zwölf gutgebaute Sonette widmet; in *Modern spielt, wer gewinnt* geht's ums Endspiel Portugal gegen Griechenland:

Beim allerletzten Spiel blieb keiner ungeschoren:
Gedehnt, gezerrt, gequetscht sind Knie und Sehnenscheiden,
der Muskelapparat, er muß am ärgsten leiden.
Es zwickt der Zehenbruch, der Riß der Adduktoren.

Die Griechen geben sich bis Ende nicht verloren:
Sie müssen nur den Druck der Portugiesen meiden,
sich für die Strategie des eignen Spiels entscheiden.
Und Ottos kluger Plan trifft nicht auf taube Ohren.

Die Botschaft kommt im Spiel zu ihrer höchsten Reife,
Herr Merk bekräftigt sie energisch mit der Pfeife.
Sie heißt: Im Fußball liegt die Wahrheit auf dem Rasen.

Modern spielt, wer gewinnt: Das Losungswort der Griechen.
Sie hatten keine Lust, gemächlich hinzusiechen.
Enttäuschtes Pfeifen weicht hellenischen Ekstasen.

Damals, während des Endspiels, hätte sich Deutschlands Schiedsrichter Markus Merk nicht träumen lassen, daß die heile Welt seiner Zunft wenig später bis ins Mark erschüttert wurde. Nach und nach zeigte sich, daß mehrere deutsche Schiedsrichter in Wettskandale verstrickt waren. Als Inkarnation des Bösen wird Berlins einst hoffnungsvoller Nachwuchsreferee Robert Hoyzer gebrandmarkt, der kroatischem Geld erlag und, wie kurze Zeit später herauskam, dem Hamburger SV im DFB-Pokal zwei Elfmeter und einen Platzverweis einbrockte. So schied Hamburg gegen Paderborn im August 2004 aus.

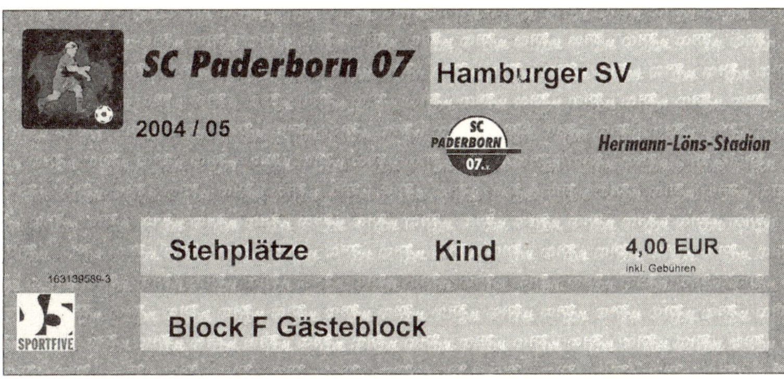

Und wieder fackelte die Lyrik nicht lange, und zwar auf allen Ebenen. Die Hamburger Popgruppe Kettcar verewigt Dr. Merk in ihrem Song *Einer* (»counterstrike, markus merk, mp3s courtney love, deine eltern, meine eltern, wind und wetter, alle eltern, metallbands, slipknot-fans, der bossanova, 68, 89, ball und platz und natürlich yoko ono, immer auf der suche nach der suche nach den schuldigen, einer muss es immer sein …«), während **Thomas Gsella** auf den Spuren Ludwig Harigs das Robert Hoyzer gewidmete Sonett *Bayern München – FC Dülmen 0:8* verfaßt:

Man sah das Netz wohl zweiminütlich beben
Von Ballacks Schüssen mittenmang ins Tor.
Zwar brüllte jemand jedesmal: »Daneben!«,
Doch ersten Zweiflern kam es komisch vor.

Daß jener Ball von Frings hereingegeben,
im Fluge sich ein andres Ziel erkor
(Man sah ihn in den linken Winkel schweben)
Und jemand sprach: »Das gilt nicht! Dülmen vor!«

Und dieser Jemand eine Stunde später,
Als Dülmen nichts gelang, den Grund erriet:
»So wird das nix! Für Dülmen zwölf Elfmeter«

Und als auch die nichts halfen, der Vertreter
Der Schirizunft auf 0:8 entschied –
Da wuchs aus Zweifel langsam ein Gezeter.

Bei so viel lyrischem Elan wundert es nicht, daß die Affäre um Hoyzer & Co. rasch zu den Akten gelegt wird. Deutschland will sich auf die Weltmeisterschaft 2006 freuen, ohne Wenn und Aber. Für kurzzeitige Erregung beim Confederations Cup – einem unwichtigen, krampfhaft aufgeplusterten Wettbewerb – sorgen mal wieder die sympathischen Funktionäre der FIFA, die merkwürdige Anweisungen geben, wie eine Abseitsstellung anzuzeigen sei. Natürlich sorgt das für herzliche Verwirrung, und wie das Zeichner-und-Texter-Duo **Rattelschneck** vermutet, stehen weitere Regeländerungen ins Haus:

NEUE FUSSBALLREGEL
DEM DER GESCHOSSEN HAT WINKEN.

2006

Wir warten aufs Christkind. Klinsmann, Löw, Bierhoff und alle anderen vom amerikanischen Spirit getragenen Motivationskünstler trichtern unseren Jungathleten ein, wie man diese brasilianischen und italienischen Gurkentruppen nach Hause schicken wird. Auch Ernährungsfragen spielen dabei eine wichtige Rolle. Zu erinnern ist an Goalgetter **Gerd Müller**, der uns 1974 zum vorletzten WM-Triumph schoß. Und woran lag es damals? An der richtigen Speisenwahl, wie Müller in seiner unvergessenen Autobiographie *Tore entscheiden* berichtet:

Ursula, meine Frau, die ja erst 18 Jahre alt ist, macht sich als Hausfrau recht gut. Sie findet allerdings, ich könnte ruhig etwas mehr Ordnung halten, und damit hat sie wohl den Nagel auf den Kopf getroffen. Ich sehe ein, daß ich ihr unnötige Arbeit mache, wenn ich einfach alles mögliche auf einen Stoß Oberhemden werfe, den sie gerade ganz prima glatt gebügelt und zusammengelegt hat. Ich habe ihr bei ihrem ersten empörten Aufschrei auch sofort Besserung versprochen …
Wir verstehen uns prima, und sie sorgt wunderbar für mich. Sogar im Essen stimmen wir überein. Vor allem essen wir beide furchtbar gerne Kartoffeln, was viele Bayern bestimmt nicht verstehen können. Hier zieht man ja Knödel oder Semmelknödel vor.
Marmorkuchen, den ich sehr gern esse, bäckt meine Frau, so oft ich Appetit darauf habe. Beim erstenmal ging es allerdings schief, und als ich heimkam, hatte sie einen normalen Rührkuchen gebacken.
»Du wolltest doch Marmorkuchen backen«, beschwerte ich mich.
»Ohne Kakao?« fragte sie. »Wie sollte ich das machen?«
Sie hatte am Abend vorher die Butter auf dem Kühlschrank gestellt, damit sie zum Rühren weich wurde. Die Butter war dann aber so weich geworden, daß sie davongeflossen war, und meine Oma, die gerade zu Be-

such gekommen war, hatte nicht nur aufgeräumt, sondern auch das butterdurchtränkte Kakaopaket, das auf dem Kühlschrank gestanden hatte, weggenommen. Es war am Samstagnachmittag, und ab mittags hatten die Geschäfte geschlossen. Nix Kakao – nix Marmorkuchen …

SPIELENDE

Irgendwann ist Schluß, bis zum nächsten Endspiel, bis zur nächsten Meisterschaft. Mehr als 120 und ein paar Minuten dauern Spiele selten (→ 1922). Dann leert sich die Arena; enttäuschte oder beglückte Menschen machen sich auf den Heimweg, um neue Energie für den kommenden Mittwoch oder Samstag aufzutanken. Im Stadion selbst lebt der Geist der Spiele weiter. **Eduardo Galeano** hört die Stimmen:

Sind Sie schon jemals in einem leeren Stadion gewesen? Machen Sie einmal die Probe. Stellen Sie sich mitten auf den Platz und lauschen Sie genau. Es gibt nichts Volleres als ein leeres Stadion. Es gibt nichts Lauteres als die Ränge, auf denen niemand steht.
In Wembley erschallt immer noch der Jubel von der Weltmeisterschaft 1966, die England gewann, doch wenn Sie gut die Ohren spitzen, dann können Sie ganz leise ein Wimmern hören, das aus dem Jahre 1953 herrührt, als die Ungarn die englische Mannschaft haushoch schlugen. Das Centenario-Stadion von Montevideo seufzt voller Nostalgie über den verblaßten Ruhm des uruguayischen Fußballs, Maracaná beweint immer noch die Niederlage Brasiliens in der Weltmeisterschaft 1950. In der Bombonera von Buenos Aires rasseln die Trommeln von vor fünfzig Jahren. Aus der Tiefe des Azteca-Stadions in Mexiko hallen die feierlichen Gesänge des alten mexikanischen Ballspiels wieder. Der Beton des Camp Nou in Barcelona spricht katalanisch, und *euskera*, baskisch, sprechen die Ränge von San Mamés in Bilbao. In Mailand schießt der Geist von Giuseppe Meazza Tore, die das Stadion, das seinen Namen trägt, vor Begeisterung erzittern lassen. Das Endspiel der Weltmeisterschaft 1974, das Deutschland gewann, wird Tag für Tag und Abend für Abend im Olympiastadion von München neu ausgetragen. Das Stadion von König Fahd in Saudi-Arabien hat eine Ehrenloge aus Marmor und Gold und

mit Teppichen ausgelegte Ränge, doch hat es weder Erinnerung noch Großes zu erzählen.

Und irgendwann stirbt auch ein Fußballfan, freilich gibt es da, **Nick Hornby** folgend, hinsichtlich des Zeitpunkts Präferenzen:

Ich will nicht mitten in der Saison sterben, aber ich bin, denke ich, andererseits einer von denen, die glücklich wären, wenn ihre Asche über dem Rasen von Highbury verstreut würde. (Obwohl ich verstehe, daß es Beschränkungen gibt. Zuviele Witwen setzen sich mit dem Club in Verbindung, und es bestehen Befürchtungen, daß die Grasnarbe nicht allzu gut auf den Inhalt von unzähligen Urnen reagieren würde.) Es ist schön, sich vorzustellen, daß ich in irgendeiner Form im Stadion herumhängen und einen Samstag der ersten Mannschaft zusehen könnte und am nächsten dem Reserve-Team. Mir würde es Wohlbehagen bereiten, wenn meine Kinder und Enkel Arsenalfans wären und ich mit ihnen zuschauen könnte. Das scheint mir keine schlechte Art, die Ewigkeit zu verbringen, und ganz sicher werde ich lieber auf der Westtribüne verstreut als im Atlantik versenkt oder über einem verlassenen Berg ausgeschüttet zu werden.
Ich will allerdings auch nicht unmittelbar nach dem Spiel sterben (wie Jock Stein, der Sekunden, nachdem Schottland Wales geschlagen und sich für die Weltmeisterschaft qualifiziert hatte, starb, oder wie der Vater eines Freundes, der vor ein paar Jahren bei einem Spiel zwischen Celtic und den Rangers das Zeitliche segnete). In gewisser Weise scheint das *übertrieben*, als ob Fußball die einzige passende Umgebung für den Tod eines Fußballfans wäre. (Und ich spreche hier, natürlich, nicht vom Tod in Heysel, Hillsborough, Ibrox oder Bradford, denn das waren Tragödien einer vollkommen anderen Kategorie.) Ich will nicht, daß man sich mit einem Kopfschütteln und einem liebevollen Lächeln an mich erinnert, mit

dem man andeutet, daß das die Art von Abgang ist, die ich gewählt hätte, wenn mir die Wahl geblieben wäre; da ziehe ich ein ernstzunehmendes Ende der plumpen Symbolik jederzeit vor.

Was bei Arsenal London Probleme bereitet, ist in den Niederlanden kein Hexenwerk. Österreichische Politikberater waren so freundlich, Bestimmungen zur »Privatisierung und Liberalisierung öffentlicher Dienstleistungen in der EU« zu resümieren. Teil 14 dieser nützlichen Information gilt dem Bestattungswesen. Fußballfans aufgepaßt: »In den Niederlanden besteht ein sehr liberales Friedhofs- und Bestattungswesen. Es können sowohl Friedhöfe als auch Krematorien kommunal oder privat betrieben werden. (...) Bekannt ist ein Gemeinschaftsbegräbnisplatz für die Fans des Fußballvereins Ajax Amsterdam auf dem Amsterdamer Friedhof Westgaarde. Und auf dem Rasen des alten Ajax-Stadions wurde eine Aschenstreuwiese angelegt.«

Womit schließen? Natürlich mit Jürgen Klinsmann, unserem optimistischen Teamchef, der angetreten ist, aus Ackergäulen Dressurpferde und aus Rumpelfüßlern Filigrantechniker zu machen. Klinsis Karriere begann am Fuße der Schwäbischen Alb, im Ort Kuchen, wo der neunjährige Jürgen erstmals für den TB Gingen auflief. Sein Biograph **Hans Blickensdörfer** weiß, wie es damals zuging:

Sein Trainer hatte ihn zunächst auf die Bank gesetzt, weil er ihn doch noch für arg grün hielt, aber er hatte ihm den Einsatz versprochen und mußte Wort halten bei dem vor Einsatzfreude schier platzenden Jungen. Aber plötzlich war sie wie weggeblasen. »Ich weiß gar nicht, was Abseits ist, Trainer! Können Sie mir das rasch erklären?« Der Trainer tat's pro forma, weil das ja die komplizierteste aller Regeln ist, und schickte ihn für die letzten zehn Minuten aufs Feld. Aber er tat dort nicht viel mehr als herumzurennen. Lampenfieber und Angst vor dem Abseits kamen zusammen bei einem, der den Fuß auf die alleruntersten Sprossen der Ruhmesleiter gesetzt hatte.

Einige Monate später fand sich Jürgen Klinsmann bereits bestens auf dem Rasen zurecht und traf beim 20:0 seiner Gingener gegen Aichelberg gleich 16-mal ins Schwarze. Wenn das kein gutes Omen für das Fußballjahr 2006 ist …

QUELLENVERZEICHNIS

Anonymus: Klasse 8b, 3. Schulaufgabe aus dem Lateinischen, 29.4.1998. In: *Der tödliche Paß* 4, 1998, H. 13, S. 13

Klaus Augenthaler: Tooooor! Über die Faszination des Weitschusses. In: *Süddeutsche Zeitung. Magazin*, 1.8.1997

Julian Barnes: *Eine Geschichte der Welt in 10 Kapiteln.* Deutsch von Gertraude Krueger. Reinbek: Rowohlt, 2000, S. 386f.

Christoph Bausenwein: *Geheimnis Fußball. Auf den Spuren eines Phänomens.* Göttingen: Die Werkstatt, 1995, S. 80f., 99, 149, 212f.

Peco Bauwens: [Spielbericht 1922]. Zit. nach: Christoph Bausenwein: *Geheimnis Fußball. Auf den Spuren eines Phänomens.* Göttingen: Die Werkstatt, 1995, S. 248

Franz Beckenbauer: *Ich. Wie es wirklich war.* München: Bertelsmann, 1992, S. 206

Franz Beckenbauer: Gute Freunde. In: Reinhold Beckmann / Sven Böttcher: *LiebesLeder. Der kleine Fußballberater.* München: Goldmann, 1996, S. 81

Reinhold Beckmann / Sven Böttcher: *LiebesLeder. Der kleine Fußballberater.* München: Goldmann, 1996, S. 119f.

Joachim Bessing u.a.: *Tristesse Royale. Das popkulturelle Quintett.* © Ullstein Verlag Berlin, 1999, S. 112-115

Nalinasksha Bhattacharya: *Im Himmel spielen die Götter Fußball. Roman.* Aus dem Englischen von Karin Dufner, Barbara Steckhan Kollektiv Druck-Reif. München: Knaur, 1994, S. 67-69

Oliver Bierhoff: Die Hymne. In: Wolfgang Sandner (Hg.): *Kleines Wörterbuch der Tonkunst. Zweite Folge in einundzwanzig Lieferungen und einer Zugabe.* © Residenz Verlag Salzburg und Wien, 2001, S. 66f.

Christoph Biermann: *Wenn du am Spieltag beerdigt wirst, kann ich leider nicht kommen. Die Welt der Fußballfans.* © Kiepenheuer & Witsch Verlag Köln, 1995, S. 15

Christoph Biermann / Ulrich Fuchs: *Der Ball ist rund, damit das Spiel die Richtung ändern kann.* © Kiepenheuer & Witsch Verlag Köln , 1999, S. 83, 174

Hans Blickensdörfer: *Jürgen Klinsmann.* © 1995 Engelhorn Verlag, Stuttgart, S. 62

Hans Blickensdörfer: *Rund sind Ball und Baskenmütze. Erinnerungen.* Stuttgart: Engelhorn, 1997, S. 46f.

Norbert Blüm: *Das Sommerloch. Rechts und links der Politik.* © Kiepenheuer & Witsch Verlag Köln, 2001, S. 42-44

Karl-Heinz Bohrer: Wembley. In: Ludwig Harig / Dieter Kühn (Hg.): *Netzer kam aus der Tiefe des Raumes. Notwendige Beiträge zur Fußball-Weltmeisterschaft.* © Carl Hanser Verlag München Wien, 1974, S. 89

[Briefe an Sepp Herberger 1954]. In: Anton Kehl (Hg.): *»Ich war ein Besessener …« Sepp Herberger in Bildern und Dokumenten.* © Paul List Verlag München, 1997, S. 166f.

Pierluigi Collina: *Meine Regeln des Spiels. Was mich der Fußball über das Leben lehrte.* Mit einem Vorwort von Rainer Moritz. Aus dem Italienischen von Bruno Genzler. © Hoffmann und Campe Verlag, Hamburg 2003, S. 45f.

Jenö Csaknady: *Fußball ohne Brutalität. Erster Ehrenkodex des Fußball-Wettkampfs.* Mit einem Vorwort von Marcel Reif. Butzbach-Griedel: Afra Verlag, 1997, S. 99f.

F. C. Delius: Vier Londoner Limericks. In: *Patio-Fußballmagazin 1968/69.* o.P.

Jupp Derwall: Der deutsche Fußballbund und seine Nationalmannschaften. In: Ludwig Harig / Dieter Kühn (Hg.): *Netzer kam aus der Tiefe des Raumes. Notwendige Beiträge zur Fußball-Weltmeisterschaft.* © Carl Hanser Verlag München Wien, 1974, S. 36f.

Bernd Dittrich / Michael Rudolf: Im Brennglas heißer Sportdramatik. Ein Dramolett mit Heinz-Florian Oertel. In: Jürgen Roth / Klaus Bittermann (Hg.): *Wieder keine Anspielstation. Fußballexperten: Die Kommentare des Grauens.* Berlin: Tiamat, 1996, S. 143-145

Johannes Dräxler / Harald Braun: *Fußball. Kleine Philosophie der Passionen.* © Deutscher Taschenbuch Verlag München, 1998, S. 42, 96f., 113

Sammy Drechsel: *Elf Freunde müßt ihr sein. Ein Fußballroman für die Jugend.* © K. Thienemann Stuttgart Wien, 1955, S. 231f.

Fritz Eckenga: *Trainerherbst.* Originalveröffentlichung. © Fritz Eckenga

Christian Eichler: *Lexikon der Fußballmythen.* Frankfurt/Main: Eichborn, 2000, S. 250, 313

Branko Elsner: Fußball als interpersonell-motorische Kommunikation. In: Roman Horak / Wolfgang Reiter (Hg.): *Die Kanten des runden Leders. Beiträge zur europäischen Fußballkultur.* Wien: Promedia, 1991, S. 16

Per Olof Enquist: *Die Kartenzeichner. Fragile Utopien.* Aus dem Schwedischen von Wolfgang Butt. © Carl Hanser Verlag München Wien, 1992, S. 18f.

Hans R. Erhardt: Rezept für eine Fußballtorte. In: *Der tödliche Paß* 5, 2000. H. 20, S. 19

Stefan Erhardt: Kleine Chronologie der Fußballpfeife. In: *Der tödliche Paß* 5, 2000, H. 20, S. 24

Stefan Erhardt: [Schlagzeilen Christoph Daum], in: Jürgen Roth: *Die Tränen der Trainer. Wichtige Fußballbegebenheiten.* Münster: Oktober Verlag, 2001, S. 159f.

Friedhelm Erlach: Infos einseitig [Leserbrief]. In: *Weser-Kurier*, 27.4.2000

Hartmut Esser: Der Doppelpaß als soziales System. In: *Zeitschrift für Soziologie 20,* 1991, S. 155f.

Rudi Faßbender: Bolzclub-Lied. In: Autorengruppe Dorfbolz: *Zerschlagt den DFB? Oder Sind wir auf dem Weg in eine Bananenflankenrepublik.* Prasdorf/Holstein: o.V., 1997, S. 74f. © Rudi Faßbender

Rudi Faßbender: Wir basteln uns ein Lire-Fußball-Sonett! In: Autorengruppe Dorfbolz: *Zerschlagt den DFB? Oder Sind wir auf dem Weg in eine Bananenflankenrepublik.* Prasdorf/Holstein: o.V., 1997, S. 87f. © Rudi Faßbender

Jörg Fauser: Fat City Fußball-Blues. In: *Jörg Fauser Werkausgabe* © der Gesamtausgabe Rogner & Bernhard GmbH & Co, Hamburg 1990, Bd.2, S. 189f.

Edi Finger / Armin Hauffe: [Reportage Córdoba 1978]. Zit. nach: Michael Wassermair / Lothar Wieselberg (Hg.): *3:2, Österreich: Deutschland. 20 Jahre nach Córdoba.* Wien: Döcker, 1998, S. 144ff.

Gerhard Fischer / Ulrich Lindner: *Stürmen für Hitler. Vom Zusammenspiel zwischen Fußball und Nationalsozialismus.* Göttingen: Die Werkstatt, 1999, S. 235f.

Manfred Fock: *Der letzte Spieltag. Ein Bericht.* Adelshofen: Fangorn, 1996, S. 63f.

Lutz-Michael Fröhlich / Sven Hillenkamp: »Man darf sich nicht jagen lassen«. In: *Die Zeit*, 17.5.2001

Eduardo Galeano: *Der Ball ist rund und Tore lauern überall.* Aus dem uruguayischen Spanisch von Lutz Kliche. © Peter Hammer Wuppertal, 1997, S. 31, 32f., 46, 65, 132f., 165f.

Gunter Gebauer: Die Bundesliga. In: Etienne François / Hagen Schulze (Hg.): *Deutsche Erinnerungsorte II.* München: Beck, 2001, S. 465

Roberto Giardina: *Anleitung, die Deutschen zu lieben.* Aus dem Italienischen von Christine v. Bechtolsheim. Berlin: Argon, 1996, S. 51.

René Goscinny: *Der kleine Nick. Achtzehn prima Geschichten.* Deutsch von Hans-Georg Lenzen. © Diogenes Verlag AG Zürich, 1974, S. 25f.

Günter Grass: *Mein Jahrhundert.* © Steidl Verlag Göttingen, 1999, S. 16-18

Muir Gray: *Verletzungen im Fußballsport.* Geleitwort von Bobby Moore. Köln: Deutscher Ärzte-Verlag, 1985, S. 44-46, 127

Thomas Gsella: Bayern München – FC Dülmen 0:8. In: T. G.: *Ins Alphorn gehustet. Gedichte.* Leipzig: Reclam, 2005, S. 83f.

Thomas Gsella / Heribert Lenz / Jürgen Roth: *So werde ich Heribert Faßbender. Grund- und Aufbauwortschatz Fußballreportage.* Essen: Klartext, 1995, S. 14

Giovannino Guareschi: *Don Camillo und Peppone.* Roman. Hamburg: Rowohlt, 1988, S. 104f. © Otto Müller Verlag Salzburg, 1988

Hans-Ulrich Gumbrecht: Lob der Schönheit des Sports. Aus dem Amerikanischen von Julika Griem. In: *Frankfurter Allgemeine*, 11.7.2001

Rudi Gutendorf: *Ich bin ein bunter Hund. Zwischen Schalke und Chile, Fidschi und Fudschi.* München: Herbig, 1987, S. 10-12

Wolf Haas: *Der Knochenmann.* © Rowohlt Taschenbuch Verlag GmbH Reinbek, 1997, S. 14f.

Wolf Haas: *Silentium.* © Rowohlt Taschenbuch Verlag GmbH Reinbek, 1999, S. 39f.

Martin Halter: Liebling der Götter und Mädchen. In: *Hattrick* 1/1995, S. 123-127. © Martin Halter

Peter Handke: Die Aufstellung des 1. FC Nürnberg vom 27. 1. 1968. In: P.H.: *Die Innenwelt der Außenwelt der Innenwelt.* © Suhrkamp Verlag Frankfurt, 1969, S. 55

Peter Handke: *Die Angst des Tormanns beim Elfmeter. Erzählung.* © Suhrkamp Verlag Frankfurt, 1970, S. 111f.

Peter Handke: *Ich bin ein Bewohner des Elfenbeinturms.* © Suhrkamp Verlag Frankfurt, 1972, S. 134f.

Klaus Hansen: Breitner. In: K.H.: *Ballbesitz ist Diebstahl.* Köln: edition fundamental, 1998, S. 15

Klaus Hansen: Englisch for Knappen. In: K.H.: *Hart am Ball. Fußball-Satiren.* München: Copress, 1988, S. 49

Ludwig Harig: Modern spielt, wer gewinnt. In: L. H.: *Ideenspiele, fußgerecht. Zwölf alexandrinische Sonette.* Hamburg: Wohlleben, *2004*, o. P.

Manfred Hausmann: *Spiegel des Lebens. Festrede zum 60jährigen Jubiläum des Deutschen Fußball-Bundes.* Berlin: Omnium, 1960, S. 148

Albert Hefele: Aufstellungssorgen. In: *Titanic* 6/1994, S. 58

Albert Hefele: Augenzeugen berichten. Waldemar Hartmann. In: Jürgen Roth / Klaus Bittermann (Hg.): *Wieder keine Anspielstation. Fußballexperten: Die Kommentare des Grauens.* Berlin: Tiamat, 1996, S. 121-123

Enrico Heil: Welches Waschmittel? In: *Die Zeit,* 26.7.2001

Uta-Maria Heim: Ein Mann, ein Schuß, ein Tor. In: *Stuttgarter Zeitung,* 23.6.1990. © Uta-Maria Heim

Eckhard Henscheid: Hymne auf Bum Kun Cha. In: E.H.: *An krummen Wegen. Gedichte und Anverwandtes.* Zürich: Haffmans, 1994, S. 36-39

Gerhard Henschel / Günther Willen: *Drin oder Linie? Alles übers dritte Tor.* Leipzig: Reclam, 1996, S. 77f.

Bernd Hölzenbein / Michael Horemi: »Nicht gegen die Erdanziehungskraft gewehrt«. In: *Frankfurter Allgemeine,* 7.7.1999

Manfred Hofmann: Falscher Einwurf. In: Günther Willen (Hg.): *Alle lieben Fußball. Bilder & Worte.* Oldenburg: Lappan, 1997, S. 9

Manfred Hofmann: Wie man einen Elfmeter verwandelt. In: Günther Willen (Hg.): *Alle lieben Fußball. Bilder & Worte.* Oldenburg: Lappan, 1997, S. 30f.

Manfred Hofmann: Die Mauer. In: Günther Willen (Hg.): *Alle lieben Fußball. Bilder & Worte.* Oldenburg: Lappan, 1997, S. 50f.

Gerd Holzheimer: Nach Freud kommt Fußball. In: *Nürnberger Zeitung,* 11.11.2000. © Gerd Holzheimer

Nick Hornby: *Ballfieber. Die Geschichte eines Fans.* Deutsch von Marcus Geiss und Henning Stegelmann. © Rogner & Bernhard GmbH & Co. Hamburg 1996, S. 46f., 96f., 141f., 181f.

Ted Hughes: Fußball verschlammpt. In: T.H.: *Der Tiger tötet nicht. Ausgewählte Gedichte. Englisch – deutsch.* Auswahl, Übertragung und Nachwort von Jutta und Wolfgang Kaußen. © Insel Verlag Frankfurt, 1998, S. 169

Hans Hummel: Abseits! In: Präsidium des Hamburger Fußball-Verbandes (Hg.): *100 Jahre Fußball in Hamburg.* Hamburg: Kruck, 1994, S. 31

Johannes John: Der Staubsauger im Mittelfeld. In: *Der tödliche Paß* 1, 1995, H. 1, S. 8f.

Franz Kafka: *Briefe an Ottla und die Familie.* Herausgegeben von Hartmut Binder und Klaus Wagenbach. Frankfurt/Main: S. Fischer, 1974, S. 136f.

Richard Kirn: *Der lachende Fußball. Anekdoten und Geschichten um das runde Leder.* Nürnberg: Willmy, 1942, S. 41f., 116f.

Ansbert Kneip: *Geil kickt gut.* In: *Der Spiegel* 37/2003, S. 138

[Hermann Knoblauch]: [Stellungnahme zum Spielabbruch TSV Obernbreit – SV Gelchsheim]. In: Joachim Franz / Andreas Sandmann (Hg.): *Satanische* Fersen. *Kritisches, Abseitiges und Komisches rund um den Fußball.* Kassel: Agon, 1994, S. 74

Helmut Konrad / Eduard Staudinger / Manfred Lechner: Gibt es einen österreichischen Fußball? Ein dem Thema angepaßt seriöses Gespräch. In: Ursula Prutsch / Manfred Lechner (Hg.): *Das ist Österreich. Innensichten und Außensichten.* Wien: Döcker, 1997, S. 256

Reinhard Kopiez / Guido Brink: *Fußball-Fangesänge. Eine* Fan*omenologie,* © Verlag Königshausen & Neumann GmbH Würzburg, 1999, S. 126, 257

Kathy Lette: Freistoß. In: K.L.: *Die Sushi-Schwestern. Stories.* Deutsch von Irmela Erckenbrecht. © Rowohlt Taschenbuch Verlag GmbH Reinbek, 1995, S. 18f.

Pierre Littbarski: »Rührei ist Trumpf«. In: Jupp Derwall: *Der Nationalmannschaft in den Kochtopf geguckt.* © Universitas in der F.A. Herbig Verlagsbuchhandlung GmbH, München 1983, S. 191

Medardus Luca: Das Foul an Ewald Lienen. In: Gotthard Dikty: *Schiri: Telefon!* Sankt Augustin: Academia Verlag, 1999, S. 66

Sepp Maier: Blöde Frage. In: Elke Wittich (Hg.): *»Wo waren Sie, als das Sparwasser-Tor fiel?«.* Hamburg: Konkret Literatur Verlag, 1998, S. 22

Sepp Maier: *»Ich bin doch kein Tor«.* Hamburg: Hoffmann und Campe, 1980, S. 9

Richard Maitland: Trost des Alters; Die Schönheiten des Fußballs. In: Theo Stemmler: *Kleine Geschichte des Fußballspiels.* Frankfurt: Insel, 1998, S. 61

Javier Marías: *Alle unsere frühen Schlachten. Fußball-Stücke.* Herausgegeben und mit einem Vorwort versehen von Paul Ingendaay. Aus dem Spanischen übersetzt von Alexander Dobler und Catalina Rojas Hauser, Stuttgart: Klett-Cotta, 2000, S. 49f., 89, 113f. © Javier Marías 2000

Harald Martenstein: *Wachsen Ananas auf Bäumen? Wie ich meinem Kind die Welt erkläre.* © Hoffmann und Campe Verlag Hamburg, 2001, S. 43-45

Lothar Matthäus: *Mein Tagebuch.* Herausgegeben von Ulrich Kühne-Hellmessen und Tom Bender. © Ullstein Verlag Berlin, 1997, S. 19, 120f.

M. Mei: Apopudobalia. In: Hubert Cancik / Helmuth Schneider / Manfred Landfester (Hg.): *Der neue Pauly. Enzyklopädie der Antike.* Bd. 1. © J.B. Metzlersche Verlagsbuchhandlung und Carl Ernst Poeschel Verlag GmbH, Stuttgart 1996, S. 895

Willy Meisl / Carl Koppehel: *Das ABC des Fußballspiels.* Oldenburg: Stalling, 1925, S. 82, 114f.

Jörg Metes / Tex Rubinowitz: *Die sexuellen Phantasien der Kohlmeisen. Listen, die die Welt erklären.* © Verlag Kiepenheuer & Witsch Köln, 1996, S. 120

Karl Mickel: Nänie. In: K.M.: *Schriften 2.* Halle/Leipzig: Mitteldeutscher Verlag, 1990, S. 58

Bernhard Minetti: [Telegramm an Sepp Herberger]. In: Anton Kehl (Hg.): *»Ich war ein Besessener ...« Sepp Herberger in Bildern und Dokumenten.* München: List, 1997, S. 155

Bernhard Minetti: Fußball und Theater. In: Paul Breitner / Bernd Schroeder (Hg.): *Kopf-Ball.* Frankfurt/Main [u.a.]: Ullstein, 1982, S. 83f.

Rainer Moritz: Kein Pokal für Berti. In: *Rheinischer Merkur,* 5.6.1998. © Rainer Moritz

Bernd Müllender: *Fußballfrei in 11 Spieltagen.* © Fischer Taschenbuchverlag GmbH Frankfurt/Main, 1998, S. 18

Gerd Müller: *Tore entscheiden.* München: Copress, 1967, S. 39

Hansi Müller: [Interview]. In: Michael Wassermair / Lothar Wieselberg (Hg.): *3:2, Österreich: Deutschland. 20 Jahre nach Córdoba.* Wien: Döcker, 1998, S. 180

Vladimir Nabokov: *Erinnerung, sprich. Wiedersehen mit einer Autobiographie.* Deutsch von Dieter E. Zimmer. © Rowohlt Verlag GmbH Reinbek, 1984, S. 362

Gianna Nannini: Notti magiche. Zit. nach: Frank Baasner: *Torschüsse ins Herz. canzone und calcio.* In: Zibaldone 25 (1998), S. 104f.

Gerhard Nebel: *Hinter dem Walde. Sechzehn Lektionen für Zeitgenossen.* Hamburg: Hoffmann und Campe, 1964, S. 67f.

Otto Nerz / Carl Koppehel: *Der Kampf um den Ball. Das Buch vom Fußball.* Berlin: Prismen-Verlag, 1933, S. 14f., 54, 90, 169

Nikolaus von Kues, *Vom Globusspiel. De Ludo Globi.* Übersetzt und mit Einführung und Anmerkungen versehen von Gerda von Bredow. © Felix Meiner Verlag Hamburg, 1999, S. 12f.

Albert Ostermaier: ode an kahn. In: *Süddeutsche Zeitung,* 25.5.1999

Georg M. Oswald: In Lederhosen. In: Wolfgang Frank (Hg.): *Nach dem Spiel ist vor dem Spiel. Die wunderbare Welt des Fußballs.* © Rowohlt Taschenbuch Verlag GmbH Reinbek, 1996, S. 46

Kurt Otto: *Fußballsport. Übung – Training – Wettkampf.* Leipzig: Quelle & Meyer, 1941, S. 7

Rainer Paris: Fußball als Interaktionsgeschehen. In: Modellversuch Journalisten-Weiterbildung der Freien Universität Berlin (Hg.): *Der Satz »Der Ball ist rund« hat eine gewisse philosophische Tiefe.* Berlin: Transit, 1983, S. 152

Dieter Pauly: *Abpfiff. Rückblick eines Schiedsrichters.* München: Copress, 1990, S. 14, 192f.

Fritz Peters: *Tull Harder stürmt für Deutschlands Fußballruhm.* Hamburg: Falken, 1942, S. 151f.

Matthias Politycki: Einmal Löwe, immer Löwe. In: *Süddeutsche Zeitung* 3. 8. 2000. © Matthias Politycki

Dieter Pudenz: Fünfziger Jahre. In: Paul Breitner / Bernd Schroeder (Hg.): *Kopf-Ball.* Frankfurt/Main [u.a.]: Ullstein, 1982, S. 155f.

Rattelschneck: *Das dicke Rattelschneck-Buch*. Reinbek: Rowohlt, 2005, o. P. © Eulenspiegel Verlag, Berlin

Rainer Maria Rilke: Der Ball. In: R.M.R.: *Die Gedichte*. Frankfurt/Main: Insel, 1999, S.585

Michael Ringel: *Das listenreiche Buch der Wahrheit. Wertloses Wissen hoch 10*. © Fischer Taschenbuchverlag Frankfurt/Main, 1998, S. 115

Carola Rönneburg: Zum Beispiel Tschechische Republik – Deutschland. In: Albert Hefele / Jürgen Roth (Hg.): *Alle meine Endspiele. Herrliche Fußballgeschichten – von Bern bis Hamborn*. Berlin: Tiamat, 1998, S. 165-167

Franz Rosenbauer: Viele Worte um nichts? Reden als Instrument der Eigen-PR. In: *Public Relations Forum* 3/01, S. 127

Thomas Rosenlöcher: *Die Wiederentdeckung des Gehens beim Wandern. Harzreise*. © Suhrkamp Verlag Frankfurt, 1991, S. 85-87

Peter Rosegger: Wünsche für das neue Jahr. In: P.R.: *Ausgewählte Kostbarkeiten*. Zusammengestellt von Gottfried Berron. Lahr: SKV-Edition, 1992, S. 38

Jürgen Roth / Wolfgang Herrndorf (Hg.): *Heribert Faßbender, Gesammelte Werke*. Band IX/5. Essen: Klartext, 1998, S. 48f.

Thomas Rothschild: Heißt der nicht Jens Sparschuh? In: Elke Wittich (Hg.): *»Wo waren Sie, als das Sparwasser-Tor fiel?«*. Hamburg: Konkret Literatur Verlag, 1998, S. 89

Heinz-Georg Rupp / Bernd Müllender: [Interview]. In: *Süddeutsche Zeitung*, 18./19.1.1997

Umberto Saba: Tor. Übersetzung Hans Hinterhäuser. In: *Zibaldone* 28 (1998), S. 73

Jean-Paul Sartre: *Kritik der dialektischen Vernunft*. Bd. 1. Übersetzt von Traugott König. © Rowohlt Verlag GmbH Reinbek, 1967, S. 492

D. E. Sattler: Silber ist Gold. Gedanken eines Bremers zur entgangenen Meisterschaft. In: *Freibeuter* 28/1986, S. 156

S. A. Sawin: *Das Training des Fußballspielers*. Berlin: Sportverlag, 1959, S. 22f., 37

Marcel Schilling: »So männa, kompliment, drei null das is natürlich schon ne tolle leistung«. Kommunikation von Fußballern in der Halbzeitpause. In: *Sprachreport* 2/97, S. 3

Annemarie Schimmel: [Limerick]. In: Rainer Moritz: *Immer auf Ballhöhe. Ein ABC der Befreiungsschläge*. München: Beck, 1997, S. 79. © Annemarie Schimmel

Thomas Schleiff: Erwartungshaltung. In: Christian Möller / Hans-Georg Ulrichs (Hg.): *Fußball und Kirche. Wunderliche Wechselwirkungen*. Göttingen: Vandenhoeck & Ruprecht, 1997, S. 56

Wilhelm Schmid / Gerd Schneider: »Sport ist ein Modell für Lebenskunst«. In: *Frankfurter Allgemeine*, 11.4.2000

H. Schmidhauser: *Über die seelische Beeinflussung, Hypnose und Suggestion im Fußball*. Untersiggenthal: Harder, o.J., S. 46f., 57

Wendelin Schmidt-Dengler: Polster gegen Hamlet 2:1. In: *Der Standard*, 13./14. 6. 1998. © Wendelin Schmidt-Dengler

Bertram Schmitt: *Körperverletzungen im Fußball. Eine kriminologische Studie über typische Erscheinungsformen und Konsequenzen für die Strafrechtsanwendung sowie über das*

Verhältnis der staatlichen Strafrechtspflege zur Strafgewalt der Verbände. Lübeck: Schmidt-Römhild, 1985, S. 42

Helmut Schümann: *Das Runde muß ins Eckige. Eine Geschichte der Bundesliga.* © Alexander Fest Verlag Berlin, 2001, S. 38, 81f., 152f.

Toni Schumacher: Gulasch satt. In: Jupp Derwall: *Der Nationalmannschaft in den Kochtopf geguckt.* © Universitas in der F.A. Herbig Verlagsbuchhandlung GmbH, München 1983, S. 77

Bernd Schuster: Warum eigentlich kein Gurkensalat? In: Jupp Derwall: *Der Nationalmannschaft in den Kochtopf geguckt.* © Universitas in der F.A. Herbig Verlagsbuchhandlung GmbH, München 1983, S. 129

Dieter Seelbach: *Das kleine multilinguale Fußballlexikon.* In: Maria Gabriela Schmidt / Walter Bisang (Hrsg.): *Philologica et Linguistica – Historias, Pluralitas, Universitas. Festschrift für Helmut Humbach.* © Wissenschaftlicher Verlag Trier, 2001, S. 330f.

C. Sepe: [Brief an Klaus Machowiak]. In: Bernd Müllender / Jürgen Nendza (Hg.): *Gib mich die Kirsche, Deutschland! Bunte Liga und Alternativfußball.* Essen: Klartext, 1992, S. 139

Hans Sitzberger / Volker Kreisl: [Interview]. In: *Süddeutsche Zeitung*, 18.4.2000

Johann Skocek / Wolfgang Weisgram: *Wunderteam Österreich. Scheiberln, wedeln, glücklich sein.* © Verlag Orac in Verlag Kremayr & Scherian, Wien 1996, S. 15

Paolo Sollier: *Ein Porträt des Fußballspielers als junger Mann.* © der deutschen Übersetzung von Dieter Schwarz © Rowohlt Verlag GmbH, Reinbek 1978, S. 57

Uli Stein: *Halbzeit. Eine Bilanz ohne Deckung.* Frankfurt/Main: Simader, 1993, S. 158f.

Theo Stemmler: *Kleine Geschichte des Fußballspiels.* © Insel Verlag Frankfurt, 1998, S. 14f.

Silvia Szymanski: Seitenverkehrter Mond. In: Elke Wittich (Hg.): *»Wo waren Sie, als das Sparwasser-Tor fiel?«.* Hamburg: Konkret Literatur Verlag, 1998, S. 42f.

Andreas Thiem: Was tun gegen Grasflecken? In: *Die Zeit*, 26.7.2001

Friedrich Torberg: Auf den Tod eines Fußballspielers. In: F.T.: *Lebenslied. Gedichte aus 25 Jahren.* Wien/Berlin: Medusa, 1983, S. 47f. © Langen Müller in der F.A. Herbig Verlagsbuchhandlung GmbH, München

Friedrich Torberg: *Die Mannschaft. Roman eines Sport-Lebens.* Wien [u.a.]: Molden, 1968, S. 36-38. © Langen Müller in der F.A. Herbig Verlagsbuchhandlung GmbH, München

Friedrich Torberg: *Die Erben der Tante Jolesch.* München: dtv, [9]1992, S. 130. © Langen Müller in der F.A. Herbig Verlagsbuchhandlung GmbH München

Giovanni Trapattoni: [Ansprache an die Spieler des FC Bayern München]. Zit. nach: *die tageszeitung*, 14.3.1998

Reinhard Umbach: Der Ball ist drin. In: R.U.: *Am Fuß der blauen Verse. Fußballgedichte elfmeterreif auf den Punkt gebracht.* Göttingen: o.V., 2001. © Reinhard Umbach

Reinhard Umbach: *Böser Bayern-Bube. In: Am Fuß der blauen Ferse. Fußballgedichte elfmeterreif auf den Punkt gebracht.* Göttingen: o.V., 2001. © Reinhard Umbach

Heinrich Väth: *Profifußball. Zur Soziologie der Bundesliga.* Frankfurt/Main: Campus, 1994, S. 35f.

Manuel Vázquez Montalbán: Barça, Barça, Barça! Aus dem Spanischen von Albrecht Buschmann. In: *Freibeuter* 72 (1997), S. 62f.

Bernward Vesper: *Die Reise.* Jossa: März, 1977, S. 180f.

Hans-Ulrich Vogel: Homo ludens sinensis: Fußball im alten China. In: Wolfgang Schacht / Werner Lang (Hg.): *Über Fußball. Ein Lesebuch zur wichtigsten Nebensache der Welt.* Schorndorf: Hofmann, 2000, S. 17f.

Rudi Völler u.a.: [*ARD-Interview 6.9.2003*]. Zit. nach: *www.netzeitung.de*, 7.9.2003

Franz-Xaver Wack: Schiedsrichter-Buddhismus für unseren Nachwuchs. In: Gotthard Dikty: *Schiri: Telefon!* Sankt Augustin: Academia Verlag, 1999, S. 85

Fritz Walter: *Spiele, die ich nie vergesse.* München: Copress, 1955, S. 182-184

Katrin Weber-Klüver: Mein erster Held. In: Albert Hefele / Jürgen Roth (Hg.): *Alle meine Endspiele. Herrliche Fußballgeschichten – von Bern bis Hamborn.* Berlin: Tiamat, 1998, S. 109f. © Katrin Weber-Klüver

Franz Wittmann: *Wie sag ich's meinen Spielern? Die Gestaltung der Spielerabende bei den Amateurvereinen.* Stimpfach: Selbstverlag, 1966, S. 40

Ror Wolf: *Das nächste Spiel ist immer das schwerste. Alte und neue Fußballspiele.* Zürich: Haffmans, 1990, S. 19, 22, 41, 173, 195f.

ABBILDUNGSVERZEICHNIS